リアデイルの大地にて 4

WORLD OF LEADALE

【著】Ceez
【イラスト】てんまそ

WORLD OF LEADALE

CONTENTS

『ケーナ』

ロクシーヌ
ルカ

リット

旅というのは列車のように、
風景が目まぐるしく変われば
楽しむ要素もあるだろう。
ただ森の中の街道を延々と進むだけというのは、
往々にして飽きるものである。
常に移動する馬車の中では、風景を見る以外のことはできるはずもなく。
ロクシーヌが絵本などを持ち込んではいたが、酔ってしまう可能性もあった。
読み聞かせるのは野営で寝る前にという制限が付く。
最初の頃はルカとリットが交互にクイズを出す、ということをして遊んでいたのだが、
村に住んで日の浅いルカが答えられないことも多く、すぐに終わってしまった。
ということでケーナが取り出したのがトランプである。
過去に存在していたプレイヤーが広めたのか、その里子たちがやったのかは不明であるが、
その手のボードゲームはこの大陸にも色々あるようだ。

【水上歩行】を使ったケーナは、
川面に飛び下りて走り出す。
背後でどよめく人たちを振り返ることもせず、
対岸まで向かう。
中洲に上陸して突っ切る際に、
教会関係者や見覚えのある
王族とすれ違った気もするが、
呼び止められなかったのでそのまま走り抜けた。
そして再び川面を踏めば、
今度は住宅街側からのどよめきが聞こえてくる。
「ああもう！　いちいち騒がないでほしいなあ！」
『見世物ニナルノハ、承知ノ上デショウニ』
「分かっちゃいるけど、愚痴りたくもなるの！」
キーにぐちぐちと
不平不満を零しながら走る。

ILLUST. てんまそ

これまでのあらすじ

大事故に遭って入院していた各務桂菜《かがみけいな》は、ＶＲＭＭＯリアデイルをプレイしている最中に停電によって生命維持装置が異常をきたし、命を落としてしまう。

その自覚のないまま、次に彼女が目を覚ましたのは見覚えのない宿屋の一室であった。そして自分の姿が、ゲームのアバターとなっているのを認識する。

宿屋の女将《おかみ》のマレールより、現在のリアデイルは国が三つしかないこと、七国だったのは二〇〇年前のことだと聞き、愕然《がくぜん》とする。

そこから導き出されたのは、彼女のいる現在はゲームより後の時代だということ。プレイヤーたちがこの世界にいるのかも分からないことだった。

彼女は各務桂菜としてではなく、アバターのケーナとして生きていこうと決意した。

スキルマスターとして自分の守護者の塔に赴《おもむ》くが、塔を守る壁画の守護者より他の塔が停止状態だという情報を手に入れる。守護者の塔を訪れれば、他のプレイヤーの情報が聞けるかと思い、ケーナは大陸のあちこちを巡る旅に出ることにした。

世話になった辺境の村に、恩返しのために井戸の水汲み機や温泉施設を提供していたら、隊商を率いるエーリネという名の商人と、アービタという名の傭兵団《ようへいだん》の団長と出会う。

これまでのあらすじ

彼らに同行し、まずはフェルスケイロという、大陸の中央を統《す》べる国に向かうのであった。

そこで冒険者ギルドに登録した際に、宰相アガイドとその孫娘のロンティに出会う。彼らから城を脱走した王子を捜す依頼を受け、ケーナは周囲の度肝を抜きつつ、これを達成する。

ゲーム時代に里子に出した子供たち、長兄スカルゴと長女マイマイ、そして末弟カータツとも再会し、自らが母親として慕われている事実を知る。

折しも冒険者ギルドの依頼で行った闘技場が、スキルマスター№9の塔と判明し、目覚めさせることができた。

紆余曲折《うよきょくせつ》あったものの、ケーナは守護者からゲームが終了したことを告げられ、一時期自暴自棄に陥《おちい》る。だが子供たちとの絆を確かめ、へこたれている場合ではないと気付くのだった。

エーリネから北の国ヘルシュペルまでの護衛を引き受けたケーナは、途中の辺境の村で迷子の人魚ミミリィを地下水脈から助け出す。

次にはヘルシュペルとの国境で、西の通商路を封じている盗賊団から流れてきた一団とやりあい、これを退ける。

ヘルシュペルの王都に辿り着けば、娘から渡された手紙の届け先は大陸随一の商会「堺屋《さかいや》」であった。そこの創設者のケイリックと出会うが、彼が実はマイマイの息子でケーナの孫だという衝撃の事実を知り、さすがの彼女も卒倒しかけることに。

些細な行き違いから、孫との仲に亀裂が生じてしまう。その後で騎士団に所属するケイリックの双子の姉のケイリナと出会い、ますます困惑具合が酷くなっていく。

　だが、ヘルシュペル国内の守護者の塔に行くためには、大陸の西半分を席巻する盗賊団の縄張りを通る必要があると知り、ケイリックの手を借りて殴り込みの準備を進めていくことに。

　屋敷風の守護者の塔の前で、盗賊団のお頭《かしら》と相対したケーナ。

　そのお頭がプレイヤーだと知り、未だこの世界をゲームだと思っている認識を改めようと、容赦なく打ちのめす。止めを刺そうとした時に、ケイリナ率いる騎士団の介入を受けたので、素直に罪人としてお頭を引き渡した。

　守護者の塔No.13を目覚めさせたケーナは、そこがかつての悪友兼ギルドメンバーのオプスの塔と知って驚く。そして守護者から渡されたのは、妖精入りの書籍であった。

　それがオプスの存在を匂わせるようなものであると確信したケーナは「妖精ちゃん」を保護しつつ、彼の痕跡を探ることにした。

　エーリネの隊商とフェルスケイロに戻る途中で、ケーナは東の通商路を繋げるため、橋を架けようとしているカータツと出会う。カータツに協力し、無事に橋を架けることに成功する。

　フェルスケイロに戻ったケーナは、冒険者ギルドの依頼でホーンベアを狩りに行くことにした。ところが何故かそれに、ロンティとその友人のマイが同行することになった。

　マイの正体はフェルスケイロの第一王女であるマイリーネであるという。

　彼女はポロッとスカルゴに惚れていることを漏らし、暫定的であるがケーナからお付き合い

これまでのあらすじ

の許可を得ることになる。

その頃、学院ではマイマイの夫である錬金術の教師ロプスが、ケーナの【古代の御技《スキル》】に魅せられて、試行錯誤を繰り返していた。

彼は独自に取り寄せた材料でのポーション作成に失敗し、その廃棄物を学院のゴミ捨て場に捨てる。問題はそのゴミ捨て場が、ゲーム時代の領土取り合いの争奪ポイントであったことだ。何の因果か、廃棄物が指定されていた材料を満たしていたため、そこからペンギンのようなキメラ怪獣が出現する。

無作為に放たれたペンギン怪獣はフェルスケイロの住民を恐怖に陥れる。

同時刻に王女の捜索に出ていた騎士団長のシャイニングセイバーは、冒険者ギルドで遭遇した冒険者コーラルがゲーム時代のギルドメンバーだと知る。

昔のような連携でもって怪獣に立ち向かうプレイヤー二人。それを援護する大司祭と魔法師団の力を纏《まと》めても、足止めが精いっぱいであった。

謎のメッセージによりカータツは母親を呼びに行き、フェルスケイロの危機を伝える。エクストラ装備まで使ったケーナの全力攻撃の前に、哀れなペンギン怪獣は塵《ちり》となって消えていった。

予期せぬ二人のプレイヤーとの邂逅に、新たな塔の所在情報まで得られて喜ぶケーナ。

一度辺境の村に移り住むことを打診しに戻るケーナの前に、南の国のオウタロクエスから調査団がやってきていた。そのメンバーにいたクロフィアという女性から、ケーナは強い敵愾心《てきがいしん》を持たれ、ついには決闘にまで発展してしまう。

　赤子の手をひねるが如くクロフィアを下し、その兄のクロフから彼らが国の密偵であると打ち明けられる。なんとオウタロクエス国を建国時から治めているのは、ケーナの姪だというのだ。

　サハラシェードという名の女王は、かつてのハイエルフ仲間の妹分の里子だという。会う関係者という関係者が国の重鎮ばかりだということに、ケーナの冷や汗が止まらなくなる。

　気を取り直して、ケーナは竜宮城探しに向かう。

　騎士団の遠征に途中まで同行することになったケーナは、騎士団長と仲睦まじいことから、シャイニングセイバーの婚約者だと誤解されてしまう。

　竜宮城の目撃証言のある漁村は怪しい霧に包まれていた。

　そこでケーナは流通の調査に来ていたクオルケという女性と、エクシズという竜人族《ドラゴイド》に出会う。二人はプレイヤーで、中でもエクシズはかつてのギルドメンバーの一人、タルタロスのプレイヤーでもあった。

　漁村の生き残りの少女をケーナの召喚執事のロクシリウスに任せて、異変の解決に奔走する三人。ゲームのイベント敵キャラであった海賊船長《テラースケルトン》と幽霊船はエクシズの剣の錆となって消えた。

これまでのあらすじ

その後、守護者の塔№6の竜宮城を目覚めさせたケーナは、生き残りの少女ルカを引き取り、移住予定の村で育てる決心をする。

道中人手が足りないとロクシリウスより指摘を受け、もう一人の召喚メイドであるロクシーヌが合流した。仲の悪さで前途多難な執事とメイドを連れて、ケーナは辺境の村に家を建てて住み始める。

村に住み始めたケーナはかねてからの約束通り、宿屋の娘のリットを空中遊覧飛行にと誘う。これに同行者としてルカと村の工務店の息子のラテムが同行することになった。

気持ちよく空からの景色を満喫していると、魔物の群れに襲われているエーリネの隊商と遭遇する。ケーナは魔物の群れを打ち砕き、アービタと隊商を救出して村へ戻る。

村の近辺にクエストの敵キャラが潜伏していることが判明し、アービタたちと一緒にケーナはこれを退治しに出かける。

同時刻に花冠を作るために、子供たちは三人だけで村を抜け出す。その先で魔物に襲われそうになり、絶体絶命のピンチに陥る。

ケーナがルカに渡していたお守りから現れたホワイトドラゴンは子供たちを守り、森に深い傷跡を刻む。轟音により急いで村に舞い戻ったケーナは、ルカが無事と知って号泣するのであった。

ヤギや鶏《にわとり》を購入するために訪れたヘルシュペルでは、冒険者ギルドで堺屋の依頼を受けたコーラルのパーティが迷っていたので、曾孫であるイヅークを紹介する。

国境での会談があるとケイリックに情報を貰えば、辺境の村に戻ったケーナの前に現れたのは、息子である大司祭スカルゴその人であった。

プロローグ

手を止めて、今の今まで磨《みが》いていた物を四方から眺める。

これまで幾度となく繰り返してきた日課ではあるが、隅々まで磨き残しがないかとチェックには余念がない。

茶色、オレンジ、黒というマーブル模様が美しいコントラストを描き、どの面からみてもその輝きに飽きはこない。

突っかかるところなどない滑らかな手触りが、長年磨いてきた苦労のたまものだと思えば、腕の疲れもほどよい充足感を得られるというものだ。

専用に設《しつら》えさせた台に置き、自室の机の上に戻せば存在感は他と違ったものに思える。

長さ一メートルほどもある異形《いぎょう》の三本指。に見えるそれは、子供の頃に庭師が切り落とした木の枝であった。子供心にその形状は、彼の知る全ての世界とかけ離れた物に見えていた。

少ない知識の中、おぞましさと羨望《せんぼう》という二つの感情に支配された彼は、庭師の老人を困らせながらもその木の枝をねだり、自分の物としたのだ。

そこから本を調べて知識を得てから、木の枝から不要な部分を慎重に削除し、やすりをかけてから磨きを繰り返し、今のような形状の元となるまでに五年程を費やした。

一日一度は磨くことに専念すれば、木目が目立つくらいだった表面も象牙のような光沢をかもし出し。

特殊な香液をつけてもう一度磨けば、少しずつ色が変化してマーブル模様が浮き出るようになったのである。

元は木の枝ではあるが、彼にとっては長年に渡り苦労して手を入れた一品。

立場上、元が何であったのかは明かせないが、時折来る客にも珍しい品として披露できる物となっていた。

だが、その希少性は第三者の目に映ればこそだ。

元が何であったかを知る彼の心の端には、それがただの木の枝であったというしこりが残る。

それを誤魔化すかのように、彼は今日まで希少性のあるものを集めてきた。

貴族御用達《ごようたし》の古物商に伝手を辿り、商業ギルドに遺跡から発掘されたという遺物があると聞けば自分の足で見に行き、平民が遺物を形見として後生大事に所持していると聞けば、汚い手を使って手に入れる。

それに関してだけ言えば、人の心をどこかに置き忘れたかのように執着した。

おかげで社交界では彼イコール遺物に執着する怨念、とまで噂される始末。

彼の収集物は本、武具、雑貨など多岐に渡った。

王都の屋敷の敷地に別邸を立て、そちらに溜め込んだものを並べて美術館のように開放している。

それを狙う賊に関しては人一倍警戒心が強く、魔法や私兵を駆使して守らせているという。

【古の魔法使いが数多《あまた》の人々を手にかけて作った魔導書】

表紙からページの一枚一枚に至るまで、人の皮で作られたという本である。

聖別された革紐で厳重に縛られた挙句、聖水を満たした銀のケースに収められている。

表面には時折眼球が浮き出て視線が合った者を呪《のろ》い殺すといわれているが、真偽は定かではない。

彼の自慢の品は幾つかあれど、書籍というならこれだろう。

物に関しては嘘か真かは判別できないが、「中を見せてほしい」などと口にしたならば、罵詈雑言が飛んでくることに間違いはない。


【滅ぼされた国の騎士団長の兜】

迂闊《うかつ》に手に取れば怨念に支配されて、戦勝国の血筋を探し出して駆逐《くちく》するまで止まることはない、といわれている。

しかし、過去の七国は明確な王制を取っていたかはあやふやなので、敗残国の話は眉唾物《まゆつばもの》だ。

室内に飾ってある騎士甲冑がそれを被っている。

手に取れるようなところにそんなものを置かないでほしい、とは見た者から聞いた話である。


【どす黒い血が涙のような筋となってこびりついたドラゴンの頭蓋骨】

今の世では存在さえも疑問視されているドラゴンであるが、過去の七国ではあちこちでその姿が確認されたという。

現在ではそれに関する書物が全く残っていないのも、存在を疑われている原因である。

プロローグ

室内の一角、床に置かれているのがこの頭蓋骨だ。

子供なら丸のみできそうな口を持っているが、骨の専門家に言わせれば子供のドラゴンではないのか、という見解らしい。

諸説紛々あれど、右記のようなものが多く収められていると知れば、彼がその手の物に並々ならぬ執着心を抱いているのが分かるだろう。


そんな彼が次にと狙いを定めたのが、古ぼけた幌《ほろ》馬車《ばしゃ》だ。

その物自体は遺物でも何でもない。彼が気に入るような数奇な由来は一つもない。

しかし、彼の所持している蔵書の中にそれに関係する一文があったことで、お眼鏡に適ったのだ。

そこには「車輪の付いた屋敷や城が、馬も用いずに国を移動した」とある。

その記述を覚えていたために、お抱えの商人から聞いた噂話を馬鹿にしなかったのだ。

「平民の母子と思わしき人物が馬なし馬車に乗っていた」

それを聞いた彼の反応は早かった。

馬車の向かった先を調べ、購入した商会を調べ、手に入れる算段を構築する。

彼にとって不幸だったのは、噂話の元には目もくれなかったことである。

よく調べれば「平民の母」である人物が冒険者であったりとか、その人物が大司祭の関係者であったりだとか、堺屋《さかいや》の創始者と懇意《こんい》にしている人物だったりとかいうのが分かったはずだというのに。

物品の希少性に執着していた彼は、ドラゴンの財宝に手を出した愚か者の如く。

それに手を出したら最悪な結果が待っているのだということを、ついぞ知る由もなかった。

第一章

村の日常と、補給と、旅路と、不穏な影

「ふう、ひやひやしました」

「疑り深いなあ。一時的に姿を変えるだけの魔法だって言ってるじゃない」

一晩経って醜悪な猪八戒《ブタ》の容姿から元のイケメンに戻ったスカルゴは、ケーナ宅にお呼ばれして朝食を取っていた。

もちろん招待したのは、彼の母が強引にだ。

彼女はふと「マレールさんの宿の美味い飯でスカルゴが虜になってはいけない」と思い、急遽朝食のお誘いに出向いたのである。

ただ食事の良しあしで、教会ごとスカルゴが赴任してくる可能性を潰しただけなのだ。

そこはかとなく湧き上がる不安は、彼女がこの村にいる限りなくなることはないだろう。ケーナという誘蛾灯《ゆうがとう》に、スカルゴたちが惹かれないなどありえないのだから。

この場で食事を共にしているのは、ケーナの他にはルカだけである。

普段であれば「食事は皆で取るものよ」という家主の言葉に、ロクシーヌやロクシリウスも同席するのだが。客が来ていることを理由にこれ幸いと給仕に徹している。

普段通りのメニュー（パンとサラダとスープと果物）に給仕が必要かと聞かれれば、首を傾げる状況だ。

面と向かってスカルゴにメンチを切りそうなロクシーヌがキッチンに引っ込み、お茶を注ぎ足したり、時にはルカにテーブルマナーを教えたりするロクシリウスが傍に控えている。

ルカはまだ積極的に話そうとはしないが、徐々にスカルゴのことを「お兄、ちゃん」と呼ぶようになっていた。ケーナには喜ばしい変化である。

イイ気になったスカルゴがついついクセで【薔薇は美しく散る《オスカル》】を発動させかけて、ケーナのほんわかした心に水をさしていたり。

その都度、睨みを利かせて阻止していたのはいうまでもない。

スカルゴも長年の癖が抜けないのか、睨みに屈して乾いた笑いを浮かべていた。

迂闊《うかつ》に気を抜いたら、昨晩のような母親の【呪装術《じゅそうじゅつ》】が飛んで来ないとも限らない。

もう一晩猪八戒な容姿に変わろうものなら、これから赴《おもむ》く会談も失敗に終わる可能性がある。

そんなことになったら、使者の仕事どころか大司祭としての顔すらも丸潰れだ。

「母上殿、もう一度あの姿になるのは勘弁して頂きたいのですが……」

「だったらいちいちスキルに頼らないで会話しなさいよ。お仕事で使うのならアナタがどこでどうしようがいいけれども。ポンポン使わないと私とは会話もできないというの？」

「いえ、そのようなことは」

「二〇〇年もほったらかしにしてしまった私が言えることではないけれど、アナタのお嫁さんになる人も苦労するわね」

額を押さえるような仕草を見せれば、スカルゴが腕を大きく広げて背中に花畑を展開し、ケーナからの鋭い視線にすぐさま霧散《むさん》させた。

「……失礼しました」

軽い咳払いと共に詫びるスカルゴを見たケーナは本気で頭が痛くなっていくのを感じていた。

こんなモノを王族に入れてしまって、フェルスケイロの存続は大丈夫なのだろうかという心配が二割。これを御さねばならないマイリーネの心労はいかほどばかりか、という心配が八割である。

まだ結婚すると決まったわけではないが、マイリーネの様子を見るに初恋病は根が深そうだ。

ケーナもコレを送り出すのに今更反対はしないが、恋愛結婚に持っていくにはスカルゴの残念さが強固な壁となって立ちふさがるだろう。

「母上殿」

「なあに？」

食事を終えたスカルゴが、ナプキンで口を拭きつつ真剣な表情となる。

その仕草だけでも、耐性のない女性であれば目をハートマークにして黄色い声を上げるだろう。だが文字通り製作者であるケーナにイケメン顔は通用しない。

「先程、『お嫁さん』と言われたようですが。どなたかを私めに紹介していただけるので？」

「……迷ってるわ」

「なああにを迷う必要があるのですか！　母上殿に紹介いただけるのであれば、このスカルゴ！　全身全霊をもってその方を慈しみ、守ると誓いましょう！」

立ち上がって胸に手を当て、ここではないどこかに一途な視線を向け、バックに白薔薇を満開にさせたスカルゴである。

が、ロクシーヌがフルスイングしたお盆により顔面を強打され、壁まで吹き飛ばされて撃沈した。

ゴパーンといういい音がした。

「スカルゴ様。お嬢様が怯えますので、喜劇の役者みたいな動きはお控えください」

「……っ⁉」

「シィのその行動こそが、ルカがびっくりしている原因じゃないかな？」

顔の形に凹んだお盆を指先でくるくる回すロクシーヌ。

今さっきまでスカルゴがいた場所と、壁に張り付いた義兄の姿を見て絶句するルカ。

その背後で立ったまま無言で頷くロクシリウス。

騒がしい一日の始まりに慣れた自分が怖いと、ケーナは額に手を当てて溜息を吐《つ》く。

「それでは母上殿、行って参ります」

「はいはい。アナタなら大丈夫だと思うけど、道中気をつけなさいよね」

「ええ、ええ、それはもう。私ももう一人前だというところを母上殿にお見せできないのは残念ですが」

「どーこの世界に、母親同伴で交渉に赴く使者がいるのよ……」

ケーナの気遣いに答えたのはスカルゴだけでなく、お付きの騎士たちがガシャガシャと鎧の胸に手を当てる音だった。道中の安全はお任せあれ。と主張しているらしい。

どうやらシャイニングセイバーの率いていた部隊とはまた違うところらしく、「騎士団長の婚約者」発言がなかったことにホッとする。

朝食を終えた後に自身を魔法で回復させたスカルゴは、その日のうちに国境へ向けて出発すると述べた。

やたらとキンキラキンに自己主張が激しい豪華な馬車が一台と、それに追従する普通の馬車が三台。人員はスカルゴと、騎士が一〇人と、文官が四人。あとは従士たちが数人で使節団は構成されているという。

本来であればもう少し見栄を張る人数が必要なところ、大司祭が赴くことで必要経費を抑えているらしい。見た目は地味だが、中味は豪華だということか。

使節団の内情をベラベラ喋る息子に危機感を覚えるが、ケーナを信用してのことだと思い、お小言は控えることにした。

その代わりロクシリウスに「身内と言えど情報漏洩《じょうほうろうえい》なのでは?」と突っ込まれ、ひどく狼《ろう》狽《ばい》するスカルゴという珍しいシーンが見られた。

「そう言えば、マイマイがルカに会いたがってましたよ。陛下から直接指名がなければ、アレが率先して来ていたでしょうな」

「あー、そっか。ありがと、スカルゴ。そうね、マイマイにも会わせてあげるべきよね」

「いいえ。それでは母上殿、また機会がありましたらお逢い致しましょう。ルカも壮健でな」

去り際に一言残し、ひらひらと背中越しに手を振ってからスカルゴは馬車に乗り込む。

ケーナは優しい目で使節団が見えなくなるまで見送ると、腕組みして呟いた。

「ちょっと仲間外れっぽかったかなあ？」

学院に常時いなければならない仕事である限り、村に引き籠もったルカとマイマイが会う機会などそうそうないだろう。あちらが動けないのであれば、こちらから出向くべきだ。

まだ村に定住して数日でしかないのに、ふらふら動くのも問題じゃないかと思ったケーナは、買い出しに出かける時にルカを連れて行ってみようと考えていた。

子供たち家出事件後にケーナがしたことは、「ルカちゃん」から「ちゃん」を取ることだった。

これはロクシーヌから「家族になるというのに、まだ預かっている子供のような呼び方はないのでは？」と言われたからである。

まあ実際に呼び始めるまでが時間がかかりすぎたのだ。

半日たっぷりと考えたケーナが呼ぼうか呼ぶまいかとうじうじしているところで、業を煮やしたロクシリウスがケーナを引きずってルカの前に連れていくという行程を経てからだ。

「あの、ね」

「……う、ん」

「ルカ、ちゃんの、こと……」

「……ん」

「ルカ、って呼んで、も、いいかな？」

「……うん！」

ぱあっと瞳と笑顔を輝かせてルカに抱き着くケーナを、後ろで見ていたロクシリウスとロクシーヌは、死んだような目で膝から崩れ落ちて脱力していたという。

対面してからそこに至るまで二時間もかかっていれば、周りは気が気ではない。

村の日常生活にもある程度慣れたケーナは、オフライン時の拠点のように徐々に村の改造に着手していた。

もちろん、村長やマレールさんたちに了解を得てから行動に移すのを忘れない。

まずは外敵対策として、村の内と外を隔てている柵の改良だ。

柵には「呪《まじな》い」というこの世界特有の術がかけられており、ある程度の魔物の侵入を阻んでいる。

ケーナは柵より外側を整地して見通しをよくすることから始めた。

ただ、彼女がそれに着手すると草木の悲鳴をダイレクトに受けることから、伐採などはロクシリウスにやってもらう。

バッサバッサと草木を刈り取りながら無造作に進むその姿は、掃除に取り憑かれた悪魔のようだった、と目撃した村人は語る。

その後でデコボコした地面を均《なら》すのは【地精霊】の役目だ。

高さ五メートルもあるチェスの歩兵《ポーン》が、盤面を指すように進むだけで木の根は消え失せ、穴だらけの地面は平坦になっていく。

これによって切り倒された大量の木は、ケーナの【技術技能《クラフトスキル》】によって薪《まき》に変えられ、村の各家庭へ均等に分けられた。

村の人口が最盛期より減った状態で村の面積を広げると、遊ばせることにしかならないと村長に言われたため、拡張自体は見送られることになる。

他にもこの周辺を管理している貴族の許可がないと、作付け面積の拡大は許可されないらしい。

「あらら。一応でもどこかの貴族の領地になってるんだ……」

「ええ、そこまで規則規則と五月蠅《うるさ》い方ではありませんので、お伺いは立ててみますが」

「ふーん。なんて名前の貴族さんなんですか?」

「ハーヴェイ男爵家ですな」

「……は？」

どこかで聞いたような家名に、ケーナはポカンと口を開けてしまう。

聞き間違いでなければ、ハーヴェイ家というのは、マイマイの夫であるロプスの家名であったはずだ。

娘の嫁ぎ先ならば訪問はしやすそうだが、一介の冒険者が貴族の営みに口出ししていいものではないだろう。

ちょっぴり尋ねたことを後悔しつつ、こういうのは村長を通して交渉してもらい、結果を待っていた方がいいのだろうとケーナは判断した。

あとは先日みたいなオーガが現れた場合には「呪い」が効力を及ぼさないと思われたので、警備するモノを別途配置しておく。

柵より外側の均した地面に、数十メートル間隔で石の杭を挿していく。

その上にガーゴイルを設置するにあたり、見た目を変化させておくことにした。

一般的なガーゴイルといえば、蝙蝠《こうもり》の羽が生えた小鬼の形状をしている。

リアデイルの場合、そういったゴーレム系などの使役物は、外見を自由にコーディネイトすることが可能である。

ケーナが設置したガーゴイルの外見は雪ウサギの形状だ。

雪を加工して作る半円形の、笹の葉で耳を作り小さな赤い木の実を目にすることで完成する物と相違ない。

魔《ま》韻石《いんせき》を仕込んだので、動かなければ起動用のMP《マジックポイント》が自動的に溜まっていく仕様だ。そうしておけば、いちいちケーナが活動用のMP《マジックポイント》を充填する手間も省ける。

見た目だけなら人畜無害で、無骨な石の杭の飾りとしても通じるだろう。一度動き出せば、突撃で地元産のオーガくらいなら軽く凌駕する強さをもっている。

外周だけなら堅固な要塞と同じくらいの守りに、手伝ったロクシリウスも苦笑するしかない。

「ケーナ様。これはちょっと過剰なのでは？」

「いいのよ。命が軽い世界なのだから、守りを固めるに越したことはないわ」

腰に手を当ててふんぞり返るケーナの頭の上には、同じような格好をしてご満悦な妖精ちゃんがいた。

ケーナの主張には全面的に賛成らしい。しかし誰にも見えていないところが涙を誘う。

「それにこの方が、ロクスの仕事も一つは減るでしょう」

「仕事がなさすぎるというのも、それはそれで仕え甲斐がないと申しますか……」

村の外周を見回って、危険な魔物を排除するのはロクシリウスの仕事の一つであった。

ケーナが関与していないところでロクシリウスとロクシーヌが相談して、仕事を分担した結果ということだ。

家の内側の仕事はロクシーヌが、外や村に関することはロクシリウスが担当するらしい。

「公衆浴場の掃除は、未だに子供たちへの罰として実行中だし。ロクスも手伝っているしね」

「ええまあ」

そこへロクシーヌが姿を見せる。

彼女はロクシリウスと視線で軽く睨み合いを行ったのち、ケーナに向き直った。

「ケーナ様。少々お願いがあるのですが」

「うん、なに？」

「……普通、使用人のお願いをホイホイ聞く主がいますか？」

いきなり呆れたような答えが返ってきて、ケーナは苦笑する。

「日常生活の雑事は二人に任せっきりだしね。貴方たちのお願いで生活が豊かになるんなら、なんでも聞くし協力するよ」

これには仲の悪いロクシリウスとロクシーヌも顔を合わせて肩を竦《すく》めた。「処置なしだ」「理想の主にもほどがあるわ」という呟きを交わす。

「豊かになるかどうかは微妙です。お願いというのは、暫《しばら》く補給を控えてほしいのです。今の食料備蓄だけでどこまで持つのか、試算を行いたく思います」

「そうなんだ。じゃあ、お願い。それだと【料理技能《クッキングスキル》】も使うのは止めた方がいいわね」

「はい、お願いします」

ペコリと頭を下げたロクシーヌは家へ戻って行った。

「それで何だっけ？」

「自分の仕事のことです。本来ならケーナ様にその都度命令して頂ければ、申し分ないのですけれど」

「ロクスに頼む仕事ねえ……？」

うーん、うーんと考えていたケーナがとりあえずと口にしたのは、物置を建てることである。

最初は村の人たちに建ててもらう予定だった。

だが、遊んでいる人材があるのなら、そちらに任せればいいだけだ。

湿度や温度の管理が必要だとしても、魔韻石を使えば解決するので一々地下を作らなくてもいいだろう。

「ほら、夜や雨の時にヤギを入れておく厩舎《きゅうしゃ》が必要でしょ。あとビールの樽はアイテムボックス内でもいいけど、ウイスキーは時間が経つほど美味しくなるっていうから、作り置きしておく場所があるといいわよね」

全部キーからの提案なのだが、「仕え甲斐のある主」としては仕事を与えておくべきだと思ったのだ。

鶏《にわとり》の方はどうするのかというと、村内のあちこちで放し飼いである。

卵が必要な時は、村中の茂みなどを探して手に入れたらいいと、マレールさんに言われた。

ただ卵の新古に関して村人たちは無頓着であったため、たまに腹痛をもよおす者もいるようだ。早急に見分け方を普及させなければならない、とはキーの言である。

「分かりました。お任せください」

仕事を任されて満面の笑みで恭しく頭を下げるロクシリウス。彼はその日のうちに行動を開始した。

ロクシリウスの持つスキルは戦闘系が多いため、そのほとんどは手作業となる。

ケーナのように材料を揃えて【技術技能《クラフトスキル》】の【建築：家屋】でスピード建築のできるスキルを持っていないのである。

新たに覚えられるかもしれないとスクロールを渡してみたが、うんともすんとも反応はしなかったようだ。

設計から始めて、大工道具を使って木材の加工を行い、基礎を作ってから組み立てるという方法を取る。

ケーナも彼一人に任せようと思ったわけではないので、荷物運びと高所建築用にゴーレムを作り出しておいた。

村の真ん中で建築なんぞ始めていれば否が応でも人目に付く。

手が空いたからといって、村の人たちがちょくちょく手伝いに来てくれたので、思ったより早く完成した。

出来上がったのは二階建ての物置だ。二階部分は奥行きが随分と狭い。

一階の半分が動物の厩舎。ヤギ二頭くらいまでが限界だろう。

二階から一階のもう半分に、壁に沿って木製レールが固定されている。建物の幅が樽と同じような長さなので、横になった樽を転がして置くことが可能だ。

二階から詰めていけば、互い違いに斜めになったレールの上を樽が転がっていき、最終的に一階で受け取れるような構造になっていた。

「これでどうですか、ケーナ様」

「なーんかゴリラの落ちものゲームみたいな構造なんだけど……」

「はぁ？」

満足気なロクシリウスはともかく、どこかで見たような設計にケーナは苦笑いだ。

それでも完成祝いにと、手伝ってくれた村人たちにウイスキーを振る舞う。

酔っぱらった男たちにロクシリウスが捕まり、泥沼の飲み会に発展するのに時間はかからなかった。

真昼間から泥酔した男たちは兄弟や妻子が迎えに来たので、引き取ってもらう。

翌日に二日酔いの傾向もなく、普通に執事業を行うロクシリウスに末恐ろしいものを感じた。

その間ロクシーヌが何をしていたかというと、家事方面の熟練度を高めつつあった。

まずは材料コストのかかりすぎる【料理技能《クッキングスキル》】に頼らなくなった。これはケーナに言われた通りに。

次に村の奥様方に教えを請い、一般的な調理方法を習得していたのである。

これにはロクシーヌの性格を知っているケーナとロクシリウスも、びっくり仰天であった。

「何を腑抜《ふぬ》けたことを。これからはこの村で暮らしていくのですから、贅沢を教え込むわけにはいかないでしょう。ルカ様をお育てし、導いていくためにも、こちらも一般的な水準を修めなくてはいけませんしね」

「至極まっとうな意見!?」

「何を驚いているのですか。ケーナ様がおっしゃったのでしょう」

たしかに「この子がこの子のままで」とは言ったが、ロクシーヌがそこまで考えてくれるとは思ってもみなかった。

今更ながらルカを育てるということに、気を引き締めなおすケーナであった。

それはそれとして、別途気になっていることがある。

「どう、思う?」

ケーナは隣のロクシリウスを肘で突く。

「可能性は低いですが、違和感はぬぐえませんね」

彼は目を伏せながら頷いた。その向こうのロクシーヌを気にしながら。

なんというかこれまでのロクシーヌを知っている身としては、目の前の彼女が同じ者だとは思えなかったのである。

ケーナはアイテムボックスから彼らを呼び出したベルを取り出し、軽く振ってみる。

「もう一度振ったら本物が出て来るのかしら？」

「もしかしたら、そちらも偽物かもしれないですが……」

「それは困るわね」

「何の話ですかっ⁉」

うーんと考え込んだケーナとロクシリウスの間に、ロクシーヌが割り込んだ。

「いや、お前の加害者《サディスト》っぷりが鳴りを潜めているので、偽物ではないかと疑っていてな」

「あ？」

ビシビシッとロクシーヌのコメカミに青筋が走った。ケーナは嫌な予感がして、そこから一歩離れる。

目線を上に向けつつ考え込むロクシリウスは、それにまだ気付いてない。

「あの阿婆擦れ満載の雌猫《クソネコ》が、こうも簡単に宗旨替えするとは思えっっ⁉」

スラング交じりのロクシリウスの呟きは、途中で響いたガギギギギッという金属音に遮られた。

得物を引き抜いて実力行使を行ったロクシーヌの剣筋を、ロクシリウスが遮ったからである。

ロクシリウスの武器はありふれた片手剣。ロクシーヌの武器は鉈《なた》であった。しかもレア武器の惨劇の夜《ジェイソンブレード》だ。

鉈のような武器が欲しいと言われたので、使わないから渡した記憶がある。さっそくの使い道が同僚を手にかけることだなんて、ケーナも考えが及ばなかった。

「どうやら決着をつけなければならない時が来たようねえっ！」

「おいおい！　得物を持ち出すとは感心しないなっ！」

ガリガリ、ギリギリと二人の間で交差した剣と鉈が異音を立てる。

取得しているスキルの差はあれど、力量に違いはないので拮抗は保たれていた。

仲良くしろと言ったはずなのに、ほんの些細な一言で喧嘩に発展するのはゲームの頃から変わっていない。

今回はケーナも少々からかいが過ぎたかと反省するばかりだ。

双方とも交差した状態から動いてないだけ、まだ穏便な方である。

剣戟が本格的にならないうちに止めようとケーナが思った時だった、背後から「なに、これ……？」という掠れた声が聞こえたのは。

「あれ、ミミリィ。どうしたの？」

ケーナが振り返ると、足の生えたバスタブに収まった人魚のミミリィが啞然としていた。

「どうしたのって……。こっちが聞きたいんだけど？」

鬼の形相《ぎょうそう》で剣と鉈を交差させている執事とメイドの姿は、二人の生態を知らない者にはいささか衝撃的だったのかもしれない。

「ちょっと意見の食い違いが起きていてね」

「意見の食い違いで刃傷沙汰《にんじょうざた》になるの⁉」

日常生活の一幕、みたいな調子で肩を竦めるケーナにミミリィは頭が痛くなった。誰が見ても血で血を洗うような危うい場面だろう。

それを平然と眺めているケーナも、ミミリィからすれば異常者でしかない。

初めて会った時から思っていたけど、普通の感受性を持っているとは思えないところがある。

「やっぱりたまにはこうやって、血の気を発散させた方がいいのかしらね」

「そーゆー問題なの？」

震える手で目の前の殺伐《さつばつ》とした光景を指差すミミリィに、ケーナは苦笑しながらパンパンと手を叩く。

仲裁というよりは、鯉の餌やりのように見えるのは気のせいではないのだろう。

「はいはい、二人とも見物人が困惑してるから、今日はそこまでにしなさい」

「くっ⁉」

「っ⁉」

ミミリィには毛ほども感じさせず、ピンポイントな威圧がロクシリウスとロクシーヌを襲う。

慌てて得物をしまい込み、姿勢を正した二人にケーナは背筋が凍りつくような笑みを向けた。

それもミミリィが振り向くまでの一瞬のことである。

「し、失礼致しました」

「うんうん。ルカがいないからって喧嘩はダメよ」

つい先程までの殺伐とした雰囲気は霧散して、いやに恐縮した感じの二人にミミリィは首を傾げていた。

二人との付き合いが浅い彼女には理解できないことだが、よそ様の家庭の事情に踏み込むようなことはしない。執事とメイドが急におっかないものに見えてきたからだ。

「それでわざわざ浴場からうちまで来るなんて、何か用があったの？」

「あ、うん。パンを貰いに来たんだけど」

「パン？」

言われた事柄についてケーナは首を傾げる。

パンが何かは知っているが、いきなりそれを貰いに来たと言われても話の繋がりがよく分からなかったからだ。

今でこそ宿で提供される食事を普通に食べているミミリィだが、そこに至るまでが大変だった。

最初の頃は人魚の生態すら誰も知らなかったため、ケーナにミミリィを託された村長やマレールもそれが判明するまでは、ずいぶんと気をもんでいたようだ。

最初は、半分人魚なのだから宿で食事を出せば大丈夫だろうと、高をくくっていたらしい。

まさか、野菜スープを見て青い顔でひっくり返る者がいるとは思わなかったのだ。

話を聞くとミミリィの住んでいた集落の食事は、主に海草や海藻だったという。

魚は食物として見てはおらず、逆に貝は食べていたようだ。

その話を聞いてマレールは葉物野菜を中心にスープを作り、少しずつ慣らしていく作戦でミミリィの信頼を勝ち取ったらしい。

落ち着いた後に会った時などには、ケーナも随分と愚痴を言われたものだ。

そんな経緯を持つミミリィから「パン」なんて言葉が出れば、ケーナも困惑する。

ここ最近は村のためにできることを探してあちこち走り回っていたために、そちらのフォローまでできていなかったこともあって少し気まずさを感じていた。

だがパンについての回答は、ロクシーヌの「ああ、そういえば」であった。

彼女は一旦家の中に引っ込むと、布で覆った籠《かご》を持って現れ「それでは行きましょうか」とミミリィを促した。

興味を覚えてケーナはそれに同行することを選び、ロクシリウスは家に残ることを選択した。

彼女らの目的地は公衆浴場近くの、また別の空き家だった。

そこにはロクシーヌと同じように、布で覆った籠や皿を持った村のご婦人方が何人も待っていたのである。

「おや、ケーナちゃんも来たのかい？」

「めずらしいねえ。今日は手伝ってくれるのかい」

「えーと、何の集まりですか、これは？」

声をかけてもらっても趣旨が分からないのでは、ケーナも返答しにくい。

困惑していると、数人が布をずらして中身を見せてくれた。そこには掌《てのひら》大の白くて丸い物体が幾つか並んでいる。

「これを焼くんだけど、ケーナちゃんは知らなかったのかい？」

脳内をさらってみても見た記憶はない。

どうやら空き家を使って、ロクシーヌが独自に何かの催しをしていたようだ。室内にはピザ窯《がま》のような口を開けた石窯が何台も並んでいる。

そこに至ってケーナはようやく、それが何の用途で使われるのかを察することができた。

寝たきりだった時に、テレビ番組などで調理する光景を何回か視聴した記憶がある。

「パンを焼いていたの？」

「正確に言えば種の作り方を教えて、纏《まと》めて焼いていたのです。窯の方はラックス様に作って頂きました」

ロクシーヌに尋ねれば、淡々とした答えが返ってきた。

村の各家庭で作られているパンは、黒パンという塩気のある固いものだ。シチューやスープに浸して食べると、程よい柔らかさとなる。

ケーナ宅で作られているのは、スキルで作られた口当たりの柔らかいロールパンである。

これを一度外へ持ち出したら、マレールを始め村のご婦人が目を丸くして衝撃を受けていた。

まるで貴族様の食べる物のようだと絶賛していたのだとか。

ロクシーヌはこれに対し、村の外で採取してきた果実から酵母を作ることに成功したようなのだ。それについてはゲーム中に外部ハードから得た知識であるらしい。

「どうやってそんなことを？」と聞いてみたのだが、本人もそれについてはよく分かっていないという。

ある程度の知識を引き出せるデータベースのようなものが、漠然《ばくぜん》と脳内に刷り込まれているとかなんとか。

「本人がよく分からないことを聞いたって、明確な答えが返ってくるわけないじゃない。考えたらこっちが偏頭痛を起こす案件だわ」

「賢明ではありますね」

思考を放棄した理由の相手からそんなことを言われれば、何とも言えない顔になってしまう。

意図的にメイドにディスられているんだろうかと、ケーナは思ってしまう。相手がロクシーヌならばなおさらだ。

とはいえ、自発的に村の食糧事情の向上に貢献したのは喜ばしいことだ。

知っている限りでは身内以外に全く興味を示さないロクシーヌの、行動の変化には目を見張るものがある。

窯の方は薪を使うため、一度に数を焼く方式にしてあるという。

今の季節は構わないが、冬になれば薪は節約して使う傾向にある。各自がバラバラに焼くよりは、一堂に会して作った方が効率がいいのだろう。

「ケーナ様がいらっしゃれば、薪などは使わなくて済みますからね」

「同行するのに何も言わないと思ったら、火力担当にする気満々だったでしょ」

「否定はしません」

「こっ、このメーイードーわあ……」

悪びれもせずしれっと肯定する辺り、計画的犯行だったようだ。

ミミリィの場合は洗濯料金を食事で払うことも受け付けているため、この集まりに便乗してパンを分けてもらいにきているのだという。

ケーナはしぶしぶと【炎精霊】を窯の数だけ召喚し、ロクシーヌの指示通りの火力を放出してもらう。

ただ、窯の下方の穴の中で【炎精霊】が片手を天に掲げてポーズを決めていたり、どこぞの格闘ヒーローのような決めポーズで火を発している光景というものは、とてつもなく変であった。

これでパンを焼いているだけなのだから、精霊の使い方を完全に間違えている。

魔韻石で代用しないのは、火力の細かい調節ができないのと、サイズ的に小さすぎてすぐガス欠になってしまうからだ。

「オプスが見てたら爆笑しそう」

『ソーカモ、シレマセンネ』

呟きに相槌《あいづち》を返してくれたキーの口調にも、呆れが混じっていた。


まずはお試しで、といって半月ほど村から動かないで生活していたのだが、やっぱり足りないものは出てくる。

そのあたりはロクシーヌが試算してくれていた通りだ。

一番に消費の多い食料関係である。

調味料だったり、パンなどの主食に使う小麦粉だったりだ。

小麦粉に至っては、ケーナ宅は村に畑があるわけではないので自力獲得とはいかない。

最悪食事だけならマレールの宿屋に行く手もあるが、ロクシーヌの機嫌が悪くなるのである。

野菜は村の奥様方を魅了したロクシリウスが、ちょっとした手伝いと引き換えに分けてもらってくるので問題はない。

肉は猟師のロットルが狩ってきた獲物を、村内で均等に分ける。

それとロクシーヌが野苺や山菜などを採りに行く際に、仕留めてくる動物などだ。

次に服飾関係だ。

布製品は家を建てた後に大量に作成していたのである。

ケーナ本人もあまり日常生活に必要な物を把握していなかったこともあって、最初に購入していた分だけでは全然足りていなかった。

ロクシーヌの指示に従って「ここにカーテンが欲しい」とか「ここに絨毯《じゅうたん》があるといいです」という要望に応えていったら、あっという間に布がなくなってしまうという事態に。

ルカの裁縫練習用としても布は使われたので、消費量も多い。

加工するだけならば色々と応用が利くも、それも材料があってのことである。

万能のスキルといっても無から有は作れないのだ。

「うーん。やっぱりフェルスケイロやヘルシュペルまで買いに行かないとダメか」

堺屋《さかいや》に何かを注文するのであれば、ラックス工務店の方に直通で連絡が取れる手段があるそうだ。

ただ物資が到着するまでに、一〇日以上も待たなければならない。

「そういえば、ヤギ用の飼料なんかもいるのよねえ」

「その辺りはご安心ください。畑の作物に手を付けなければ、村の雑草を食べさせればいいそうです。干し草を与えるのは、ずっと繋ぎっぱなしの場合ですね」

「ヤギ、の、さん、ぽ。……する」

ヤギは乳用に飼うつもりである。

それらの飼い方は、ロクシリウスが村の者に尋ね終えていたようだ。

ルカはそれを聞いて、自分が世話をすると言いだした。

「私の仕事なくない？」

「ケーナ様の雑事は私たちの仕事です」

「ケーナ様はまず、オプス様を捜さなければならないのでは？」

「……そうだった。しかし、いるのかなあ、あの野郎」

存在が眉唾物《まゆつばもの》にされているオプスだが、妖精ちゃんの存在が彼の居場所を探るカギになっている。……と思われる。

それには彼女と意思疎通をする必要があって、その方法が判明していない。

ケーナの髪の間から姿を現した妖精ちゃんがニッコリと微笑《ほほえ》む。

その姿がプレイヤーにしか見ることができないのも悩みの種だ。

「妖精ちゃんの存在も、結構謎の塊なんだよなあ」

ケーナの周りを楽しそうにくるくると飛び回る妖精ちゃんに目を向ける。

身長は二〇センチメートルくらい。ケーナの伸ばした掌に収まる程度だ。

薄緑色の長い髪に、青い瞳を持ち。背中の四枚羽根も薄い緑色で、向こう側が見えるほど透き通っている。

顔立ちから人間に換算すると一〇歳から一二歳程度の少女の姿をしている。

住まいはケーナの髪の中で、時折出てきてはニコニコと微笑んでいることが多い。

ケーナとプレイヤーには触れられるらしいが、他の物品は全て素通りしてしまうようだ。

物音には敏感で、突拍子もない音や大きな音が鳴り響くとすぐに姿を隠してしまう。

食べ物は必要とせず、毎朝の食卓ではニコニコと皆の食べる姿を見つめている。

強風の日でも影響を受けないようで、ケーナの肩の上に難なく座っていた。

オプスが付けた名前があるのではないかと思っているので、ケーナは「妖精ちゃん」と呼んでいる。

ケーナがスキルや魔法を使う時など、仄《ほの》かに燐光を放っていたりするので、その辺のシステムに関係していたりするのかもしれない。

「いや、絶対関係あるでしょ、これ」

コーラルが言っていたシステムの変化は、丁度ケーナが「妖精ちゃん」と出会った直後くらいかららしい。

それと【特殊技能《エクストラスキル》：託宣《たくせん》】の時に取っていた行動もおかしい。

まるで、彼女がいなければ使えないスキルのようではないか。

オプスがゲーム中に取っていた行動から、彼は運営所属のプレイヤーだったのではないかという疑いが出ている。本人にその辺りを確かめたことはないけれど。

「妖精ちゃんはオプスが意図的に残した、システムに関わる何かかなあ？」

なんか真相より激しく遠くなった気がする。

それというのも「妖精ちゃん」が、ケーナの前で頬をぷくーと膨らませていたからだ。

ふーんとそっぽを向いたまま、ケーナの肩先に座る「妖精ちゃん」。

なんとなく機嫌を損ねてしまったようだと感じる。

こうなったらもう話しかけたり頭を撫でたりして、ひたすら謝るしかなかった。

機嫌を直した「妖精ちゃん」が楽しそうに飛び回る頃には、ケーナは精神的な疲労困憊《ひろうこんぱい》状態となって、自室でベッドに寝転がるはめになった。

そこにコンコンとノックの音が鳴ったため、ケーナは気怠い体を起こす。

「どーぞー」

開いた扉から顔をのぞかせたのは、ルカである。

彼女は部屋に入ると、ケーナの下へ駆け寄った。

「ケー、ナ、……おかー、さん」

「どうしたの、ルカ？」

足に抱き着いてきたルカを抱き上げて、子供の体温の高さを堪能する。ルカはケーナに抱き上げられた状態のまま「だれ、か、と……、しゃ、べって、た？」と聞いてきた。

どうやら「妖精ちゃん」に謝罪していた声が、部屋の外に漏れていたようだ。

ケーナはちょっと考えてから抱いていたルカを離すと、隣に座らせる。

「ええとね。ルカには前に話したと思うけど、妖精が私には見えているの」

「う、ん」

「その妖精を怒らせちゃってね。今まで謝っていたのよ」

「う、ん……？」

ルカはいまいちよく分かっていないようだ。

彼女の目には見えないのだから。見えない物を信じるのは難しい。

どこぞの物語のように、妖精は子供にしか見えないというならば、立場は逆になっていただろう。

「よう、せい。……おこ、ったら、こわ、い？」

ルカの問いに少し考える。

ここで「意地悪をいっぱいするよ」というのは楽だが、それによりまた「妖精ちゃん」の機嫌を損ねることになれば、疲れがさらに蓄積することになる。

「えーっとね。寝る時に髪を引っ張られたり、ご飯の時にフォークを持てなくされたり、本を読んでる時にページの間に座られたりする、かなあ」

飛んでいる「妖精ちゃん」の反応を見ながら、言葉を選ぶ。

彼女はルカの頭の上にちょこんと座り込んでケーナをじーっと見ていたので、ずいぶんと緊張させられた。

今挙げた件なら、ささやかな悪戯という程度だろう。

場合によっては魔法を撃ったらあらぬ方向に飛んで行ったりするので、それは止めてほしいと願うばかりだ。

ルカが悲しそうな顔をしていたので「大丈夫よ」といって頭を撫でてあげる。

その後に見ててねといって【幻影魔法】を使う。

小さな燐光が周囲からかき集められるようにして、ルカの目の前で凝縮する。

それがだんだんと人の形を取っていき、はっきりとした姿となってもう一人の「妖精ちゃん」が誕生した。

本物の姿をコピペしただけの偽物なので、サイズは同等だ。

幻影なので触れることは無理だが、「妖精ちゃん」をルカが認識することはできるだろう。

しばらくは目を丸くしていたルカは、落ち着いたところで幻影の「妖精ちゃん」に手を伸ばす。その手は体を突き抜けてしまう。

「ああ、ごめんねルカ。それは絵なんだ。触れることはできないの」

「これ、が……、よう、せい？」

飛んでいるところを参考にしたため、羽根を広げて両手を伸ばしている姿だ。

本物はその横で同じポーズを取って喜んでいる。

微笑ましくなって小さく笑うと、ルカが首を傾げていた。

「これと同じ姿をした妖精が、私の周囲を飛んでいるの。本物は今はその絵の横で同じポーズを取って並んでいるわ」

教えてあげるとルカは幻影で作られた偽物と、何もない横の空間を見比べてくすっと笑う。

「いつ、か……。ほん、もの、みせて、ね……」

「そうね。いつかは本物を見せてあげるわ」

その日ケーナはルカと寝るまで楽しくおしゃべりをし、寝る時も一緒に寝た。

翌日にはルカから幻影の「妖精ちゃん」を残す方法を相談される。

「うーん。できないことはないけど。どうするの？」

「らて、む、くん、に……。ほっ、てもら、う」

ものすごい無茶ぶりをされそうなラテム君には同情するしかない。頑張れ！

応援はするが援護はしない。

ケーナは複製を作り出す【コピー】スキルで紙に幻影を印刷し、ルカに渡す。

「彫ってもらうのはいい案かもしれないけど、ルカも手伝うのよ？」

「う、ん！」

元気よく返事をしたルカはそわそわしていた。

リットを誘ってすぐに行きたいのだろうが、リットとルカとラテムが揃うのは、午前中は無理だろう。

食事を終えたケーナは、ロクシリウスとロクシーヌに指示を飛ばす。

「とりあえず、家のことは貴方たちに任せます。あまり喧嘩はしないように」

「最悪、食料調達なら村の周辺からかき集めますよ」

「肉だらけになるでしょーが」

一応村には月一くらいの周期で、エーリネの隊商が訪れる。

ケーナ家の移住はそれを想定しなかったのもあって、物資の備蓄が非常に偏っていた。

ロクシーヌやロクシリウスはこの事態を予測していたようで、珍しく真面目に話し合っている。

「想定より早かったですね」

「不足分はないと思っていたが。火や水が魔法で賄える分、他の家庭より燃料の消費は少ないはずだ」

「おそらくは食料の使い方ではないかと」

「確かに、一日三食取るのはケーナ様の習慣にのっとってだからな」

「朝食と昼食で一・二食分くらいに抑えた方が良さそうですね」

「そうだな。割合は九対四くらいが妥当だろう」

「それはいい考えですね。では配当は我々女性陣が九、駄猫が四ということで」

「貴様もダイエットをするべきではないのか？　そろそろ塀の上に飛び上がるのも辛いだろう」

「しゃー！」

「ふー！」

注意をしたばかりなのに、息をするように喧嘩に発展していくのは、最早性分としか言いようがない。ちょっと目を離したらこれである。

ケーナが偏頭痛を自覚し始めると、ルカが二人の間に割り込んで、殴り合いの喧嘩に発展する前に止めてくれた。

ええ子や……、と感動したケーナが、ルカの頭を撫でて褒めるところまでがセットである。

「おで、かけ……？」

「そうねー。ルカをマイマイに会わせないといけないのよねえ」

「マイ、……だれ、？」

「私の娘で、貴方のおねーちゃんになる人よー」

物置の二階からウイスキーの樽をレーンに放り込みつつ、ケーナは考え込む。

上がり下りするだけならば、この家の者は【跳躍《ちょうやく》】スキルで行えるので梯子は必要としない。

今回はルカが興味津々だったので、ケーナが抱えて飛び上がるという手段で連れてきた。

投入した樽がゴットンゴットンと転がっていく様を見ているルカは楽しそうだ。

内部は魔韻石をあちこちに設置してあるので、温度と湿度は一定に保たれている。

それらの数値を設定したのは、工程を覚えていたキーだった。

本人は口を出すことしかできないので、結局作業したのはケーナである。

「よし、今日の作業は終わりっと」

ルカを抱っこしてひょいと飛び下りる。

ケーナの頭上には「いい仕事したー」みたいに汗をぬぐう仕草をする妖精ちゃんがいた。

おそらく村の中で一番暇を持て余しているのが妖精ちゃんで、二番目がケーナだろう。

ルカは地面に下ろされると「シー、ちゃん、の……てつ、だい」と言って家の中に行ってしまった。未だにルカのたどたどしい喋り方では、ロクシリウスとロクシーヌの呼び方もままならない。なので二人は、自分たちのことを一音で略して呼んでも構わないと言ったのである。

その結果、ルカはロクシーヌのことを「シーちゃん」と呼び、ロクシリウスのことを「リーさん」と呼んでいる。

率先して手伝うのは、家事を担うロクシーヌの方だ。

ロクシリウスとの行動は、罰から子供たちの仕事となった浴場掃除くらいである。

「さて何をしようか」と考えを巡らせたケーナの耳が、村に入ってくる騒々しい音を拾う。

馬の嘶《いなな》きと荒々しい足音が多数。馬車の車輪が大地を踏みしめる音と、人がいっぺんに増えたような騒めき。慣れれば離れていても「馴染みの者がやってきた」と分かる存在感。

定期的に村にやってくるエーリネの隊商である。

手持ち無沙汰だったので、丁度いいとケーナはそちらへ足を向けた。

いつもの村の入り口広場では、隊商のお仲間さんたちが荷物を下ろして簡易店舗の準備をしていた。

耳ざとい村の者たちはすでに来ていて、店の開店を今か今かと待っている。

ケーナは顔見知りになった者たちと会釈《えしゃく》程度に挨拶を交わし、視線を巡らせる。

すぐに目的の人物であるエーリネを見つけることができた。

彼は隊商の仲間とアービタも一緒に、馬車を並べてある一角で談笑していた。

「こんにちは、エーリネさん」

「おや、ケーナ殿。ご無沙汰しております」

「よう、嬢ちゃん」

手を上げて近付くと、二人ともいい笑顔で迎えてくれた。

「そうそう、ケーナ殿に届けてくれと堺屋からヤギと鶏を預かりまして。係の者が届けに行きましたよ」

「そうなんですか。ありがとうございます」

「いえいえ、こちらも商売ですから。輸送料も頂いていますし。ケーナ殿に届ける物は、相場より高くて儲けさせてもらってますよ」

ホクホクした笑顔で頷いているところをみると、ケイリックはそれなりに料金を上乗せしたんだろう。

その輸送料に、ヤギと鶏自体の価格が入ってないことが分かって、ケーナは渋い顔になる。

「人には『些少な費用で傾くほど』とか言っておいて、儲ける気がないんじゃ困っちゃうわ」

「いや、孫からの婆孝行なんじゃねえか？　納得して受け取っておけよ」

「……」

アービタがケーナのことを「婆」呼ばわりした途端、周囲の気温がグンと降下した。

周りにいたエーリネや副団長が慌ててアービタから距離を取り、スポットライトでも浴びそうな空白地帯が出現する。

「すみません、アービタさん。今なんとおっしゃいました？」

「まて待てマテッ!?　冷静になれ！　とりあえずこれを引っ込めろ！　言葉の綾だ言葉の綾！すまん悪かったもう言わないから許してくれ！」

アービタはいつの間にか、鏡面のように磨《みが》かれた氷の壁に囲まれていた。

日差しもあって暖かい日だというのに、そこだけは極寒の牢獄と化していた。焦って悲鳴じみた謝罪を繰り返す。

ケーナも「ちょっとお灸を据えてやろう」と考えたくらいだったので、アービタはすぐ解放される。

胸を撫で下ろすアービタに、副団長は「だからいつも考えて発言してくださいと言っているでしょう」と苦言を呈していた。

仕掛けられた本人にしてみれば、逃げようと考える暇もなく絶体絶命の状況になっていたので、ケーナの本当の力量がただただ恐ろしいばかりである。

暖かい日差しの中に戻れてホッとしていたが、遅れた追撃がアービタを襲う。

「全く、団長はしょうがないですね。女性に歳のことを指摘するなんて、真後ろから滅多刺しにされていても文句は言えませんよ」

という副団長の手には短剣が握られていた。

思わず真っ青になって硬直するアービタに、「冗談ですよ」とにこやかに対応する副団長。しかし、手に持つ短剣はそのままである。

日頃のストレス解消とばかりにアービタで遊ぶ副団長はさておいて、ケーナはエーリネに用件を切り出した。

「フェルスケイロまでの同行ですか？　構いませんが、ケーナ殿はその気になれば一瞬で移動する手段をお持ちなのでは？」

「今回は他にも人を連れて行こうと思っていますから。のんびり馬車の旅でもいいかなあ、と」

「それならば是非に。移動に強力な魔法使いの方の同行は、願ってもないですからね」

すんなりとＯＫは出たが、別の心配事にエーリネの眉が歪められる。

「とは言いましたが、今回は馬車内にもそれほど泊められる余裕がないのですけれどね。夜に関しては、またハンモックということになってしまいますが、構いませんか？」

申し訳なさそうなエーリネに、ケーナは「大丈夫ですよ」と言って、笑顔でパタパタと手を振る。

「今回はこっちも馬車ですから。エーリネさんの店製ですけれど」

「ああ、先日お買い上げいただいた馬車ですね。なにやら面白い手を加えられたとか。一部の者の間で噂になっていましたね」

　噂の伝達速度が恐ろしく速い。さすが商人ネットワーク。

「フェルスケイロからここまでの片道でしか使ってないのにですか？」

「目端の利く者は珍しいかどうかだけでは判断しません。重要なのは、それがいかに実用性に長けているかですね」

　そこから距離を詰めてきたエーリネは、ガラッと真剣な表情に変わり声を潜める。

「お気を付けください、ケーナ殿。あなたの持っているそれを狙って、もう何人かの貴族が動いているようです。しばらくこの村から離れるのでしたら、隣国にでも行った方がいいのでは？」

一瞬だけキョトンとしたケーナは、ポンと手を叩くと「あーあー、はいはい」と呟く。それからニヤリと悪だくみでもしているような笑みを浮かべた。

彼女のことをよく知る者、例えばエクシズでもいたのならば、その笑みに含まれる悪意というか、引き起こされる騒動に頭を抱えていたかもしれない。

「へー、お貴族様がねえ。それはそれは面白そうなクエストで……」

「クエスト？」

「ああ、いえ、こちらの話ですよ。ともあれご忠告痛み入ります、エーリネさん。知らないでいたら、きっととんでもないことになっていたかもしれません」

「ええ、気を付けてください。こちらとしてもお得意様に何かあったら困りますから」

「ええ、はい。じゅーぶん気を付けますよ。エーリネさんが困らないようにね」

エーリネが胸を撫で下ろしてケーナから離れた。しかし彼の「気を付ける」とケーナの「気を付ける」に、随分な温度差があったことは分からなかったようだ。

傍で聞いていたアービタが「くすくす」と笑うケーナにジト目を向けていたくらいで。

「おい、嬢ちゃん」

「どうしました、アービタさん？」

「王都で何かやらかすなら、相談くらいしろ。昔の職場に話くらいはつけてやるぜ」

目を丸くしたケーナは、ふわりと笑うと「ありがとうございます」と言って頭を下げる。

「やー、アービタさんがなんか凄い優しいよう。明日は天変地異でも起きちゃうんではないかしら」

「おいコラそこー！　人が気を遣ってやりゃあ、なんて言い草だ」

「冗談ですよ冗談。進退窮《きわ》まったらマイちゃんにでも泣きつきますって」

「だから殿下にまで迷惑をかけるんじゃねーっつってんだろおおおっ！」

槍をぶんぶん振り回しながらケーナを追いかけるアービタの姿に、団員たちが気付いて騒ぎ出す。

何かあったら真っ先に宥《なだ》め役《やく》に回る副団長が我関せずを貫いているので、団員たちは二人の鬼ごっこを生暖かい目で眺めていた。

すぐに「その目を止めろー！」と矛先を変えた団長のせいで、団員たちが蜘蛛の子を散らすように逃げ惑うハメになったのは言うまでもない。

鬼気迫る鬼ごっこを繰り広げているアービタたちから離れたケーナは、その足を宿屋へ向けた。

いつもの農作業前に飯を喰いに来ていた村人たちとすれ違い、挨拶を交わしてから店に入る。

「おはようございます。マレールさん、リットちゃん」

「おや、ケーナじゃないかい。おはようさん」

「おはようございます。ケーナおねーちゃん」

　親子と挨拶を交わし、カウンターまで近寄ったケーナは「少々相談が」とマレールの手を止めさせた。

　訝しげに首を捻る彼女に、娘さんを貸してほしいと頼み込む。

「リットをかい？　お酒を作る手伝いでもさせるつもりなんじゃあないだろうね」

「いいえ。ルカを連れて上の娘に会いに行くつもりなのですが、リットちゃんもどうかなと思いまして。こんな機会でもなければ、王都に行くことなんてできそうにないですし。ここはひとつ社会勉強のつもりで、リットちゃんを預けてもらえませんか？」

「ん～～～。そうだねえ……」

「お店の手伝いならウチのシィを出しましょうか？　それとも無料でビール一樽を進呈しますよ？」

　リット自身は「え？」と疑問顔で硬直している。

　マレールはチラチラと娘とケーナに視線を動かし、真摯《しんし》な視線に根負けして「はー」と溜息を吐いた。

「商売上手だねえ、ケーナはさ。分かった、その条件でウチの娘を預けるよ」

「じゃ、後でロクスに一樽持ってこさせますね。それじゃあリットちゃん、お出かけの準備しておいてね。エーリネさんの隊商と行動を共にするから」

「え？　え？　ええええええっ⁉」

話についていけなくて目を白黒させているリットの背を撫でて、マレールが落ち着かせていた。エーリネの隊商は今日一日休んで、翌日にはこの村を発つと聞いている。

「旦那たちと一緒に行くのかい。それならそうと言ってくれれば、すぐに答えが出せたんだけどねえ」

「むむむ、そうだったんですか」

「そうさ、女だけ三人の旅と思ったら、そりゃ心配するだろう？」

言われれば確かにと納得してしまう。マレールはケーナの強さを明確に見たわけではないので、我が子の心配もひとしおなのだろう。

ケーナは安心させるように、握った腕を掲げて宣言した。

「リットちゃんを害するものが来ようものなら、問答無用で退治しますから大丈夫ですよ。それに今回は私の馬車を使いますから。ロクスも連れていきますし、守りは完璧です」

ロクシリウスはケーナの半分ほどのレベルでしかないが、近接戦闘能力だけで判断するのならばケーナと肩を並べられるほどの強さだ。

リットはマレールに促されて、旅の準備をするために奥に引っ込んだ。マレールは娘の姿がなくなった店内で、ケーナに頭を下げる。

「すまないね、ケーナ。あの子のことをよろしく頼むよ」

「なーに言ってるんですか、マレールさん。私だってあの子にはお世話になりましたし、お友達ですし。守るのは当たり前ですよ」

「ケーナが来てから、この村も昔に戻ったみたいに活気が出てきたよ」

「随分引っ掻き回してますんで、ちょっとは申し訳ないとは思っていますよ。村長さんが倒れない程度には」

肩をすくめるケーナにマレールが笑い出した。

何事かと奥から顔を出したガットも理由を聞いて噴き出す。

なけなしの着替えを小さなリュックに詰めて戻ってきたリットは、爆笑する大人たちを見て首を傾げたという。

出発は翌日なので、早朝に隊商のところに集合であると伝えておく。

ケーナはリットの荷物で足りないものはないかと検査してから、宿屋を後にした。

一応ラテムも誘ったのだけれど、未だに前回の件でラックスがお怒りモードだったため、許可が下りなかった。

本人は残念そうだったが、生まれはヘルシュペルらしいので、大都市は見慣れているそうだ。

「ま、また今度誘ってくれよ」と引きつった笑顔で対応していた。その後ろで迂闊なことを言わないかと疑っているスーニャがいなければ、まだ格好がついたのだろう。

最初は社交的な観点から同行者をロクシリウスに指定したのだが、ロクシーヌが強く自分を推薦してきた。

「お嬢様方が一緒であるのならば、私が行きます。女心も分からぬような唐変木を連れていくのだけはお止めください」

「でも人だらけなんだけど、シィは大丈夫なの？」

「ゴミ虫の有象無象だと思えば、殺意も湧きません。いざとなったら殺虫剤をぶっかければ済むことです」

清々しいほどの割り切りぶりだが、言っていることだけならばテロリストと大差がない。

たまにはロクシーヌを連れ出したかったケーナにしてみれば、願ってもない提案である。

ロクシリウスも仕方がないと頷いてくれたので、揉《も》めないで済んだ。

ただロクシリウスが「何人が再起不能のゴミにさせられることやら……」と怖いことを呟いていたのが耳に残っていた。

「留守番お願いねロクス。たぶん戻る前に……」

「分かっております。ヘルシュペルからの荷物の受け取りと、酒類と魔道具の引き渡しですね。承りましたので、御安心ください」

「ん、よろしく」

恭しく頭を下げるロクシリウスに、ケーナは手をひらひらと振って応える。

何もなければそれでいいが、もしルカに危害が加えられるようならば話は別だ。怒り狂った自分を宥める術をケーナは思いつかない。

「オプスがこういう対処は得意だったんだけどなー」

ないものねだりをしても仕方がない。ない知恵を絞って、お貴族様からの無理難題を回避できる策を延々と考える羽目になった。

その横ではロクシーヌにアドバイスされながら荷物を纏めるルカが、頭を抱えてブツブツ呟くケーナを見て、目を丸くしていた。


翌日の早朝。

エーリネの隊商に所属する一同は、ガラゴロと馬車を引き連れて現れたケーナを、ポカンと口を開けて出迎えた。

もちろん、先に来て待っていたリットも例外ではない。

「お、おい嬢ちゃん。……それは何だ?」

アービタがケーナの背後でブルブルと嘶く馬の首を指差す。

それは生物とは言えない首だけの彫像であった。表面が木目で覆われた、木彫りの馬の首だけというものである。

アービタも職業柄、馬のゴーレムなどを見ることもあったが、瞬《まばた》きして首を捻り嘶くゴーレムの存在など目にしたことはない。

それが馬車の御者台《ぎょしゃだい》から突き出ているのである。

根本的に馬なしで走っている馬車という存在自体がおかしい。そんなものはただの荷車だろう。

荷台からは眠い目を擦りながらルカが顔を出していた。

隊商からの視線が集中していることに気付くと、びっくりして中に引っ込んでしまう。

「うちの馬車ですけど。何か問題でも？」

「「「……」」」

聞かれても返答に困ってしまう。確かに問題はないのだが、存在が問題である。

これには噂話程度に聞いていたエーリネも、口の端を引きつらせるばかりだ。

「ええと、ケーナ殿。それが例の馬車ということで？」

「はい。これが件の馬車ですね」

隊商内でも好奇心から興味を持った者が、幌車《ほろぐるま》ゴーレムを観察するように周囲を取り囲む。

見た目は幌の付いた荷車だ。これは購入した時より変化なしである。

変わっているところは御者台に突き出た馬の首である。木で出来ているように見える馬の首こそが、このゴーレム馬車の本体と言える部分だ。

要所要所に魔韻石を埋め込んではあるが、それを統括して馬車を動かす役目を馬首が請け負う。それによってこの幌馬車は快適な走りが約束されているのだ。

荷台の内部と外を隔てているカーテンには、結界が付加されていて内部を快適な温度に保つ。

内部にはクッションが敷き詰められていて、大人三人くらいまでならば手足を伸ばして寛げる空間が確保されている。

車軸や車輪にも衝撃を和らげる魔法が組み込まれており、走行時の揺れは極力抑えられていた。

こんなものの仕様が知られれば、貴族たちがこぞって手に入れようとするだろう。

ただきちんと実用に足る物ならば、という注釈が付く。

「実はこれ、魔力をバカ食いするんですよ。外付けのＭＰ《マジックポイント》タンクが必要なくらい」

普通の人間であれば、一日に何度もＭＰ《マジックポイント》切れで昏倒に追い込まれるはずだ。

無尽蔵ともいえるＭＰ《マジックポイント》量を誇るケーナでなければ、村から王都まで走らせることすらできないだろう。

ケーナを心配する面々からは、そういったものに執着する貴族に注意するようにという声が上がっていた。

馬車の観察ばかりにかまけてもいられない。

エーリネの部下たちがテキパキと準備を整え、隊商を出発させる。

見送りに出てきている村人たちの中にマレールを見つけたリットは、大きく手を振っていた。

ルカも荷台から身を乗り出して、マレールに向かって手を振る。ケーナも同じように手を振れ

ば、マレールは苦笑いをして手を振り返していた。

「さてお邪魔致しますよ？」

「どうぞ」

隊商が動き出して村を離れると同時に、エーリネがケーナの幌馬車までやってきた。

その表情はニコニコしていて、馬車に乗せてくれるまで梃子でも動かないと語っていた。

もちろん、ケーナには彼を拒む理由がないので、快く馬車の中へと招待する。

「これはまた……、揺れが少ないのですね」

床を埋め尽くすようなクッションの一つに座ったエーリネは、下からの振動がほとんど感じられないことに酷く感動していた。

クッションはルカの裁縫練習作品である。ロクシーヌは服を縫い繕うよりも、何かを作らせることに重きを置いてルカを鍛えているらしい。

中には何を模したのか分からない形の物もあり、目を楽しませる一因となっている。

ルカとリットは後ろのカーテンを開け、並んで座っている。後ろに流れていく光景を見て目を輝かせていた。

その傍にはロクシーヌが静かに控えており、二人が落ちないようにと目を光らせていた。

皆の荷物は幌の壁に備え付けられたフックにぶら下げられている。

一応、不審に思われないような飾りの意味だ。

ケーナはもちろんロクシーヌもアイテムボックスを持っているので、馬車内の荷物は最低限に抑えられていた。

　ケーナが小さなテーブルを取り出すと、そこへロクシーヌがティーセットの紅茶を並べる。どこからともなく出現した薫り高い紅茶にもてなされ、エーリネは目を丸くして驚く。

「いつも思いますが、ケーナ殿たちはどこからこういったものを出しているのですか？」

「まあ、こういった【古代の御技《スキル》】というやつですね。もうこればっかりは手に入れる手段はないと思います」

「そうですか。それはそれで実に興味深いことだったのですが……」

　アイテムボックスの存在など危なくって言えたものではない。こういったものは一纏めにして【古代の御技《スキル》】と言ってしまえば追及を免れるとケーナは学んだ。

「しかしこの時期にフェルスケイロに行くとなると、宿が空いているかどうか」

　たわいない話を続けていたら、ふと気付いたようにエーリネが不穏なことを切り出した。

「この時期？　フェルスケイロでなにかあるんですか？」

「ええまあ。ケーナ殿は知らないのが当たり前でしょうね。川祭りというものがあるんですよ」

　初めて会った頃に「田舎から出てきた」のだから、ケーナが知らないのも無理はないとエーリネは詳しく説明してくれた。

フェルスケイロはエッジド大河で分断されているという世にも珍しい都市だが、それ故に川がないと成り立たない都市でもある。

市民の生活は川に寄り添い、恩恵も厳しさも受けながら人は育つ。

だから川に感謝を捧げ、街を挙げてのお祭りが行われるのだという。

「盛り上がるのは祭りの最後に、大人から子供まで参加する小舟レースですね。中洲の周りを二周するのですが、毎年手に汗を握る展開が見所ですよ」

「へえ。それはちょっと見てみたいかも」

「かくいう私も子供の頃に何度か、友人たちと参加したことがありましてね」

「え？　エーリネさんがですか？」

犬人族《コボルト》特有の小さな体軀を見るだけで、ハンデがありすぎるのではなかろうかとケーナは心配になってしまう。

思い出に浸っているエーリネは、子供のように溌溂とした笑みを浮かべて当時のことを語っていた。

「結果はまあ、予選敗退といったところ止まりで……」

「あらら……」

頭を掻きながら苦笑するエーリネではあるが、悔しそうなところはひとかけらもない。

まったく気にしてはいないようで。その証拠に思い出がよほど楽しいものなのか、自分で語った一幕に吹き出してしまう場面も見受けられた。

「いやあ、失敗もありましたが、私はあれで皆と力を合わせることの楽しさを知りましたね」

しみじみと青春時代を語るエーリネの姿に、ケーナも顔をほころばせる。

というか普段とのギャップが見えて、ちょっと面白い。

ケーナがニヤニヤしているのに気付いたエーリネは、罰が悪そうに俯く。

「おっと……。いやあ、ついついあの頃の話は熱くなってしまいますね。ケーナ殿、このことはどうか内密に、ということで」

「ええ、分かりました。その姿のエーリネさんは私の胸の内にしまっておくことにしますよ」

室内にいて話が聞こえていたと思われるロクシーヌに目をやれば、小さく頷いている。

彼女ならこういった話は、漏らしたりしないだろう。そんな話題が出せるような相手も思いつかないが。

「うーん。でも宿屋が取れるかは難しいのか……」

子供という人族が交じっているため、以前泊まった宿屋も使えそうにない。

あそこで出会った宿泊客には、どことなく人族を避けているような節が見受けられたからである。

あとケーナが使ったことがあるのは、ルカを連れて行った時に適当に選んだ宿か。

あの時は川に近い位置で選んだら結構高級な宿屋だったらしく、一泊で金貨一枚を取られた記憶がある。

金に困っているわけではないが、あまり高級なところはケーナの身の丈に合っていないと感じてしまうため、遠慮したいと思っていた。

「それでしたらケーナ殿。泊まる所はうちで紹介しましょうか？」

「え？」

エーリネがそう切り出してくれたが、ピンとこないケーナはポカンと口を開けてしまう。

エーリネさんのところの商会は不動産とか扱ってないよね、と先入観があってのことだ。

ケーナの心配に反してエーリネが提示してくれたのは、商会で扱っている空き家であった。

ついでに商人というものは色々な物を扱っているのが当たり前だと教えてもらう。

エーリネの商会で扱っている物件は、小さな家から集合住宅まで幾つか揃っているとのことだ。

「家族用の一軒家を一つ貸し出しましょう」

「それは、いいんですか？」

「ええ。気に入って頂けたなら、ケーナ殿のフェルスケイロの拠点用に買い受けて頂いても、という打算込みですけれどね」

「それはちょっと使ってみないことには分かりませんけど。ありがたく使わせていただきます」

それから使用上の注意事項を教えてもらう。正式な契約はエーリネ商会に着いてからになる。設備は壊さない。使い終えたら綺麗に掃除するという二つだけだ。

「それだけですか？」

「ええ、それだけ厳守して頂ければ。壊したら弁償してもらいますけど」

「分かりました。きっちり綺麗にしてお返し致します」

自信満々にそう返すと、エーリネは楽しそうな笑みを浮かべる。

「ケーナ殿にそう言われると、新品になって返ってきそうで怖いですね」

「なんですかそれ～。まあ、やってやれないことはないですが、疲れるのでやりません」

幾つかのスキルを併用すれば、年季の入った家屋を新品同然にすることは可能だ。ＭＰ《マジックポイント》どころかＨＰ《ヒットポイント》も削らなければいけないような使い方をするため、ことが終わった後にものすごい疲労感に襲われる。

ケーナからすれば、デメリットばかりであまり使いたくない手だ。

川祭りについて細かいことを聞こうともしたのだが、エーリネは開催する側に回ってしまうため大きな催し以外あまり知らないそうだ。

「そういったことならば、アービタ殿の方が詳しいかと思いますよ」

「なるほど～」

その日は最初の野営地に着くまで、エーリネと「フェルスケイロについて商人視点編」という会話で盛り上がった。

もちろん、ルカとリットはその内容についていけず、気付いた時には仲良く二人で寝入っていた。

ロクシーヌが毛布をかけているところで、小休止のため隊商が停止した。

エーリネはその機会に「すっかり長居してしまって申し訳ありません」と幌車ゴーレムを降りていった。

その夜の街道沿いの野営地にて。

人数が多いので、幾つかの焚火に分かれて夕食を済ませる。

ケーナのところはロクシーヌが腕を振るったので、同席した商人たちにも好評だった。

この調子で他人にも愛想よくしてくれればいいなとケーナが思っていたら、アービタが酒瓶片手にケーナたちのところにやってきた。

たちまち不快な表情になったロクシーヌは、ルカたちを促して立ち上がる。

「ではケーナ様、ルカ様たちは私が見ておきますので、酔っぱらいのお世話を頑張ってくださいませ」

「お願いね、シィ。リットちゃん、ルカ、おやすみなさい」

「おねーちゃん、おやすみ～」

「おや、す、み。……な、さい」

まだ素面《しらふ》だったために、痛いところを突かれたアービタはぐうの音も出ない。

馬車へ戻る子供たちと酒瓶を見比べ、飲むか飲まないかを決めかねているようだ。

くすくすと笑うケーナに気付いて声を上げる。

「お、おい嬢ちゃん！」

「別に飲んでも構わないですよ。アービタさんだって息抜きは必要でしょうに。何を遠慮してるんですか？」

「いや、お前んトコのメイドのねーちゃん。絶対俺のこと嫌いだろ……」

「シィは誰にもあんな感じですよ。ここ最近は前に比べると確実に丸くなりましたが」

「あれで、丸いのかよ。どこが？」

苦虫を噛み潰したような渋い顔をしていたアービタが、夜陰に紛れるロクシーヌの後姿を見てから酒瓶をあおる。

「かーっ！　この一杯のために生きている。生き返るぜえ」

「……一杯？」

酒好きにかかれば、一瓶も一杯の範疇内なのだろう。

ケーナはツマミになるかと、アイテムボックスから炒った豆や魚の塩焼きなどを取り出す。

これらは以前にフェルスケイロの屋台で買い求めたものである。

幾つかは味が気に入ったので、多目に買い溜めしておいたものだ。

ロクシリウスたちを呼び出してからは、何も言わなくても自分好みの料理が出てくるので、すっかり出すのを忘れていた。

「お、いいツマミだな。これは嬢ちゃんが？」

「作ったんじゃないですよ。前に買い置きしておいたものです」

正直に言うとアービタは変な顔になり、豆や魚の匂いを嗅ぐ。

「悪くなってはいないようだが」

「食べられないなんてことはありませんよ。そこは保証します」

アイテムボックス内に入っている限り、劣化はしないのだから安心である。

なんで劣化しない仕組みなのかは、聞かれても答えられそうにない。

「エーリネの旦那に聞いたんだがよ、嬢ちゃん、川祭りが初めてなんだってな？」

「ええ、まあ。ほら、初めてアービタさんと会った時期に田舎から出てきたので」

「なんかあん時が随分前のように思えるぜ。嬢ちゃんの存在感は飛び抜けているからな」

「なんですか、それ？」

しみじみと瓶を傾けるアービタに、苦笑いで返す。

よくよく考えればイベントが盛り沢山で続いたため、毎日飽きるどころか波乱万丈に感じていた。病院のベッドで寝ていただけの人生より、今の方が生きているという感じがして心地いい。

ツマミをかじりながら、アービタから川祭りの楽しみ方を一通り聞いておく。

屋台は大通りにあるものより、住宅街にある住民が主催でやっている方が、家族でゆっくり回れるだとか。

楽しめるところも多いが、スリなども多いので、財布は細かく分けておけばいいとか。

祭りの最後に行われる中洲を回る小舟のレースは、一見の価値があるとか。

ただそれに伴う賭け事を勧めてくるのは勘弁してもらいたい。

祭りの楽しめる部分を事細かく教えてくれた。半分くらいが飲み食いする場に偏っていたのは、アービタの好みなのだろう。

「祭りらしいものは初めてなので楽しみです」

言ってから、失言だったと気が付くが、言葉は覆せない。

この世界では、という言葉を交ぜなかっただけよかったのかもしれない。

「エルフは祭りってやらないのか？」

「え、ええ。することはありますが、私はハイエルフですので。……交ざってはしゃぐなんてとてもできません」

ゲームのクエストで見た情景をそのまま伝える。

それはハイエルフのプレイヤー専用のクエストで、エルフの祭りを成功させろというミッションであった。

クエストは難易度が高くなく、工程ごとに障害があって、それを排除していく形式だった。祭りは無事開催されるのだが、プレイヤーは玉座のようなところに座らされ、祭りの様子を眺めることしかできない。

という、「もうちょっと何とかならなかったのか？」という不満が、プレイヤーから出るようなクエストだったのである。

「そうなのか？　嬢ちゃんも見えないところで苦労してるんだなあ」

なんとか誤魔化せたようで、ケーナは安堵する。

それに相槌を打ってくれたアービタは、傾けた瓶の中を覗き込んで、垂れてきた雫を舐め取っているという、酷く台無しな姿だった。

見かねたケーナは、小分けにしておいた小さな樽に入ったビールを渡す。

「おっ、こいつはもしかして……。いいのか？」

「そんな哀れな姿を見せられると、ちょっと……」

「いやー、催促したようですまんな」

小樽を胸に抱えてホクホクしたアービタの陽気さに誘われてか、団員が一人二人と集まってくる。ビール樽が露見するのは早かった。

「あああ！　団長ずるいですよ、うまい酒を独り占めなんて」

「うるせー！　こいつは俺が貰ったんだ」

たちまちその情報は伝播し、ケーナのいる焚火に団員が詰めかける。

うらめしそうな目を向けてくるだけの団員は、夜間の警護を担当するから持ち場を離れられないのだ。

サービスで出したのだから、アービタには自分で飲む分くらいは頑張って確保してほしい。

「嬢ちゃん、追加は？」

「ありません」

「「「…………」」」

旅というのは列車のように、風景が目まぐるしく変われば楽しむ要素もあるだろう。ただ森の中の街道を延々と進むだけというのは、往々にして飽きるものである。

常に移動する馬車の中では、風景を見る以外のことはできるはずもなく。ロクシーヌが絵本などを持ち込んではいたが、酔ってしまう可能性もあった。

読み聞かせるのは野営で寝る前にという制限が付く。

最初の頃はルカとリットが交互にクイズを出す、ということをして遊んでいたのだが、村に住んで日の浅いルカが答えられないことも多く、すぐに終わってしまった。

ということでケーナが取り出したのがトランプである。

過去に存在していたプレイヤーが広めたのか、その里子たちがやったのかは不明であるが、その手のボードゲームはこの大陸にも色々あるようだ。

トランプ、カルタ、百人一首（よくもまあ全部記憶していたものだと感心する）、囲碁、将棋、チェス、リバーシ、人生ゲーム、マージャン等々。実に幅広く揃っている。

かく言うケーナも最初に見たのは堺屋の店舗の一角で、その品揃えには唖然としたものだ。

ただトランプにしろ、カルタにしろ、厚手の上質紙を使っているため、それなりに高額である。辺境の村の人々にはそうそう手が出せないのは間違いない。

エーリネの隊商でも扱ってはいたのだが、村の人たちでは用途が分からない上に高額だったので敬遠されていたらしい。

ケーナはまず、絵柄の方を全部広げて見せることにした。

キングやクイーンの絵柄が三頭身程度のキャラクターになっている以外は、特に代わり映えのしないトランプである。ジョーカーの札はデフォルメされたゴーストが描かれているくらいだ。

イヅークに聞いたところでは、絵柄は子供向けのものらしい。大人用はまた違う絵が描いてあるとか。

たださすがのケーナもボードゲームの売り場で、店の責任者が出てくるのはどうなんだと思った。

もてなしてくれるのは分かるのだけれど、その場の店員が唖然としていた。「イヅーク様がやることでは……」と言って慌てていたことが印象に残っている。

最終的には「差し上げます」とかイヅークが申し出てきたので、ケーナはきっちり断って代金を支払ってきた。「この程度の金額で傾くほど～」は代々伝えられるような言葉じゃないというのに。

「じゃ、まずは神経衰弱っていうゲームをやりましょ」

「しんけい……」

「すい、じゃ、く……？」

全部のカードをひっくり返して、実演しながらルールを説明していく。ロクシーヌにも手伝ってもらい流れを説明してから、改めてスタートである。

ケーナは、自分では物覚えは悪いと思っていたのだが、体の方はスキルの恩恵もあり高スペックだったようだ。四組ほど揃えた後は動いていないカードを開き、子供たちにチャンスを与えようとしていた。

ロクシーヌは三組を揃えてからは、子供たちの記憶を確認させるような開き方をして譲っている。あちらの記憶力も問題ないようだ。

ルカとリット以外に問題がありそうなのは、妖精ちゃんである。皆で輪になっている上に浮いていたから、ゲームの進行を眺めているだけだと思っていた。

自信満々な顔をして「これとこれ」みたいにカードの上を飛び回るので、それを開いてみたら全然合わないのである。

「いっちば～ん！」

「に、にば、ん……」

最初の勝負はリットが一位でルカが二位。ケーナが三位でロクシーヌが四位である。その後にルカとリットで一位と二位を取ったり取られたりという順位が続く。

一度だけ、リットに「もう、ケーナおねーちゃんたちも真面目にやって！」と言われた時は、ケーナとロクシーヌでほぼ全てを取りつくす形となった。

乞われたからだと言っても、大人気ないにも程がある。

次に手を付けたのがババ抜きならぬ、ゴースト抜きだ。

絵柄から、こちらの世界ではそういった名称で呼ばれているらしい。ババ抜きを知っている側としては、違和感だらけである。

こちらは最初から結果が分かりすぎた。

「も～。なんでルカちゃんとロクシーヌさん、そんなに強いの？」

三戦やってリットだけが惨敗である。

一位と二位をルカとロクシーヌが交互に取り、ケーナは安定の三位だ。

「かお、で……。わか、る」

「リット様は顔に出すぎですね」

完全に表情をコントロールするロクシーヌと、未だに表情の乏しいルカの前にリットなど敵ではなかった。

「リットちゃん、相手がババ、じゃない、ゴーストに手を掛けたらニヤニヤしすぎだよ。分かりすぎるほど分かるって」

「うううううう～っ！」

悔しくなって唸《うな》るしかないリットであった。

再度ゴースト抜きをすることになって、自分で頬を摘み顔面の柔軟体操をするリットの様子に笑いがこぼれる。結果は残念としか言いようがなかった。

落ち込んでしまったリットをルカとロクシーヌに任せて、ケーナは馬車を降りる。ケニスンが呼びに来たからだ。

「どうしたんですか、アービタさん？」

何かを警戒するように隊商はスピードを落として移動している最中であった。〝炎の槍傭兵《ようへい》団《だん》〟が集まっている場所まで行き、難しい顔をしている団長に話しかける。

「ずっと同じ距離を開けて何かにつけられてるようだ。心当たりはあるか？」

「ちょっと分からないですねー」

ケーナたちは代金を払って同行する身なので、お客様という扱いだ。当然護衛される側ということになる。

それでもケーナは乞われれば、防衛だろうが迎撃だろうが付き合う気でいた。これは隊商に交ざる時にも伝えてある。

「じゃ、盗賊かなにかでいいな」

「団長……、もう少し相手の動向を探るとかですね」

副団長の呆れた表情に、アービタが苦虫を噛み潰したような顔に変わった。小言をどうにかして回避したいだけらしい。

ケーナは助け船を出さずに、【風精霊】を召喚するとアービタの気にしていた方向へ放った。視覚を共有して周辺を探索させると、結構な数の盗賊《ストーカー》が発見できたのである。

「祭りが近づくと商人が一斉に動きますからねえ。売り上げを狙って集まってくるんですよ」

エーリネの乗る馬車が近くに寄ってきていた。彼は御者台から憂鬱そうな顔を背後、盗賊がたむろしていると思われる方角に向けている。

「毎年毎年どこから湧いてくるんでしょうね……」

眉間《みけん》を揉みながらうんざりしているのは副団長である。盗賊たちは家庭の嫌われ者Gのような扱いをされているようだ。当然であるが。

「おそらくは夜陰に紛れて襲ってくるでしょう」

「夜まで待ってられん。早々に片付けるぞ。嬢ちゃん、手伝ってくれるんだろ？」

「はいはい」

ケーナは了承したが、アービタの「突っ込んで蹴散らせばいいだろう」という発言に副団長と一緒に突っ込んだ。

「ダメでしょうそれじゃあ」

「ケーナさんの言う通りです。半数は捕らえるか倒すかして、盗賊の戦力を削ぐ必要があります。無策で突っ込んだところで、地の利はあちらにあります。逃げられたらこちらの負けですよ」

「じゃあ、一旦隊を止めさせるか。旦那、車軸が折れた風を装って足を止めたいんだが？」

「すぐには動けないということを装うのですね。構いませんよ。ケーナ殿がいれば守りは任せられますし」

無策で突っ込むと言っていたのは何だったのかと思えるほど、狡猾《こうかつ》なことを言い出すアービタであった。それにすぐさま実行許可を出すエーリネも付き合いが長い悪友のようだ。

「というわけで、嬢ちゃん（ケーナ殿）、守りは任せた（任せましたよ）」

「なんでそんなに息ピッタリなんですか⁉」

いい笑顔で肩をポンポンと叩かれ、ケーナは呆れかえるしかない。

副団長が矢継ぎ早に指示を飛ばして、盗賊を逃がさないための布陣を整える。

ケーナも前に出ようとしたのだが、アービタから「子供《ガキ》がいるんだろ。血腥《ちなまぐさ》いところを見せるんじゃねえよ」とまで言われればあっさり引き下がる。

その代わりに援護魔法の大盤振る舞いだ。

【攻撃力上昇】と【防御力上昇】に【移動速度上昇】。不意打ちを担当する団員に【姿隠し】まで施す徹底ぶり。

体の奥底からみなぎる力を持て余す部下たちに、アービタからも諦めに似た溜息がこぼれる。

「嬢ちゃんが同行している時に、手を出す奴の気が知れねえぜ」

「間違いなく、国境の時の二の舞ですねえ」

副団長まで同調して、盗賊たちの潜む方角に向けて手を合わせていた。

一度手順をすり合わせ、隊商全体に通達しておく。いざことが起こったら知らんぷりしておけと付け加えるのは忘れずに。

再び通常速度に戻った隊商が移動を始め、次の野営地に近付いた時である。

サクラ役の団員が「おおーい！　ちょっと待ってくれー！」と周囲に響き渡る大きな声を上げた。それを皮切りに、馬車が次々に停車していく。

隊商全体が動きを止め、「何だ何だ？」と商人たちが馬車から顔を出す。

ほとんどが顔を覆うような大根役者ぶりだが、幸いそこまで完璧な演技は求められていない。獲物が騙せれば十分である。

「馬車の車軸がおかしいんだ。誰か手を貸してくれ！」

これもまた辺りに響き渡るほどの大きな声だ。周囲に何もない森の中だから、遠くまでよく通ること、通ること。

今回サクラ役に選ばれた彼は普段物静かで、自分の声が大きいことで悩んでいたらしい。アービタから「お前にしか頼めん」と直々に言われて、泣き笑いの顔でその任を受けたとか。

事情を知らないルカとリットも、馬車から身を乗り出して外の様子を窺《うかが》う。ロクシーヌにやんわりと止められ、しぶしぶ馬車の中に戻っていった。

声を上げた団員の周りに数人が集まっていく。

この間に【姿隠し】を受けた奇襲メンバーが次々と森の中に入るため、集まる人数の半分はケーナが魔法で作り出した幻影である。

護衛の大半が隊商の一角に集まったため、それを好機と踏んだ盗賊たちが森の中から次々と躍り出た。

「ヒャッハー」的な行動で襲いかかったのだが、次の瞬間には盗賊たちは背後から強襲されていた。

「ガッ!?」

「ぎゃっ!?」

「な、なにいっ!?」

獲物を奪える高揚感を保ったまま倒された者たちや、何が自分の身に起きたのか分からないまま倒された者たちが大多数を占める。

「こ、降参だ。降参する！」

「た、頼む！　命だけは！」

生き残ったのは早々に状況を理解して、武器を投げ捨てて降参した者たちだけだ。

「なんかもう潔いのか、生き汚いのか……」

「言ってやるな嬢ちゃん。所詮はそんなもんだ」

「群れると大変なんスよね、こういうのって」

「ぐだぐだ言ってねえで、さっさとふん縛れ！」

「「へーい」」

亡くなった盗賊たちはその場に穴を掘って土葬。

生き残った者は捕縛して王都に連行する。

全員後ろ手に縛られ、最後尾の馬車から伸びる綱に繋がれていた。

逃亡と反抗防止に、全員が双頭の巨大な蛇の胴体に束ねられている他は平穏なものである。

子供にこの蛇を見せるのは憚《はばか》られるということで、ケーナの幌車ゴーレムは隊商の前の方に移動していた。

「……おい、嬢ちゃん、何だあれは？」

「ゴッホダです。噛まれたら五歩歩く前に死に至ると言われています」

時折長い舌に執拗《しつよう》に舐められたり、ジーッと真正面から凝視されたりするので、盗賊たちの顔色は青白いを通り越して土気色だ。

ゴッホダは魔界エリアの蛇の魔物で、レベルは四五〇。中ボスで出てくる魔神の首や腕に巻かれた装飾品として出現することが多い。

装飾品として扱われることを好むため、ケーナが召喚して「縄の代わりになって、彼らを飾ってちょうだい」と言ったら、快く了承してくれた。それでいいのかと、逆に聞きたいところである。

一部始終を見ていたアービタはげっそりとしていた。

誰が縛る綱の代わりに蛇で代用しようと思うのか。

ただ街道であるため、行き交う旅人を驚かすわけにはいかない。指示を出せば当人、いや当蛇が術を使って保護色よろしく、体を太い縄に見せていた。

「何にせよ、フェルスケイロはすぐそこだし。あとはゆっくりできるな」

早々にくつろぐモードに入ってしまったアービタに、副団長はながーい溜息を吐いていた。諦めきった表情になっているところを見るに、いつものことのようである。

心労お察ししますと、何人かの団員が肩を叩いて手伝いを申し出ていた。

「……アービタさん」

「あ、なんだよ、その憐れみまみれの顔は？」

「さすがに副団長さんが可哀相ですので、ちゃんとやりましょうよ」

「いーんだよ。俺はどっしり構えているだけで、部下も安心、俺も安心。何の不安もなし！」

「どっしり構えるのと仕事を投げ出すのは、イコールじゃ結ばれないと思いますよ？」

周囲が苦笑いの中、真顔で詰め寄るケーナに対しアービタはちょいちょいと耳を貸すように促した。ケーナも少しは躊躇《ちゅうちょ》したが、素直に耳を傾ける。

「フェルスケイロで妙なことが発生しているらしい。ちょっと気を付けておけ」

コソコソと耳打ちされたことに困惑を隠せないケーナ。さすがに抽象的すぎて何に気を付けるのか分からない。

端的に言えば、何が起きてもいいように心構えをしておけということらしい。

しかし、隊商にいながらどこでその情報を得たのか甚だ疑問であった。


久しぶりに訪れたフェルスケイロは賑やかだった。

東門で入る時に多少並んだものの、そこでの有力商人らしいエーリネが許可証を見せることで隊商が丸ごと素通りできていた。

蛇は事前に返していて、盗賊たちは門に詰めていた兵に渡す。後で報奨金をアービタたちが泊まる宿に届けてくれるらしい。

ケーナたちの乗る馬なしゴーレム馬車も、門番たちが見てギョッとしていたが、問題なく通過することができた。

並んでいた人たちからも注目を浴びてしまう。誰も彼もが驚いた表情で馬なしゴーレム馬車を見送る、といった有り様だ。

「しまった。フェルスケイロに入る前にアイテムボックスに突っ込んどけばよかった」

ポカーンとなった人たちの、三つの丸で構成された顔を見てからケーナは後悔する。

「この混雑した通りをルカ様たちに進ませるのも、酷ではないかと思います」

ロクシーヌの言うことも尤もではある。

最初にフェルスケイロを訪れた時より、大通りには人が溢れていた。進む時間は前回よりも倍かかっている。

客引きの声や、声を張り上げて売っている物をアピールする店員の声。

陽気に踊っている者や、それらを囲んで手拍子を送り囃《はや》し立《た》てる者。

頭や肩の上に荷物を山積みにして運んでいる者や、三人がかりで一つの荷物を運んでいる者たち。

買い物客や観光客らしき者、冒険者や巡回中の騎士などなど。とにかく色々な人たちで通りは溢れていた。

馬車が通る道はそれらとはまた別になるが、それでも境界線が曖昧《あいまい》なため何かの拍子に馬車通りに飛び出てくる者がいる。

隊商の車列はそれらにぶつからないように速度を落とし、傭兵団員たちが列整理みたいに壁になるようにして移動していた。

ルカやリットも初めて見る人口密集地に、目を輝かせながら驚いているようだ。

ルカはフェルスケイロを訪れたのは二度目のはずだが、前回はまだ自身の状況とか気持ちの整理とかがついていなかったため、周囲を見渡す余裕もなかったように思える。

年相応に二人して「あれは？　あれは？」とはしゃぎまくっている姿を、ケーナとロクシーヌは微笑んで見守っていた。

隊商は街中を突っ切り、エーリネ商会の敷地に到着する。

前回ケーナが馬車を購入した店の裏手に次々と停車すると、従業員がわらわらと群がってきて荷物を次々に運んでいく。

彼らも馬なしゴーレム馬車を見るとギョッとしていたが、隊商に同行していた商人たちに「口外無用」と耳打ちされれば、頷きつつ自分の仕事に戻っていった。

「ケーナ殿。馬車はうちで預かることも可能ですが。どうしますか？」

馬車を降りたところでケーナが体をほぐしていると、エーリネがやってきてそう提案してくれた。

「いえ、そこまで迷惑をお掛けするわけにもいきませんし。面倒があるって教えてくれたエーリネさんに、それが降りかかるのも悪いじゃないですかー」

リットとルカが降りたのを確認したケーナは、ゴーレム馬車をアイテムボックスにしまう。

目の前で馬車が忽然《こつぜん》と消えれば、【古代の御技《スキル》】と聞いているエーリネも驚きを隠せない。さすがに今更追及はされなかったが、エーリネの表情は詳しく聞きたい症候群に満ち溢れていた。馬車が丸ごと収納できるような運搬手段の確保、という点においてケーナの存在は魅力的だろう。

ケーナに貸し出される家の賃貸契約を簡潔に結び、「店の者に案内させましょう」というところで神妙な顔をしたアービタが現れる。

ちょっと前に「酒場に直行するぞ～」と、息巻いていた人と同一人物とは思えない変わりようだ。

「どうしました、アービタ殿？」

「事前にある程度の情報は得ていたが、どうも妙なことが起こっているらしい。祭りの開催も危ぶまれていると聞く」

「なんですって⁉」

もう祭りが開催されているのかと思ったら、まだ準備期間だったようだ。その期間中の晴天の日を狙い、本祭が行われるらしい。

「今の賑やかさでまだ足りないんですか……。祭りが危ぶまれる事態ってなに？」

「もううちの奴を冒険者ギルドに確認に行かせている。詳細が分かったらそっちにも知らせるようにするから、嬢ちゃんはガキ共を休ませてやれ」

ルカたちはロクシーヌに手を引かれて、ケーナたちの話し合いを離れたところで眺めていた。キラキラした目の輝きは収まっておらず、わくわくした期待が顔にも表れている。

あんな顔を見てしまえば、「今日は外出禁止」なんて言えるはずもない。

エーリネとアービタに礼を言って別れると、ケーナたちは商会からそう離れていない一軒家に案内された。

第二章　陰謀と、調査依頼と、ナンパの対処法と、娘二人

「えーと、家？」

「まあ少し大きいんですが、元は小さなお店でした」

とエーリネ商会の店員さんが紹介してくれたのは、二階建ての縦横に広い家だった。

大きさはマレールの宿屋の半分くらいだろうか。それだけで一軒家というには大きすぎる。

店員さんは鍵を渡すと「ご自由にお使いください」と言って帰っていった。

　一階には間口の広い店舗部分だったところと、小部屋が二つに台所がある。小部屋の一つは食堂になっていて、六人が座れるテーブルと椅子が用意されていた。二階には八畳ほどの部屋が三つあった。

　ケーナとルカとリットの三人で、寝室として二階の一部屋を使うことにした。ロクシーヌは一階の小部屋を使うようだ。家中を歩き回って台所を調べてから「薪《まき》が必要ですね」と呟いた。

とりあえずアイテムボックスから取り出したベッドを、寝室予定の部屋にどーんと置く。

食器類や食材はロクシーヌのアイテムボックスに入っているから平気だが、それでも足りない物はあるようだ。

「あー、まずは買い出しかなあ」

「いえ、雑務はこちらでやっておきます。ケーナ様はまず、お二人を連れてその辺を回ってきてください」

　子供たちだけで歩き回らないようにと言い聞かせているものの、二人の興味は完全に外に向いている。

今も、すぐ近くの通りを音楽を奏でながら通過していく一団を見て、視線はそれを追っていた。妖精ちゃんなどはふらふらとそれに釣られて壁を突き抜けていき、ぴゅーと慌てて戻ってきた。先に迷子になるのはこっちかもしれない。

不足分の調達はロクシーヌに任せ、ケーナは二人を連れて騒がしい街中へ出かけることにした。

以前にデン助と追いかけっこをした記憶を頼りに、ケーナが二人を連れて向かったのは川岸である。

とはいうものの、ここの川岸は住民が桟橋を増築しまくったせいで、元々の岸より川側へ数十メートル膨らんだ形になっている。

しかも怪獣騒ぎの時に広範囲に渡って破壊されてしまった。

その後に再び増改築を繰り返したのだろう。上から見るとかなりギザギザな形になってしまっている。

普段なら小舟が無数に浮かび、漕ぎ手がたくさん必要な大型のガレー船なんかも浮かんでいるはずなのだが。しかし現在は小舟一艘《そう》見かけない。

ほぼすべての桟橋周りに、幾艘もの小舟が繋いである。

不気味に静まり返った川面が、太陽の光をキラキラと照り返しているだけだった。

「おや～？」

「わ～、すごーい」

「ひろ、いー」

光景の違和感に首を傾げるケーナとは逆に、リットは川を見て感動していた。

ルカは一度来たことがあるものの、かなりバタバタしていたためあまり記憶には残っていないようだ。

強烈な大司祭を途中に挟んだせいもあるかもしれない。

この中洲を挟んだ辺りは流れが穏やかで、波がない日などは大きな湖と見間違えられることもあるという。

何よりこの距離でも、中洲の東側の教会は目立つ。

白亜の宮殿のような教会は、ひときわ優雅に見えていた。

「何かあったのって、この船がいないことに関係あるのかなあ？」

「ケーナおねーちゃん！　ケーナおねーちゃん！　あれなに？　あれ！」

リットのはしゃぎように考えを中断したケーナは、彼女が指差していたそれを見上げる。

頭上を悠然と飛んでいるのは、人を背中に乗せた巨大なライガヤンマだ。

船が使えない代わりにということで、かなりの数のトンボ便が頭上を飛んでいたりする。

「あれはトンボ便よ。ライガヤンマに乗って観光したり、対岸に渡ったりするの」

「へー」

リットは頭上を飛び回るトンボ便をずっと見上げている。随分と関心を持っているみたいだ。

頭上ばっかり見上げていると桟橋から落ちないとも限らないため、ケーナはリットを引き寄せた。

「ケーナ、おかあ、さん」

「はいはい、どうしたのルカ？」

今度はルカにマントを引かれ、しゃがんで視線を合わせる。

「ど、して……。ふね、ない、の？」

「え？　うーん、どうしてだろうね。きっと何か事情があるんだよ」

「う、ん……」

（さすが漁村生まれ。川に船が浮かんでいないことに真っ先に気付くとは。ルカ、恐ろしい子⁉）

『ケーナ。子供ノ疑問ニ、驚愕ゴッコハヤメマショウ』

キーから呆れた視線を向けられた気がして、真面目に考える。

とはいってもアービタから聞いた「妙なこと」以外の原因はないわけで。

「川に何か怖いものが出たとか？」

「こわ、い……」

「ああ！　ごめんごめん！　怖くない怖くないよー！」

ルカの表情に陰りが出たことで、ケーナは慌ててルカを抱きしめた。

自分の村で起こった異変を思い出させてしまったかもしれないという焦りと、母親失格だという後悔で自身を殴りつけたくなる。

だがルカはケーナの抱擁《ほうよう》からぐいっと身を引きはがし、柔らかく笑う。

「ケーナ、おかあ、さん。つよ、いの……、し、ってる、もん」

「ルカ……」

わなわなと感動に打ち震えるケーナ。

横からリットがルカに抱き着いて「そーだよねー。ケーナおねーちゃん強いもんねー。悪い魔女だし」とコロコロと笑う。

「おいいいいっ!?　リットちゃんそれは秘密うっ！」

焦るケーナにリットとルカがキョトンとした顔で答えた。

「ルカちゃんにはもう言っちゃいましたけど……？」

「おかあ、さん、は、わるい、まじょ、じゃ、ない、よ」

「わーん！　二人とも天使い～！」

再び感極まって二人を抱きしめるケーナ。

ただ桟橋の目立つところでこの掛け合いをやっていたために、周辺の人々から生暖かい目を向けられていたのに、気付くことはなかった。

川の見物を終え、桟橋を離れたケーナたちは人通りの多い大通りを避けて、住宅地の中を通ることにした。

家の軒先で飲み物を出していたり、肉串を焼くなどして出店している住民が多いからだ。

はしゃいで喉が渇《かわ》いたという二人に、果実を絞った飲み物を購入する。

一杯銅貨二枚くらいなので、非常に安い。

水で嵩増《かさま》しされているみたいだったが、きちんと果実の味は残っていた。飲み終えたら木のコップは返却する。

大通りの喧騒《けんそう》を聞きながら、住宅の通りの店を見回っているのも楽しい。

ご婦人方が作ったという木製の髪飾りなども購入し、ルカとリットはご機嫌だ。

『周囲ニ危険ハ見当タラナイト思ワレマス』

「まだ人の目が多いからねえ、この辺」

キーの報告を聞きつつ、二人と手を繋ぎながら歩いていると、前方を子供の集団が横切った。

その中に見覚えのある人物を見つけたケーナは、うっかり声をかけてしまう。

「デン助！　また逃げ出しているの？」

「え？　あ、げえっ⁉　化け物女！」

ケーナの顔を見るなり飛び上がって驚いたデン助は、失礼な呼び名で彼女を呼んで指差すと一目散に逃げだした。家と家の間の細い道に飛び込み、あっという間に姿を消してしまう。

一緒にいた子供たちも、デン助の反応からケーナに思い当たったらしく、ぴゅーっと散っていく。

「なんという逃げ足の速い……」

「おねーちゃん。今の人知ってるの？」

声をかけてから一団が消えるまでがすぐだった。

事情を知らないルカとリットも、その逃げ足の速さにあっけに取られている。

「ばけ、も、の？」

ルカはケーナの呼ばれ方が気になっているようだ。

ケーナは笑いながら二人の頭を撫でて、簡単に事情を話すことにした。もちろん、相手の正体が王子だということはぼかして。

「前に冒険者ギルドの依頼で、いいとこのおぼっちゃんが勉強嫌いで逃げ出したのを捕まえたことがあってね。いまのはそのおぼっちゃんよ」

勝手に勉強嫌いにされてしまったデン助の境遇に、二人は悲しそうな顔をする。

「べんきょう楽しいのに」

「う、ん。え、ほん、よめる……の、たの、しい」

勤勉な二人の反応に、ケーナは嬉しくなって抱きしめた。

だいたい二人から目が離せないのに、デン助を捕まえることなどできるはずもない。

見回りの騎士でシャイニングセイバーの部下を見かけたら、一応伝えておこうと思った。

露店を回って肉串などを購入して貸し家に戻ると、台所に薪が高く積まれていた。

ロクシーヌが短い時間でいろいろ揃えたようで、二階の寝室にはクッションなども運び込まれていた。椅子代わりのようだ。

さっそくクッションに腰を落ち着けて、座り心地を確かめるルカとリット。

ケーナが二人の様子を眺めていたら、ロクシーヌに声をかけられた。

「ケーナ様、お客様がいらしています」

「お客？」

そして店舗部分だったガランと広い空き部屋に、テーブルと椅子が設置してあった。

その一つにぽつーんと座っていたのは、炎の傭兵団《ようへいだん》のケニスンである。

「お待たせー。ケニスン、どうしたの？」

「いえ、団長の使いで来たんでスっけど」

どうも何かに困惑しているようで、歯切れが悪い。目の前に置かれていたティーカップをぼんやり見つめていた。

覗き込んでみれば入っていたのはお茶ではなく、なみなみと盛ってあるのは塩であった。

ケーナもしばし固まってしまうインパクトである。

誰が出したのかなんて聞かなくても分かる。まったく主人の顔に泥を塗るメイドで頭が痛い。

「……えーと。うちのメイドがごめんなさい」

「あ、いえっ。俺は伝言を届けに来ただけッスから」

素直に謝れば、ケニスンは立ち上がってビシッと胸に手を当てた。思わず出てしまった騎士式の敬礼にケニスンが照れ笑いをし、ケーナが噴き出す。

「それで冒険者ギルドに聞きに行った件よね？」

「はいッス。なんでも数日前から大きな影が水面に現れるようになったから、船の航行を禁止したらしいッス」

「大きな影……。どれくらいの？」

「何でも、こちらの岸から中洲まで届くくらいだということッス」

「はあ!?　なにそれデカすぎるでしょう！」

ケーナの記憶する限り、リアデイルのゲームでもそこまで大きな水棲モンスターはいない。例外は【召喚魔法《サモンマジック》】による最大レベルで呼び出すグリーンドラゴンだが、あれは飛行するために特化したドラゴンなので水中には潜れない。

いったいこの世界に何が潜んでいるのか、背筋に寒気が走ったケーナだった。

翌日の朝食の席に、今日はどこを見て回ろうかと楽しげに会話するリットとルカの姿があった。

ルカの言葉は今もたどたどしいが、自分の意見がないわけではない。

リットが好きな物や見たい物を挙げていって、それに「はい」「いいえ」と返すことで二人の会話は弾んでいるようだ。

「わたしはボール投げてた人たちを見てみたいなー。ルカちゃんは？」

「ボー、ル？」

「ほら、人がいっぱいいる中を馬車ですすんでたら、ボール投げてた人が見えたの」

「……、みて、なか、った」

「わたしはちかくで見てみたいなー。ルカちゃんはどうする？」

「……、いく」

「うん！　いっしょに見ようねー」

傍で聞いていたケーナもすぐには想像に至らなかったが、大道芸みたいなことをやっている人たちなのかと思う。

ケーナの知識もテレビかネット由来の物が多い。

ボール投げと聞いて、ピエロが一輪車で走り回りながらボールをジャグリングする、いわゆるサーカスの演目のような光景しか思い浮かばない。

今日は引率なのだから、子供たち以上に夢中にならないようにしようと、ケーナは自分に言い聞かせていた。

途中で給仕をしていたロクシーヌが何かに気付き、一旦食卓を離れる。

すぐに戻ってくると、ケーナに「無粋な客が来ていますが、水をぶっかけて追い払ってもよろしいですか？」と物騒なことを言いだした。

「朝から過激なことは止めなさいよ。それでどういう客？」

「典型的なワガママ貴族の使いっ走りのような執事です」

「執事ィ？」

ルカたちには家から出ないようにいいつけておき、ケーナは玄関へ向かう。

ロクシーヌは室内へ続く部屋の前で待機し、無粋な輩が中へ踏み込まないように壁になる役目だ。

初日のうちにケーナはこの貸し家を、魔法的な防備でこれでもかというほど要塞化している。

二階から侵入しようとした輩は、屋根に擬態した魔法生物によってハエトリ草のように捕獲される仕組みだ。

威力によっては、ぺっちゃんこになる可能性もあると言っておこう。

家の裏手から侵入しようとした輩は、トランポリンのような魔法により放物線を描いてぶっ飛ばされる仕掛けが迎え撃つ。

その際の着地地点は川の中で、落下速度による生命の安全は保障されない。

子供たちに危害を加える輩に人権はないというのが、ロクシーヌとケーナの出した結論である。そこに容赦とか手心を加える良心は、全く存在していない。

警戒しながら外へ出たケーナの前には、口元から顎にかけて白いひげで覆われ、細身の体をスーツに包んだ老いた執事が佇んでいた。

彼はケーナの顔を見るとまずは一礼する。

「朝からご足労をお掛けして申し訳ありません」

「それは大した労力でもないけど、どちらさまですか？」

「これは失礼いたしました。私《わたくし》、さるお方の執事を勤めさせて頂くマルナスと申します」

「冒険者のケーナです」

「存じております」

右腕は胸の下、左腕は後ろへと回した姿勢のまま、マルナスと名乗った執事は軽く会釈《えしゃく》をした。

「それで、さるお方の執事さんが私に何のご用でしょう？」

普通にニッコリ笑ったつもりのケーナだったが、マルナスは何故か半歩後退する。

彼の長い執事経験がその笑みを、ドラゴンの顎《あぎと》に誘い込まれるような罠だと感じさせたからだ。

知らず知らずのうちに頬が引きつり、完璧な執事たる無表情が崩れていく錯覚に陥《おちい》る。

動揺を悟られぬように矜持で抑え込み、姿勢を整えて対象に向き直る。

その間僅《わず》か一秒。

実際のところ彼に屈服寸前の威圧感を与えていたのは、ケーナの背後に控えるロクシーヌだった。

彼女は自分の主を平民だと舐めてかかる執事（ロクシーヌ個人の主観である）が気に食わず、ピンポイントで【威圧】を送っていたのである。

ロクシーヌの本気のステータス低下スキルなんて受けたら、マルナスみたいな低レベルの人間は一発でショック死しかねない。故にギリギリを見極めながら発動させていたのだ。持ち直したので、少し弱すぎたかと舌打ちをし、スキルの使用を停止する。これ以上はケーナに気付かれる恐れがあったため、おとなしく控えることにした。

ただし、いつ何が起きてもいいように、執事への攻撃も視野に入れて。

ケーナもキーから忠告を受けて、ロクシーヌの背後からのスキル使用に内心嘆息していた。

（シィってば……）

『ドウセコノ執事ノ上司モ、アレガ目当テナノデショウ。ロクシーヌニ命ジテシマエバ、夜陰ニ紛レテ上司トヤラヲ殺ッテクレマスヨ』

（祭りの最中に大混乱になるでしょーがっ！　何でキーちゃんといいシィといい、物騒な方向に考えが行くの！）

長い付き合いの脳内相棒もメイドも、攻撃的すぎて嫌になる。

自由にやらせていると、後できっと自分が苦労するパターンになる。そんな案件をゲーム中にケーナは嫌というほどに経験している。

「ご用件を？」

「あ、ええ。実は貴方様の保有している馬車を、さるお方が所望しているのです。売って頂けませんか。もちろん代金はお払い致します」

ほら来た、とケーナはエーリネの忠告通りの内容にうんざりする。

「ちなみに幾らくらいで買ってくださるんですか？」

「そうですね。金貨五〇〇枚でいかがでしょう」

金貨五〇〇枚イコール、銀貨五万枚だ。ケーナがゲーム時代より持ち越している手持ち金額の一パーセントにも満たない。

ケーナお得意のマレールさんちの宿泊料金プランだと、一二万五千泊できる計算だ。ハイエルフの寿命なら宿泊が可能だが、宿屋がそこまで続くかが不明である。

「はした金ですね。他をあたってください」

「っ⁉　なんですと！」

ばっさり切り捨てたケーナの発言に、老執事が初めて感情を露《あらわ》にした。

握った拳《こぶし》が信じられないとばかりにブルブル震え、糸目で見えなかった目もカッと見開かれている。

すかさずロクシーヌが前に出て、話は終わりだと老執事を追い出しにかかった。

「交渉は決裂しました。お引き取りを」

「まだ話は終わっててっ！」

「これ以上ごねるようなら実力行使に移りますが、よろしいでしょうか？」

聞く先はケーナではなく、諦めの悪い老執事の方である。

ロクシーヌの冷ややかな視線に絡め捕られたマルナスは、背筋に氷を突き立てられたように硬直する。一瞬だけ無残に引き裂かれた未来が見えるような悪寒に襲われたからだ。

「こ、これだけの良い取り引きを……。後悔することにならねばよいのですが」

なにやら脅迫じみた捨て台詞を残して去っていた。

この場合考えられるパターンとしては、ゴロツキを雇って子供たちを誘拐するか、嫌がらせを行うかだろう。

「テンプレ悪党だといいなあ」

「ご命令とあらば、今夜のうちに息の根を止めてきますが？」

「誰が暗殺をやれと言ったか。放っとけばそのうち諦めるでしょ」

「楽観的ですね、ケーナ様は」

「私やロクシーヌの防備を抜ける者なんか、ほとんどいないでしょーよ」

「それはそうなのですが……」

暗殺しないことに不満たらたらなメイドとか、物騒以外の何者でもない。

優先的に子供たちの世話を任せておけば、暴走しないだろうとケーナは考えていた。

「私はちょっと冒険者ギルドに行って詳細を聞いてくるわ。後で合流しましょ」

「仕方ありませんが、分かりました。お嬢様たちのことはお任せください」

「この騒ぎでも、学院がやっていればいいんだけど。そうしたらトンボ便で中洲に行くことになるわね」

「召喚獣でも呼び出せば早いのでは？」

「騎士団がすっ飛んでくるわ!!　祭りの開催が別の意味で危ぶまれるでしょーが！」

召喚獣の水棲モンスターというのは見た目がごついものが多い。

レベルで大きさが変えられるのはブルードラゴンくらいなものである。

例えば八本脚のヒトデ。大きさがフェルスケイロの東門をゆうに塞げるくらい。例えばドリルのように回転する殻を持つヤドカリ。今借りている家より遥かに大きい。例えばスタンダードなタコ。王城に絡みついても余りある。

怪獣の時並みの騒ぎにならないとも限らないため、ロクシーヌの提案はバッサリとカットされた。

その日は大通りに足を踏み入れるも、あまりの人の多さに閉口する。

なんとか人混みの中を移動し、ナイフ投げの大道芸を見物し、屋台を幾つか回ったところで子供たちの体力が切れた。

帰り道の途中でエーリネ商会に寄って、布を大量購入することにしたのである。

ところ変わってフェルスケイロの口では言えない薄暗いところ。

元廃屋界隈だ。

廃屋だった一帯が一晩で観光用の城に化けてしまい、今では昼間は市場に次いで二番目に人が多い場所である。

夜には少しの篝火《かがりび》と兵隊の詰め所くらいしか人気《ひとけ》がない。

そこと住宅地の中間地点は、まだボロいながらも人が住んでいたり住んでいなかったりする。

いわゆる貧民街という地域である。

貧民層が集まる場所であれば、南門にも存在する。

それは壁の外にあり、街に住むことを拒否された不法占拠者の溜まり場であった。

もちろん、兵の警備範囲外であるため、魔物に襲われる危険性が高い場所だ。

それでも街壁内の貧民街にも住めないのは、弱いからである。

貧民街に巣食う連中は、一癖も二癖もある者ばかりだった。

それでも街中に住むための税は払っているので、積極的に追い出すわけにもいかない。

見回りを担当する兵たちには、目の上のタンコブといってもいい存在だ。

そしてその夜も彼らの企みは、水面下で練られて実行に移されようとしていた。

かつて大商人が建てたと言われ、栄華を誇っていた時には三階層の御殿だった家。今や半分は倒壊し見る影もない。

その地下室で獣油のちっぽけな灯火の中、数人の男たちが下卑た笑みを浮かべながら集まってくる。

脛《すね》に傷持つ悪名高い賞金首共が、ひときわ厳つい人物を囲んで悪巧みの真っ最中であった。

「例の連絡員からゴーサインが出た」

顔の半分に深い傷痕を残す強面《こわもて》の男。

フェルスケイロにおける闇組織の一角を担う〝渇きの蠍《さそり》〟のお頭《かしら》は、しゃがれた声で部下たちに告げた。

「へへへへえ。お頭ァ、それで今回はどんな依頼なんですぅ？」

「できれば女が交じってればいいなあ」

最初に尋ねたのは短刀を手の中でくるりくるりと回す優男。

このメンバーの中では、一番人当たりが良さそうに見えなくもない。この中に数えられているというだけで、ロクでもないのは確かである。

下世話なことを口にするのは、背の低い犬人族《コボルト》の男。

毛並みは灰色で、手入れはされていないのか、あちこちぼうぼうに逆立っている。酷い寝ぐせみたいだ。

「女には違いないが、相手は子供だな」

「ほほう。それはそれは、実に僕好みの案件で」

好意ありまくりに声を上げたのは、声の幼さの割にガタイのでかい大男だ。

顔は四角張って、体は筋骨隆々。工事現場で鉄骨でも担いでいる姿が似合うだろう。

こんななりしてペドフィリアである。最早救いようがない。

「人質だからな。壊すんじゃねえぞ」

「人質ということは、相手は商人ですかい？」

「冒険者だそうだ。それとメイドが一人」

「冒険者にメイドぉ？」

怪訝《けげん》な顔で聞き返すのは、実に特徴のない男。

街ですれ違っても悪人と認定するのは難しい。雑踏に紛れ込んだら捜し出すのも困難になりそうだ。一般人の中の一般人といっても過言ではない。

その目立たない容姿を生かした男の職業はスリである。

「その冒険者の女にある要求を通すため、子供を攫《さら》ってこいというのが今回の依頼だな」

自己主張の激しくない部下たちも、下卑た笑みを浮かべながら頷いていた。おこぼれにあずかれるのが楽しいのだろう。

「女だらけで羨ましいこって。子供というのは、その女の子供ですかい？」

「そこは知らん。興味があるなら自分で調べろ」

「ふへへへぇ。オレはどっちでもいいけどなあ」

「メイドを縊り殺して子供を攫えばいいのだろう？　楽な仕事だぜ」

「メイドは殺す前にオレに遊ばせてくれよ。なっ、いいだろアニキ？」

「構わんが、お前に渡すまで生きていたらな」

「そんなあ～」

好き勝手に事後の話で盛り上がるが、それは相手の詳細な情報があってこそだ。

相手が女、子供ということで、御しやすいと舐めてかかるのは典型的な小悪党の証拠である。

「いいかテメエら！　オレの顔を潰すんじゃねえぞ！」

壁をガンガンと殴りつけながらお頭が鼓舞する。

部下たちはそれぞれ余裕であったり、無表情だったり、口元を歪めたりしながらそれに頷く。

「吉報を待ってなよ、お頭」

「誘拐ならお手の物さ」

「へへっ、女、オンナァ……」

「やれやれ」

簡単な仕事と高をくくって笑いの止まらない彼らは、次々と部屋を出ていった。

今までの会話を、暗闇に紛れて聞いているモノがいるとは知らずに。

悪人共が気付かないのも無理はない。それは指の先くらいの小さな虫であった。

コールタールのように真っ黒いコオロギは、唯一赤い複眼を微かに点滅させると、最後に部屋を出ようとしたお頭の背中に飛びついた。


その翌日のことである。

ケーナは情報収集のため、冒険者ギルドに顔を出したのち子供たちと合流し、学院に向かう予定だ。合流までロクシーヌはルカたちのお守りである。

「ワガママ言ったら、ちゃんと叱ってね、シィ」

「はい、お任せください」

「ワガママなんか言わないよ～」

「うん、いわ、ない……」

口を尖らせて不満気味なリットとコクコクと頷くルカは、ケーナのマントの端を握りしめていた。

その手をゆっくりと解いたケーナは、二人に銅貨を二〇枚ずつ握らせる。

「勉強したんだから、自分でお金を払って何か買ってごらん」

「えっ、でもこんなにもらえない……」

リットは手の中の銅貨を数えて、ケーナに返そうとする。ルカもどうしていいのか分からず、銅貨とリットの動向を気にしているようだ。

「別にそれをいっぺんに使わなくてもいいのよ。お祭りの間に食べ物を買ったり、お土産を買ったりするのをその範囲内に収めなさい、ってことよ」

最初にケーナは銀貨を一枚渡そうとしていた。

あまり渡しすぎてもスリの標的になるだけとロクシーヌやキーに言われたので、削りに削った結果がその金額である。

初日の時の飲み物を飲むだけなら、一〇杯も飲めばなくなってしまう。

その辺りを考えて計画を立てて使ってくれれば、子供たちのためになるかと思ったのだ。

足りなくなったら追加で渡す気でいるし、そこまでになるとフェルスケイロの滞在が長期化する場合だろう。

祭り見物を早く終わらせるためには異変の解決が不可欠だ。

その前にルカをマイマイに会わせるという、目的を果たさねばならない。

「最悪の場合は銀環が必要かなあ？」

「ケーナ様の銀環《ソレ》は、最悪の事態のさらに先の最悪を呼び込みかねないので、使わないでください」

「はいはい……」

最大威力の魔法攻撃は、ケーナでさえも結果がどうなるか分からない。

最悪地形が変わりかねない予想も示唆し、ロクシーヌは自重を求めた。

「じゃ、ちょっと行ってくるからよろしく〜」

「いってらっしゃいませ」

「おねーちゃん。いってらっしゃい」

「い、てら、……しゃ、い」

「ん、またあとでね」

情報収集だけだというのに随分と気合いを入れたケーナは、子供たちに見送られて冒険者ギルドへと向かう。

その前にものすごく混雑した道を横切らなければならない。

見渡してみれば、道沿いの建物の屋根に上っている者もいる。

それに倣ってケーナも【跳躍《ちょうやく》】と【壁歩き】を併用して、人々の頭上を飛び越えていった。

ケーナが通った後は、頭上を飛んでいった何かに気が付いた人々が騒ぎはじめ、歩みを止めた人たちによって渋滞が加速していくという悪循環に陥っていた。

冒険者ギルドに入ると意外と人で溢れていた。

以前来た時には常連ともいえる冒険者のパーティがよくたむろしていたはずだ。コーラルのパーティとかがいい例である。

今は依頼の貼られている壁以外にも、第二の依頼板が設置されていた。

お買い物特設ステージみたいに置いてあるので、通常の依頼とは違う物なのだろう。

それらを主に処理するのか、引っ切りなしに出入りしている者がいる。

数枚をいっぺんに剝がして受付に持っていき、飛び出していく若いソロの冒険者が多い。

装備が冒険者らしくないところから察するに、荒事にならない街中専門の依頼を消化する者たちのようだ。

「なにこれ？」

第二の依頼板を覗いてみれば、祭りの間限定の依頼をまとめた物らしい。

「迷子を捜してくれ」や「店番を頼む」や「列整理をしてくれ」などの依頼が特に多いようだ。

そのほかにも目を引くのは「川の異変を解決してくれ」というものだろう。

数枚どころか十数枚が無造作に束ねられていて、のし紙的なものがつけられていた。

「贈答品みたいだわ～」

ぐるりと受付のあるカウンターを見回すと、見知った職員と目が合う。

「あ、ケーナさん」

「アルマナさん。久しぶり」

冒険者に登録した時に担当してくれた赤毛の美人職員さん、アルマナがケーナに向かって手を振っていた。

「すみません、アルマナさん。ちょっと聞きたいことがあり……」

無防備に近付いたケーナの両手を、カウンターから身を乗り出したアルマナががっしりと摑んだ。

「ほえ?」

「捕まえましたケーナさん！　実はお願いがあるんです！」

「いや、捕まえたって。え?　なに?　なんなの!?」

「聞いてくださいケーナさん！　あなたにしか頼めないことなんですぅ！」

「ちょっ、引っ張らないでよ！　いやいやいやいやいや、何だか分からないから！　何で捕獲されなきゃならないのよ！」

冒険者とギルドの職員。どちらも見目麗しい女性である。が、ぎゃーぎゃー言いながら引っ張り合いをしている姿はとても目立った。

そのうち業務に支障があるからと、二人は周りの職員によって引き剝がされる。

個人面談用の小さな部屋に押し込まれて、二人はようやく落ち着いて話をすることができたのであった。

「いきなりで驚いたけど、何なんですかアルマナさん?」

「すみません……」

ケーナの前に飲み物を用意したアルマナは、自分も席に着くとまずは謝罪した。

「私は聞きたいことがあっただけなのに」

「聞きたいことですか。どのようなご用件でしょうか？」

「学院ってやっているのかな、って。マイマイに会いに行こうと思ったから」

アルマナはケーナの質問に面食らったようだが「学院はこんな事態ですけど、やっていますよ」と答えた。

目の前にいる外見一七歳程度のケーナが、学院長を務めているマイマイの母親だということを思い出したからだ。

「それで、アルマナさんのお願いって何なの？」

「ええ、ケーナさんに異変の調査をお願いできないか、と」

「調査？」

「はい」

眉《まゆ》をひそめたケーナに、アルマナは現在起きている異変の詳細を語った。

ことは祭りの時期に差し掛かった頃に起きたこと。

ガレー船並みの大きさの魚影が目撃されたことが発端だったという。

その魚影を特定するために、国の方から兵が出て船を出して捜索中だった時である。

桟橋から野次馬たちが固唾《かたず》を呑んで見守る中、巨大な影は不意に現れたという。

長さはこちら側の岸から中洲まで届くほど。

見物していた者たちのみならず、舟で出ていた者たちもパニックになり転覆した舟も多かったようだ。

幸い怪我人などは出なかったが、その騒ぎの最中に巨大な影は忽然《こつぜん》と消えていた。

急遽国から船の通行禁止が通達されたが、その時以降巨大な影の目撃情報はないという。

「それでなんで私に調査依頼が来るのよ？」

聞き終えたケーナは一番疑問に思っていた部分を尋ねた。

言っては何だが、ケーナは冒険者としては駆け出しに近い方だ。

フェルスケイロに所属はしているが、依頼をこなした回数などそれほど多くはない。

「聞きましたよケーナさん。西の通商路に巣くっていた盗賊を討伐した功労者なんですってね」

「……あ」

確かに。依頼を受けたわけではないが、ケイリックとの共同の企みから依頼達成となったのは間違いはない。

ケイリックがケーナの名を伏せたのは依頼側にであって、冒険者ギルドにはことの詳細を説明しているはずだ。

しかもケーナ自身がギルドには口止めなどを行わなかったため、組織を通じて職員に情報が回っているのも至極当然の結果である。

「それにケーナさんだったら、水面を歩けるじゃないですか」

「あー……」

デン助を追い詰めるために、衆人環視の中で川の上を歩いていたことがある。

それがケーナに白羽の矢が立った原因なのだろう。

『ツマリ、完全ナ自業自得デスネ』

キーにまで突っ込まれてしまったら、もうぐうの音もでない。

諦めてがっくりとうなだれるしかない。

慰《なぐさ》めるように妖精ちゃんが頭を撫でてくれたのが唯一の救いだろう。

「分かりました。確かにそれは適任が他にいないようですね」

「受けて頂けるんですね！」

天の助けとばかりにズイッと身を乗り出したアルマナを「近い近い！」と押し返す。

「その前にマイマイに会いに行かせてちょうだい。娘を紹介しなくちゃいけないのよ」

「ええ、ええ。それはもう、受けて頂けるのでしたら幾らでも待ちま……、え？」

用意よく書類を取り出したアルマナの動きがピタッと止まる。

ギギギギと、建て付けの悪い扉のように首を巡らせ、ケーナに言われた言葉を反芻する。

「娘さんに、マイマイ様に会われるんですよね？」

「ええ、マイマイに娘を会わせるのよ」

「ええと……？　ケーナさんにはもう一人娘さんがいらっしゃるということですか？」

「そうだけど」

今度こそアルマナは衝撃の事実にピキーンと固まった。

自分より若く見える（ハイエルフである）女性に子供が四人もいるのに、どうして自分は未だに独身なんだろう、という思いがぐるぐると渦巻き、彼女の意識を彼方へと追いやる。

「あれ？　もしもーし、アルマナさーん？」

目を開けたまま気絶するという醜態をさらしたアルマナは、ケーナの知らせに飛んできた別の職員の手により休憩室に運ばれていった。

「なにやらうなされているようなのですけれど、何をおっしゃったのですか？」

「さっぱり心当たりがないです」

問い質されても、自覚のないケーナに原因の特定などできるわけもない。

また後日、依頼を受けるために冒険者ギルドに寄ることを約束して、ケーナはロクシーヌたちと合流することにした。


ケーナを送り出したロクシーヌは、貸し家の戸締まりを済ませてから、ルカたちを連れて騒々しい街中へ出かけていた。

まずはリットが馬車で進んでいる時に見付けた、ボールを投げるという出し物をやっていた大道芸人のところだ。

最初に直面したのはどこから割り込んでいいのか分からない、壁ともいうべき人の波である。

子供の歩く速度より遅いスピードで、タタミイワシのように繋がった人々が移動していく。

ロクシーヌ一人だけであれば、割り込むのに苦はないだろう。

人慣れしていない子供を二人も連れていると、難易度のバカ高いミッションに思える。

まずロクシーヌは連れていく子供たちに、選択を委ねることにした。

「お二人とも。目的の大道芸はこのゴミ、いえ、人の群れのどこかかと思われます」

本音が出かかったが、何事もなかったかのように淡々と説明をする。

ルカとリットはその人の波を見つめて考え込んだ。

どこから来ているのか分からない人の壁は、どこまで続いているのか分からない先の先まで繋がっていた。

混雑している道自体が初体験の二人には、この中に割り込むだけでも命がけのように思える。

「どうしようか？」

「う、ん……」

暫《しばら》くじりじりと動く人の壁を眺めていた二人は、ロクシーヌに諦めることを告げた。

「ケーナ様がいればなぎ倒して進めますよ？」

「だ、だめ！」

「ケー、ナお、かー、さん。……ひどい、こと、しな、い、……もん」

何気に主に罪をなすりつける気満々のロクシーヌに、ルカたちはケーナの無実を主張するのであった。

大通りを横切るのを断念したロクシーヌたちは、昨日ケーナに連れていってもらった住宅街の中の素朴な露店通りに足を向けた。

昨日の場所だけではなく、あちこちに住民主体でやっている店が存在するため、一日では到底回り切れないのである。

「うーん」

「……リット、ちゃ、ん？」

「どう？　お嬢ちゃんたち。安くするよ～」

その一つの露店で。店番をしていた青年の前にあるテーブルの上には、糸で編まれた小さな動物たちが並べられていた。

犬、猫、小鳥、ヤギまではまだ見たことがあるとして、ウサギや角のない熊や白鳥といった動物の姿を模した物。キマイラやワイバーンなど、見たこともない魔物の姿をした物も並んでいた。

二人は「これだ！」と思うお土産物に出会えず、ケーナからもらったお小遣いで買えそうなものを、露店を一つ一つじっくり見ながら探していたのである。

子供たちの悩みの種は尽きることがなく、移動する先々で悩むリットとそれを不安そうに見詰めるルカという光景が続いている。

それとは別に、面倒な事態もロクシーヌについて回っていた。

彼女は性格はともかく、容姿だけなら最上級の美女という部類に入る。

そんな美しさにやられた男たちが、次々とロクシーヌの前に現れるのだ。

端的にいうならばナンパである。

「キミ、オレと一緒に楽しいところへ行かないか？」と優し気な雰囲気で声をかけてくるイケメンがいた。

彼はロクシーヌの鋭い眼光に睨まれて震えあがり、道の真ん中でただただ突っ立っているだけの棒と化したのであった。

「オレの包容力に任せたまえ！」などと妄言を吐いた筋肉質の男性は、「視界に入るのも汚らわしい」と片手で突き飛ばされ、十数メートルも転がっていった。

華奢なメイドに片手で転がされるなんて力自慢の名が泣くと、真っ白になって道の端に膝を抱える男性のオブジェが完成する。

「まったく……。自覚のないゴミが多すぎますね」

と呟くロクシーヌの前には、またも新たなナンパ男が現れ、馴れ馴れしく声をかけてきた。

「いや〜。おねーさん、見かけによらず中々の武闘派じゃ〜ん」

「またゴミですか。消えなさい」

ヘラヘラ笑いながら距離を詰めてきた若者は、ロクシーヌの眼光には怯みもしない。

それどころか勝手にロクシーヌの腕を取り、手の甲に自分の頬を擦り付ける。

「力強い瞳って素敵〜。その包容力でボクを守ってえ〜」

感情の死んだ顔で半眼になって睨みつけるロクシーヌへ、ナンパ男の手がひそかに伸びる。

彼の得意な距離。必殺の間合いで繰り出された凶刃は、彼女の手によってしっかりと阻まれた。

「なァ、にィ？」

「ふふふ、そのように殺気を出したまま、私に刃を向けるとは笑ってしまいますね」

「があ、ぐっ⁉」

短刀を持った手ごと恐ろしい力で握りつぶされ、ナンパ男は悲鳴を上げようとした。

すんでのところで、ロクシーヌに顎を閉じるように顔の下半分を鷲掴みにされ、悲鳴は封じられる。

「ククク。お嬢様たちの悩む時間を邪魔してはいけませんね」

羅刹《らせつ》のような笑みを向けられ、ナンパ男は顔面蒼白であった。

か弱い女だと思っていたら、隙のない身のこなしでこちらの攻撃が無効化される。今も掴まれている手や顔からはメキメキボキボキと、骨が砕ける音が聞こえてくる。

今まで感じたことのない激痛が、ナンパ男から反抗心を奪っていった。

涙を流しながら、声にならないくぐもった声で謝罪を繰り返すナンパ男に興味を失ったのか、ロクシーヌは彼を解放した。

その時に繰り出された素早い腕の動きは、ナンパ男の肩と股関節を外す。立つこともままならない彼の体は、地面に崩れ落ちるしかなかったのである。

「あれ？　シーさん。その人どうしたの？」

「さあ、酔っぱらいのようですね。お嬢様たちが気にしなくても大丈夫でしょう」

「よっ、ぱら、い？」

小さい声で「ひゃふへへ、ひゃふへへ」と呟く哀れなナンパ男の声は、雑踏に紛れてすぐに聞こえなくなった。

実のところケーナと別れた直後から、ロクシーヌは周囲に渦巻く何者かの陰謀に気が付いていた。舐め回すような殺気を向けられていれば、否が応でも対応せざるを得ない。

こんな風に声をかけられ、わざと距離を詰めて来る者など臭い匂いでバレバレだった。

一人はルカたちに直接手を出そうとしてきたので、腕の骨を粉々に砕いた。

「え？　なんですって？　スゴイ技を見せてやる？　体重を感じさせない動きで空を飛ぶのですか？」という即席の芝居みたいなことで周囲に喧伝し、大通り方面に向かって放り投げてやったのである。もちろん、ロクシーヌが手を下したとバレないように。

周囲にいた人々は、放物線を描いて空高く飛んだ大男に拍手喝采だった。

白目を剝いていた大男がそれを聞けていたかどうかは分からない。その向こうで悲鳴が上がっていたので、ロクに受け身も取れなかったと思われる。

滑るような動きで子供に手を伸ばしたスリは、ロクシーヌが放った腕の一振りで肋骨を砕かれ、地面に崩れ落ちた。

とっさのことで少々力を籠めすぎたので、内臓も破裂させてしまったようだが、死んでないのでよしとされた。あとはお決まりのように「酔っぱらい」扱いで終わりである。

ロクシーヌたちの行く先々で、「酔っぱらい」と称されて地面に倒れ込んだ男たちは、一〇人近くにも上った。

ロクシーヌはただのゴミとしか認識していないので、あっという間に存在ごと忘却の彼方へおいやられる。

「差し支えなければ、何をお買いになったか聞いても構いませんか？」

路傍のゴミへの興味も失せたロクシーヌの問いに、ルカとリットは楽しそうにはにかむ。

「わたしはね～、ラテム君へのおみやげ～」

「わた、しは……、リー、さん、へ」

リットが小袋から覗かせたのは、ちいさな編み人形のワイバーンであった。

ルカが選んだのは熊であるらしい。

ルカが渡す相手には少し嫉妬《しっと》の炎を燃やしてしまうが、ロクシーヌは「荷物は私が」と言って二人の少女から小さな紙袋を受け取る。

そして肩から下げたバッグに入れるフリをして、二人の荷物をアイテムボックスへしまい込む。

次はどこを見ようかと相談する二人へ、残念なことを告げねばならない。

「そろそろ約束の時間になりますから、ケーナ様の下へ向かいましょう」

「え⁉　もう？」

「……うん」

素直に頷いたルカとは逆に、リットは「まだ全部見ていない」と不満を零《こぼ》していた。

そもそも一店舗に付き二〇分以上も悩んでいれば、二ヶ所を回っただけで約束の時間になってしまう。

「また明日回りましょう」とロクシーヌに言われ、「また、さが、そ」とルカに言われればリットも素直に露店の探索を諦めるのだった。

一度宿に戻って荷物を置き、花摘みを済ませると、ケーナとの待ち合わせ場所であるトンボ便乗り場に向かう。

ケーナはそこですでに待っていて、ルカたちが近付くとしゃがんで二人を抱きしめてくれた。

「お待たせしまして申し訳ありません」

ロクシーヌが頭を下げると、ケーナは「凄い人だもん、仕方がないよ」と苦笑いだ。

ルカが正直に「リット、ちゃん、が、……なやみ、すぎ……」と密告すれば、対抗したリットは「シーさんが男の人たちに声をかけられすぎてたもん」と反論する。

「ああ、ええと」

「まあ、シィが美人なのはしょうがないもんね」

納得とばかりにケーナが頷けば、ロクシーヌは頬を染めてうつむいてしまう。

まさか照れるとは思わなかったケーナは、彼女を止める時はこの手を使おうと心に留めるのだった。

トンボ便乗り場には二〇人ほどの列ができていた。

見る限りでは、このトンボ便乗り場には一〇匹のライガヤンマとその虫使いの方々が所属していて、ローテーションを組んで行き来を繰り返している。

頭から尾の先まで四メートルもあるライガヤンマの最大乗員は、三名までである。

一人は手綱を握る虫使いが必要なので、客が乗れるのは一匹につき二人までだ。

虫使いは首の部分に乗り、乗客は羽根の生えている部分のすぐ後ろに乗る。

羽根に当たらないようにするため、乗客は後ろ向きになるようだ。

一日貸し切りにして、街中の各所にある発着場に寄りながら観光するコースもあるらしい。

「二人ずつに分かれて乗るしかないね」

「それでしたらルカ様とはケーナ様がお乗りになってください。リット様は私が引き受けましょう」

さくさくとロクシーヌが割り振ってしまったので、ケーナはリットに「帰りは一緒に乗ろうね」と約束しておく。

ケーナは事前に邪魔になりそうな剣やマントは外しておく。

往復金額は一人当たり銅貨一〇枚で、向こう岸に渡ったら割符を貰い、それを見せれば復路も乗れるという。

支払いはロクシーヌが済ませる。

乗る場合の注意事項を聞く時に、ケーナが乗る予定のライガヤンマの虫使いの若者に驚かれてしまった。

「貴方は、確か川を歩いていた人じゃないですか！」

「うわ、知ってる人がいるし……」

川岸に住む人たちからケーナが未だに注目される理由が「川を歩いてた人」だ。

「あの時のことは覚えていますよ。下を見たら水面を歩いている人がいたんですからね。驚いてヤンマの制御に失敗しかけたのは、今ではいい思い出です」

笑いながら失敗談を話す若者は、同僚に「後がつかえている」と言われて職務を思い出した。

「それではどうぞ。体を真っ直ぐにして摑まっていればいいですから。あまり体を左右に倒さないでくださいね」

座席には、自転車に取り付ける子供用椅子みたいにハンドルが付いていた。

席順は尻尾側がルカで、羽根側がケーナである。

「飛びますよ～」という虫使いの声と共に、フォーンという羽ばたきが聞こえる。次の瞬間押し付けられる加速が加わったと思ったら、ケーナたちの眼下にはフェルスケイロの南側の街並みが広がっていた。

「うわ、すごっ」

「……わ、あ」

街並みもその通りを埋め尽くす人混みも、すべて見渡せる。

外壁の向こう側に広がる大森林も、オウタロクエスに続いていると思われる丘陵地帯までもが見通せる景観に、母子はしばらく見とれていた。

気が付いた時には高度が下がり、水面しか見えなくなったところで、二人はやっと溜息を吐《つ》く。もっと見ていたかったと切に願う、未練たっぷりの溜息だ。

降りる際に「感動しました。ありがとう」と伝えると、虫使いの若者は「そうでしょうそうでしょう」と誇らしげに笑った。

お客さんのそんな反応を見るのが、彼らの楽しみらしい。

後続のトンボ便から降り立ったリットも、彼女たちと同じようにぼーっとしていた。

ルカに腕を摑まれて我に返ったリットは「景色がきれいだった」と言う。

しばらく手を胸に当て、目を閉じたまま感動を反芻しているようだった。

「すごかったねー」

「……うん、すご、い」

「きれいだったねー」

「う、ん。きれーい……」

子供二人は見たものを表す言葉が中々選べず、ひたすら「すごい」「きれい」を繰り返すばかりである。

「シィは？」

「いえ、はい。……驚きました。こんな光景があったのですね」

ロクシーヌも飛び立っていくライガヤンマを目で追いつつ、名残惜しそうに後ろを振り返っていた。

ケーナは「シィが素直に感想を言うなんて」と、別のことで感動していた。

トンボ便の発着場は学院の入り口に近い。

他にトンボ便の利用客はというと、ほとんどが教会の方に流れていくようだ。

カータツの働く工房の方に行く者など皆無といっていい。

学院の門の警備員はケーナのことを覚えていたようで、連絡用の魔道具に二言三言告げると、門を開けてくれた。

「学院長のお母上でいらっしゃいますね？」

「あ、はい」

「学院長の方にはお知らせしておきますので、どうぞお入りください。学院長室は院内の二階です」

「あ、ありがとうございます。お邪魔します」

ペコペコと頭を下げるケーナに倣って、ロクシーヌも「失礼します」と警備員へ一礼する。

ルカとリットも同じように頭を下げる姿に、警備員は笑って手を振ってくれた。

怪獣騒ぎの時に壊された部分などはすでに修復され、学院は以前の姿を取り戻していた。

校庭の隅の怪獣出現ポイントには大きな六角柱が立っており、側面にはびっしりと赤い文字で「危険！　接近禁止！」などと書かれていた。

「あれじゃあ、あそこに何かあるって宣伝してるようなもんじゃないかな……」

ボソッと呟いた言葉にロクシーヌが首を傾げていたので、念のために教えておく。

「ほら、あそこ。黒い柱」

「あれがどうしました？」

「戦争でさー、白の陣営と翠の陣営の占領ポイントだよ」

「ああ、あれが……。あんなところにっ!?」

「そうそう。ちょっと前に偶然の産物で怪獣が出てさー、ものすごい大騒ぎになったんだよねえ。私が駆けつけるのが遅かったら、この街壊滅してたんだよー」

ロクシーヌも予想外だったのか目を見開いて驚いていた。

探せば他の国の占領ポイントも見つかるかもしれないが、街中にあるここより酷いことにはならないだろう。

塀に沿って校舎にたどり着くまで校庭を四分の一周する。

その後は以前ロンティに案内された経路を（キーの先導によって）辿っていく。

あまりすれ違う人を見かけない学院内を進んでいけば、やがて「学院長室」と書かれた扉を見付けた。

ロクシーヌがノックをすると、「どうぞ」という声が聞こえる。

扉を開けたロクシーヌがケーナを促して先に進ませた。それにルカとリットが続き、最後にロクシーヌが入室して扉を閉める。

「いらっしゃいお母様！」

机の向こうでぴょんと立ち上がったのは、金髪碧眼のエルフ女性である。

腰まで届く長い髪はいつも通りの三つ編みで。足元まで覆う赤いローブに身を包んでいた。

ケーナと並ぶと姉妹に見られがちだが、妹のように見える方が母親だ。

すすすーっと近寄ってきたマイマイが、ケーナにがばーっと抱き着く。

「うふふふ。久しぶりですお母様ぁ」

誰もが、ごろにゃーんと甘える学院長に、犬耳と激しく振られる尻尾を確認した。猫なのか犬なのかはっきりしてほしいものである。

それをロクシーヌが襟首を摘んで、いとも簡単に引き剥がしてしまう。

「あ、あらあ？」

「久しぶり、マイマイ。過度なスキンシップはちょっと待ってね」

引き剥がされて困惑する娘に、ケーナは腰に手を当てて苦笑いだ。

別室の応接間に案内され、ケーナと子供たちが座るとロクシーヌが取り出したティーセットでお茶を入れる。

四人分のお茶を並べたロクシーヌがケーナの背後に立てば、準備完了である。

「はー、召喚メイド？　お母様そんなの持ってたの。今まで知らなかったわ」

「拠点がなければ、呼び出しても宝の持ち腐れだものね。今回はルカの面倒を見なければならないから、仕方なく。いえ、どちらにしろ私自身に生活能力はないからね」

自虐的な告白だが娘はそうは思わなかったようだ。

マイマイは手をパンと打ち合わせて「それならうちに来ればいいわ、お母様！　メイドはいくらでもいるし、お世話する人員には困らないわよ」と、いい笑顔でのたまった。

スッ・・・

「嫌よ、そんなヒモみたいな生活」

即断れば、マイマイはくすくすと笑いながら「そう言うと思った」と呟く。

「親の面倒を見るのは子供の役目なのに、お母様は変なところで頑固なんだから」

「ごめんなさいね、頑固な母親で」

二人でどちらからともなく吹き出した。

ケーナは話の流れについていけずに困惑するルカとリットの肩を抱き、マイマイに紹介する。

「マイマイ。こっちの子は、お世話になった村の宿屋の娘さんでリットちゃん。こっちの子が今度貴方の妹になったルカよ。二人とも。こっちの女性は私の二番目の子でマイマイ。ルカのお姉さんよ」

「こんにちは」

「こん、……に、ちわ」

緊張でカチカチになっている二人へマイマイは笑いかける。

「マイマイよ。よろしく。突然だけど二人とも学院へ入学しない？」

「いきなり何を言っているの、マイマイ？」

突然の予期せぬ勧誘に、ルカとリットは背筋を伸ばしたまま硬直する。

何を言われたのか理解が追い付いていないようだ。

「え、今のうちからこういうところで学ぶのは、色々な経験になるわよって」

完全否定するような理由でもないので、ケーナは口ごもる。

それにしてもタイミングというものがあるだろう。知り合った挨拶と同時に勧誘とか、普通はしない。

暫くしてショックから立ち直った二人は、マイマイの勧誘をきっぱりと断った。

リットは家の仕事の手伝いがあるからで、ルカはケーナの所にいることを選んだからである。

「お母様！　ルカを抱いてもいい？」

「それは別に構わないけど。ルカが嫌がったらやめてよ？」

「ふふふ、分かったわ」

キョトンとしているルカをマイマイが抱き締める。慣れた手つきで抱き上げると、優しい笑みで頬をくっつけて「よろしくねルカ」と呟いた。

ルカがぎこちなく頷くと「小さい頃のケイリナみたーい」と嬉しそうだ。

言われてから初めてケーナは「そういえばこの子ももう母親なんだな」と思うと、ぐっとくるものがあった。

全員がお茶の三杯目に突入したくらいに、学院長室の扉がノックされた。

マイマイが「どうぞ～」と応える。開いた扉から現れたのは見知った者たちであった。

「ケーナ様が来ているると聞いたのですが……」

「あ、ケーナさん、久しぶり～」

現れたのはマイリーネとロンティであった。

マイリーネは国の第一王女様。ロンティは現宰相の孫娘である。

「おいおい、カラオケボックスかよ、ここは」と思えるような千客万来な入室ぶり。

とても学院を統《す》べる学院長室だとは思えないところだ。

同行している三人を紹介すれば、「メイドッ!?」「四人目!?」とびっくりしていた。

「最近はケーナさんの姿をフェルスケイロで見かけなくなってしまったので、どうしたのかと思いました」

「あー、ごめんねロンティ。今は辺境の村に引っ越して暮らしてるんだ。だからデン助は捕まえられないの」

「誰も殿……、デン助ぼっちゃまのことだとは言ってませんよ！　別の国に行っちゃったのかと思っただけです！」

一般人が混じっているので、ロンティも対象の呼び名を濁すことに決めたようだ。ロンティにまでデン助呼ばわりされるとは、第一王子も前途多難である。

「そういえば、フェルスケイロに着いた日にデン助を見かけたんだけど」

「あああ……。ま、また逃げ出しているんですね」

「ルカたちがいたから、捕獲するまでには至らなかったの。ごめんね」

「いえ、ケーナさんが悪いわけじゃありませんから！」

頭を抱えてしまったロンティに謝っておく。

マイリーネはマイと略した自己紹介をして、ルカとリットに村での生活の話を聞いていた。

「そういえばマイマイ。生徒が少ないみたいだけど、大丈夫なの？」

学院内を歩いて疑問に思ったことを聞いておく。

「ええ、現在所属している全生徒に比べて、登校している者はごく僅かですわね」

「やっぱり水面に現れたってでっかい影のせい？」

「いいえ、まあ。それも原因のひとつではありますけれど、ほとんどは経済的な問題ではないかと思いますわ」

「経済的ぃ？」

素《す》っ頓狂《とんきょう》な声を上げて首を捻るケーナに、ロンティが話しかけた。

「ケーナさんがこちらに来る時には、何を使いました？」

「え、トンボ便だけど」

「乗り合いの船に比べると、トンボ便は料金が五倍くらい高いですからね。毎日住民側から学院に来るのは、中々難しいと思いますよ」

「王立学院は学費はほとんど必要ありません。でも生徒の中には街中の雑務で生活費を稼ぐ冒険者もいます。食費や交通費で生活が圧迫されている者も、多いのではないかと」

ロンティに続いたのはマイリーネだ。

「それと貴族の場合は親が影のことを危惧して、子供を家から出していませんからね。今、学院内にいる生徒はかなり特殊な部類ですわ」

マイマイの視線は、ロンティやマイリーネの方を向く。

そもそもこの騒動の中、王女や宰相の孫娘が率先して学院に足を運んでいるのが、かなりおかしい事態である。

「私はマイちゃんの付き添いです」

「私は……、ええと、そのう……」

苦笑いのロンティはともかく、頬に手を当てたマイリーネの顔が徐々に真っ赤になっていく。

「あー……」

理由に思い当たったケーナは、遠い目をした。

おそらくマイリーネは学院に来ているんではなく、教会に寄るついでに学院に来ているのだろう。

なにがどういう出会いをしたのかは定かではないが、この第一王女様はスカルゴ大司祭様に惚れているのである。

射止めるどころか、スカルゴに恋愛を理解させるのが難題だと思う。

きっと発覚したらとんでもない騒ぎになるに違いない。そういったことを想定して、ケーナは意識を遠くに飛ばしたくなったのである。

「スカルゴって、ヘルシュペルの国境まで仕事しに行ったんじゃないの？」

「お母様、兄さんに会ったの？」

「辺境の村に来たわよ、スカルゴ。キンキラキンな馬車と騎士とか連れて」

「知ってます！」

元気よく答えた王女様に、ケーナは「ええ……」となって戸惑う。

留守と知っていて教会に通うとか意味が分からない。

分からないものは無理に理解しないで、ケーナは話題を変えることにした。

「マイマイはでっかい影について何か知っているの？」

「私も直接見たわけではないので、分かりかねます。そういったものはお母様の方が詳しいのではないんですか？」

逆に聞かれてしまった。

ケーナの知らない二〇〇年間の経験があるマイマイでも分からないというならば、彼女に心当たりはなくなってしまう。

「唯一近いのは最大レベル召喚のグリーンドラゴンだけど。あれでも翼長一〇〇メートルくらいでしかないのよねえ」

「グリーンドラゴンは飛行特化じゃないですか。水中だと無理ですよ」

「だよねえ……」

むーんと考え込むケーナの背中にマイマイが抱き着く。

身長が頭一つ分くらい違うので、ケーナの後頭部にはマイマイの貧相な胸が当たる位置だ。

「随分気にするんですね、お母様。なにかあるんですか？」

「冒険者ギルドで調査依頼をされたのよねえ。こりゃあ、川に出るしかないかなあ」

「だ、大丈夫なんですかケーナさん⁉　水中に引きずり込まれたりとか。水中から襲われたりとか！」

「落ち着いて、ロンティ」

「何かあるんなら言ってください。お父様に伝えて可能な限り協力させて頂きます」

ロンティとマイリーネがずいっと顔を近づけて心配してくれる。

それはいいんだが、お父様って国王だよな。職権乱用じゃないかと疑問に思う。

もちろん純粋に心配してくれるのは、ケーナにとっても嬉しいことだ。

「にっちもさっちも行かなくなったら、相談に乗ってもらっていい？」

「もちろんです！」

「はい。お任せください」

「お母様！　私も力になりますから！」

「ありがとうね、三人とも」

胸が温かくなったケーナは三人に笑いかけた。

当然ロクシーヌも協力を誓ったところ、マイマイが子供たちをうちで預かると言い始める。

だがマイリーネが「それなら城で預かりますわ」と言ってしまったために、リットが身分違いに卒倒するという事件が起きた。

ルカはあまりその辺を気にしていないのか、身分の差を理解していないのか、特に変わりなく通常通りだったといっておく。

第二章
悪魔と、呼び出しと、塔と、計画

貸し家に戻ってきて夕食を済ませたケーナは、子供たちが寝付くまでずっと傍にいた。

楽しそうな寝顔を眺めていたら、ロクシーヌが呼んでいる気配がする。

召喚したこともあってロクシーヌたちとケーナは、離れていても簡単な意思疎通ができる繋がりがある。

音もなくベッドを抜け出し、ロクシーヌの待つ階下へ向かう。

「どうしたの、シィ？」

「お休み中のところ申し訳ありません」

食堂として使っている小部屋で、ロクシーヌはお茶を用意していた。

「本日、気になる出来事が続きまして、報告をと思いました次第です」

「気になること？」

席に着いたケーナに、ロクシーヌは昼間に遭遇したチンピラたちのことを説明する。

そやつらが意図的な行動でもって、ルカたちに危害を加えようとしたことも。

「でも、ここでロクシーヌがぴんぴんして報告しているってことは、そいつらは撃退したんでしょ？」

「それはまあ。殺してはいませんが、死んだ方がましだと思う目には遭わせたと思います」

「だよねえ……」

ケーナは念のために、ロクシリウスにも「何か異常がなかったか？」という思念を飛ばしてみる。

返事は「異常なし」であった。村の方には手を出されていないようだ。

もしかして、出したけれどもまだ到達していない可能性があるので、その辺りの事情を伝えて注意を促しておく。

「ロクスの方には何にもないみたいだけど」

「襲ってきた奴らは私を排除して、ルカ様たちを人質にしようとしてましたから。ケーナ様への切り札にしたいのではないかと」

「私の～？」

そんなもの考えるまでもなく、原因はすぐに判明する。

「幌車《ほろぐるま》ゴーレム目当てだね」

「おそらくは、先日に訪ねてきた執事の手の者でしょう。今からでも遅くはありません。命じてくだされればバラバラに引き裂いて参ります」

「それ以前にどこの貴族の手下か分からないでしょう」

「ちぃっ！」

至極残念そうに舌打ちをするロクシーヌ。

この様子だとどこのどいつの仕業か分かった瞬間に、飛び出していきかねない。

「とりあえず、先兵みたいなのは潰したんでしょ。それならしばらく安全じゃないかな」

「ケーナ様、甘いです。甘すぎます。あのようなチンピラなど掃いて捨てるほどにいるに決まっています。今夜中に容疑者になりそうなものはすべて排除するべきかと、愚考いたします」

「はい、却下。そんなことしに来たんじゃないから」

一体どこの何がロクシーヌをこんなに好戦的にさせているのか。

こんなに苛烈な性格だったかなあと、ケーナは首を捻る。

子供たちのことを心配する部分も、根本にはあるのだろう。だが、そのために見敵必殺《サーチアンドデストロイ》しろなんて誰も求めていない。

それにロクシーヌが本気で戦闘行動を起こした場合、五五〇レベルの化け物が暴れまわることになる。

ぶっちゃけシャイニングセイバーより強いので、フェルスケイロには止められる者が誰もいないのだ。

「ロクシーヌの本分はメイドなんだから、そっちの方で役に立ってちょうだい。今日みたいにルカたちの面倒をよろしく頼むわね。戦闘能力は守る方に発揮して」

「……はい、了解致しました」

残念そうだが頷いてくれたので、命令を違えたりはしないだろう。

一安心だが、狙っている者が絶えたとは思えない。

「こっちは明日から、冒険者ギルドの依頼で川の調査に行ってくるわ。護衛の追加については召喚獣に手伝ってもらいましょう」

　あまりルカたちに構えないのは仕方がない。

　異変が収束しないと、川祭りが始まることすらできないのだから。

「ケーナ様。あまり高位の召喚獣を割いては、そちらの手が足りなくなりませんか？」

【召喚魔法《サモンマジック》】は強力だが、呼び出した召喚獣の合計レベルには、最大リソースという制限が存在する。いくらスキルマスターといえども、この制限は無視できない。

「私の知る限り、最大水棲敵というのはズウォームだと思うんだけど。あれ海洋生物だからなあ」

　ケーナの言うズウォームというモンスターは、チンアナゴのような胴体に頭がイソギンチャクという巨大な刺胞動物のことだ。海底に定着する古代のウミユリのような姿をしている。釣ることでしか姿を見ることはないレアモンスターで、食用としてはAランクの肉を持つ。最大一〇〇メートル以上にも成長するが、いかんせん海洋生物なので、淡水の川にいるとは考え難い。あと召喚獣としては登録できないため、召喚者が存在するという疑問も消える。

「ゲームのヤツじゃなくて、原住生物だと割り切った方が早そう。原住生物なら、そんなにレベルの高いのはいないみたいだから、高位の召喚獣は必要ないんじゃないかと思うんだ」

「そこまで言うなら止めはしませんが、もしもの時はこちらの召喚を切ってでも、そちらに集中してください」

ケーナの言い分を黙って聞いていたロクシーヌは、それだけ忠告するとケーナの飲み終えていたカップを下げた。

「うん、そうするよ。ありがとうね、シィ」

「どういたしまして」

恭しく頭を下げたロクシーヌに「おやすみ」と告げて、ケーナは子供たちの部屋に引っ込んだ。

ロクシーヌは「おやすみなさいませ」と見届けてから、洗い物を終えて自分の部屋に戻る。

「後から足りない物があっても困るわね」と呟くと、自分専用の装備を念入りに点検してから就寝するのだった。


ところ変わって〝渇《かわ》きの蠍《さそり》〟が根城にしている場所では。

次々と運び込まれる構成員が、半数以上使い物にならなくなっている現状にお頭《かしら》が苛立ちを隠せないでいた。

「いったい何があった！」

その中でも比較的無事な部下の胸ぐらを摑み、容赦なく怒声を浴びせる。

お頭の怒りの形相《ぎょうそう》と声の迫力に萎縮した部下は、とぎれとぎれに自分が見たものを報告した。

「狙った、メイドが……、鬼のように、強くて……それでっ」

ミイラのように包帯でグルグル巻きにされた部下たちのうめき声が、そこかしこから聞こえている。

目の焦点が合っていない者や、膝を抱えて震えている者、傷口が開くのも無視して錯乱する者などもいて、野戦病院のような有り様だった。

上の崩れた屋敷からベッドが運び込まれ、数が足りないから床に藁を敷いて寝かされている者も。

主力メンバーもポーションによって傷は癒えているが、全員が沈黙を貫く。

お頭に面と向かって視線を合わせられる者は誰もいない。

短刀を回していた優男は、毛布を頭から被ってガタガタと震えていた。

あの心の底から凍えるような視線が頭の上から降ってきているような気がして、恐怖を感じて上を向くことができなくなっていた。

子供の泣き叫ぶ声を聞きたかった大男は、体を丸めて壁を向いたままブツブツと呟いている。

自分の怪力が一切通用しなかったからである。

それどころかあっさり行動不能にされ、紙くずのように放り投げられれば、自信も喪失する。

犬人族《コボルト》の小男は尻尾を股の間に突っ込み、ベッドの下の隙間で震えている。あの昏く沈んだ目を見た時に、彼は自分の首がコロリと落ちる幻を見た。

メイドという生き物が恐ろしくてしょうがない。その辺を歩く野良猫さえも、今の彼には殺し屋のように見えていた。

　無表情で特徴のないことが自慢のスリ師は、恐怖の表情が顔に張り付いたまま固定されていた。どんなに平静を装おうと思っても、一瞬で瀕死にされた恐怖はぬぐえない。彼は歪んだ恐怖の表情で、皮肉なことに誰よりも存在感を獲得していた。

「メイドにやられただとっ！　〝渇きの蠍〟ともあろう者が、女にしてやられたってのかよ、ええっ！」

　根城の地下室にお頭の声が響く。

　それを、声を上げて否定するものは、誰一人としていなかった。

　弱い者イジメを信条とする彼らは、自分たちが弱い者の側に回った想定はしていなかったようだ。誰も彼もが簡単にプライドをへし折られ、メイドどころか猫人族《ワーキャット》の姿に恐怖する臆病者と化した。

「くそっ‼」

　荒くれ者たちを束ねるお頭は、悔しさをにじませる。

　こうなった原因はあの貴族の使いとかいう奴に仕事を頼まれたからだと、逆に恨みを向ける。

　相手が冒険者とメイドだとは聞いたが、こんなに強いとは聞いていない。

　あえて情報を渡さなかったのか。それとも知らなかったのか。

そこは今となっては分からない。奴らには情報不足の報復を、と考えたところでお頭の鼻はふと、嗅ぎ慣れない匂いを捉えた。

足音高く、舌打ちをしながら歩き回っていたお頭の動きが止まったことで、地下室には恐ろしいほどの静寂が満ちる。

部下たちはお頭の怒りが臨界点を突破したと感じ、その反動を誰もが恐れた。

ブツブツと呟いたりする小さな声やうめき声が収まらないその中で、お頭の呟いた「何だこの匂いは？」という言葉がよく響いた。

「匂い？」

「えっ？」

「ん？　なんだ、この、匂い、は？」

気が付けば、誰もが鼻に付く微かな匂いに騒ぎ始める。

すえたような、鉄錆にも似た、心がささくれ立つ匂いに戸惑いを覚える。

嗅いだことがあるような、ないような。誰にも心当たりがない。

言葉にできない何かを求めて、地下室に集ったものたちは記憶を手繰り寄せる。

正解はあっけなく、第三者の手によってもたらされた。

「ソレハナ、魔ノ匂イヨ」

老人のようにしゃがれた声が響く。

どちらかというと、空洞がある場所で無理やり声を引き伸ばしたような音が、地下室に響いた。

「「なんっ……!?」」

聞こえた方向に振り向いた者たちは、目を剝いて絶句し、そして硬直した。

様子のおかしい者たちに倣って、そちらに顔を向けた者たちも同じ道を辿る。

地下室の入り口にそれは浮いていた。

右に三〇度ほど傾いた真っ白い髑髏《どくろ》が、暗闇の中に浮いていた。

骨の白さではない。白い塗料をぶちまけたような白さの頭骸骨が浮いている。

そんなものが空中に浮いている時点でもう超常現象だが、傾いた首の位置もおかしい。

だいたい成人男性の胸の高さに、傾いた頭蓋骨がある。

「クカカカカ。運ガ悪カッタノウ、オヌシラ」

カチカチと顎を開閉しながら喋っているところを見るに、やはりこの頭蓋骨が声の出所で間違いはない。

「「ひっ!?」」

地下室の入り口付近にいた男たちは、泡を食って這いつくばりながら奥に逃げ込んでいく。

「「「あっ……」」」

「「なっ!?」」

「「うおっ」」

首を揺らしながら一歩二歩と進んだ頭蓋骨のような何かが、暗闇の中から完全に姿を現した。

それを見た怖いもの知らずだった荒くれ者たちの喉から、恐怖に塗《まみ》れた悲鳴が零《こぼ》れる。

それは老いて乾いて捻れた老木が、無理やり人の形をとった姿をしていた。

真っ白い頭蓋骨は、人の姿をした老木の胸に開いたウロの中にあった。

頭蓋骨がそこにあるからか、人の首や頭に当たる部分には何もない。

「あ、あああ、悪魔……」

そうとしか言いようがない姿だ。人の形をしながら人ではないモノ。

何かの形を複合しながら人に近くなったモノ。

誰もが子供の頃に一度は教会で聞かされる。決して相対してはならぬモノ。

今まで怖いものもなく生きてきたお頭は、本能的な恐怖を感じて数歩後退する。それについて異を唱える者など誰もいない。

「うう……」

「ああ、ぁ……」

「なんで、なんで、オレたちがぁ……」

ほぼここにいる全員が荒い息を吐き、窪《くぼ》んだ瞳を総動員して、目の前の異形《いぎょう》から目を離せなかった。

「クカカカ。ドウセ知ッタトコロデ、何モデキヌ」

ギシギシと軋む音を立てながら、老木の異形が一歩を踏み出した。

一瞬で場を支配した恐怖と混乱が、彼らを弱者に追い落とす。

老木の悪魔は、ぼろ切れを被った優男のいるベッドへ向けて、左腕を振るった。

「ぎっぎいいいいいっっ⁉」

絶叫が轟《とどろ》いた。

被ったぼろ切れごと優男が捻れていく。色の違うタオルを束ねて水を絞ったように肉と布が交じり合い、一本の棒へと変形していった。

右斜めに開いた口の上に右目が移動し、両腕は胴体を二巻きしている。

人間だった頃には一八〇センチメートルあった長身は、人の各部が捻れて浮き出た三メートル近い細い棒へと変わったのである。

その状態でも死んではいないらしい。捻れた歯と舌が浮き出た口からは、くぐもったうめき声が流れ出ていた。

そんなものを目の前で見せられれば、正気を保てる者などまずいない。

たちまち地下室は、悲鳴と泣き叫ぶ声と、正気を失った笑い声と助命を懇願《こんがん》する声などで満たされる。

「ウムウム。喜ンデモラエテ、嬉シイノウ」

誰も喜ぶ者などいないが、悪魔たちの喜びは生物の吐き出す負の感情だ。それが満ちたこの場は彼らにとっての喜ばしい場となるのだろう。

捻れた優男棒を床板に突き立て、老木の悪魔は次の獲物を物色する。

そんな中で心を折られつつも、なんとか正気を保っていたのはお頭だけであった。

彼は自分から悪魔の視線が外れたと感じた瞬間に、動き出す。

近くにいた正気を失った部下を悪魔に投げつけ、部屋の隅へと走った。

そこには緊急用の脱出口がある。部下にも教えていなかった、下水へと繋がる抜け道が。

薄い壁をぶち破って転がり込めば、この場から逃げおおせることができる、と勝利を確信したお頭だった。しかしそれより先に、壁を突き破って出現した太く青黒い腕に肩から胸を鷲摑みにされる。

「ぐがっ!?」

空中に縫い留められ、肺の空気を絞り出されたお頭は呻く。

壁から突き出たのはお頭を摑んだ何者かの右腕だけではなかった。そこから離れた場所からは、壁を突き破って左腕が三本現れる。

お頭はそれが意味するところに気が付いて目を見張った。最終的に地下室の壁と天井を破壊しながら現れたのは、青黒い皮膚を持つ六本腕の竜人族《ドラゴイド》だった。

普通の体格の竜人族《ドラゴイド》より頭二つ分くらい背が高い。

「イグズデュキズ、ヨ。誰一人逃ガシテハナラヌト、盟主《アルジ》カラ言ワレテオルハズダ」

ノイズの混じった野太い声で、異形の竜人族《ドラゴイド》は老木の悪魔を睨む。悪魔と同格な話し方から察するに、この竜人族《ドラゴイド》も悪魔に連なるモノなのだろう。

「クカカカ。許セ許セ、コノ者タチノ感情デ、腹ヲ膨ラマセテイタダケノコト。久シブリノ現《ウツツ》ヨ、腹ガ減ッテハ芸術ハ爆発セヌ」

竜人族《ドラゴイド》の悪魔にポイッと放り投げられたお頭は、震えて頭を抱えていた部下たちの一帯に落下する。衝撃で骨折する者や、現実を直視できなくなって笑い出す者まで出る始末。

悪魔二体なんて、街のチンピラでどうこうできるようなものじゃない。

おとぎ話によく出てくる勇者の仕事だ。

「サッサト済マセヨ。時間ガナイ」

「芸術ニハ時間ガカカルモノナノジャゾ。マッタク、盟主ハソノアタリヲ理解シテオラン」

頭の上で気楽に会話を行う、この世のものではないモノたちの声を遠くに聞きながら、〝渇きの蠍〟のお頭は意識を失った。

最後に聞こえたのは、誰のものとも分からぬ甲高い悲鳴であった。


その報告がなされたのは陽《ひ》も昇らぬ早朝である。

見付けたのは見せ物城の詰め所から帰ろうとした、夜の警備を担当していた兵だ。

報告を受けて、城付きのトンボ便で文字通りすっ飛んできたのは、シャイニングセイバーを頭とする騎士の一団である。

到着するなり、問題のそれを見た若い衆が早速朝食を逆流させていた。

平然とした顔を見せている騎士など、ほとんどいない。一目見て目を背ける者。青褪めて現場から遠ざかる者。卒倒する者までいる。

竜人族《ドラゴイド》の表情は窺《うかが》い知れないが、シャイニングセイバーは瞬時に両手で口を押さえた。

報告して来た兵が「何かの見知らぬ施設のような」と言っていたのを、現物を見ることで理解した。

理解したといっても頭と心は別物である。

シャイニングセイバーも精神耐性を強化する【能動技能《アクティブスキル》】を幾つか起動させて、ようやく直視できるくらいだ。

連れてきた部下の大半が、凄惨《せいさん》な事件現場で使い物にならなくなったことに歯噛みする。

シャイニングセイバーは伝令役に「精神耐性を底上げできる魔法使いを呼んで来い」と告げてから、現場に踏み込んだ。

「お前は平気なのか？」

同行する副団長も顔色が悪い。彼は手持ちのハンカチで口を押さえながら「ええまあ、なんとか」と呟いた。

シャイニングセイバーも何度か見回りでこの辺りを通った覚えがある。

なんとか住めそうな屋敷が立ち並んでいた場所は、綺麗に明るく整備されてそこに並んだ異形のオブジェを際立たせていた。

「何かの施設って、よりにもよってこれかよ……」

「団長？」

こちらの世界にはない施設であれば、誰も知らないのは当たり前だ。

高いアーチ状の看板を伴った入り口には『ようこそ　渇きの蠍　人物園へ』という文面がポップな文字で書かれていた。

入り口の左右を遮る壁には、シャイニングセイバーに馴染み深い動物たちの絵が描かれている。キリンやライオンやゾウやカバといった動物たちが、二頭身のコミカルな姿で。

「冗談キツいぜ……」

思わずうめき声のような呟きが飛び出る。

中は地球の動物園とよく似た柵付きの囲いで、幾つかの生物が展示されていた。

そのほとんどが、醜悪で奇怪でグロテスクなものばかり。

他に展示されているモノに関しても、吐き気や異常などといった感想しか出てこない。

柵に囲まれた中央は一段高く、ベンチで囲まれた憩いの場らしきものが作られている。

ただそこに設置されたベンチは、苦悶の表情を浮かべ、這いつくばった姿勢で手足を地面に塗り固められた男たちであった。

中央には「奇跡の泉」と銘打たれた、つい数時間前まで組織のお頭だった男が設置されている。彼は全面金色で塗り固められた壁に、同化するように埋め込まれていた。顔をくしゃくしゃに歪めながら、「助けてくれえ、助けてくれえ」と涙ながらに訴えている。その涙も頬を零れ落ちた瞬間に金貨へと変わり、壁の下の方を覆い隠すほどの量がうず高く積もっていた。

「へび」の看板がついた柵の中にいたのは、肉壺から顔を出した男だ。

人間を捩って紐状に伸ばし、積み重ねて壺の形にした口からは、これまた首から下が紐状になった男がとぐろを巻きながら体を出し入れさせている。

下半身が数十本の人の腕となった男は、汗と涙と鼻水でぐしゃぐしゃになった顔を歪め、頭を抱えて慟哭《どうこく》していた。そこの柵には「タコ」と書かれた看板が張り付いていた。

案内板と書かれた直径二メートルの円形水晶には、中央に男の顔がはめ込まれている。その口からは園内の展示説明が、呪詛のように垂れ流されていた。

「うま」の看板がぶら下がる柵の中には、顔は人のままで首から下は馬になった男が。その身は人間の体を無理やり引き伸ばして馬にされているため、飢《き》餓《が》状態のように骨と皮だけになっていた。

樹木に取り込まれて半身同化した者は、これまた二メートルはある赤色の芋虫に樹皮からバリバリと喰われていた。もちろん、その芋虫は人が変形させられたものである。看板はあるものの文字は書かれていない。

　その場に駆けつけた騎士や兵士たちは、誰もが現場を見た途端回れ右をして逃げ出したかった。

　王都の治安を守るという使命感よりも、尻尾を巻いて逃げ出したい気持ちの方が勝る。

　精神耐性を付加するために呼び出された魔法使いは、この光景を見せないようにと厳命して後ろに下がらせておいた。

　シャイニングセイバーの指示により現場周辺は人が遠ざけられ、しばらくは見せ物の城も立ち入り禁止にさせるように通達が回った。

　最上階の天守閣からはこの人物園が一望できるからである。

　精神耐性を得て、ようやく動けるようになった騎士たちは冷や汗を拭いながら「人の所業じゃねぇぞ」とか「悪魔か……」と呟く。

　簡易詰め所としてテントが張られ、シャイニングセイバーとその部下たちは異形にされた男たちを調べて回り、話が聞けそうな者を探し出す。

　かなり錯乱していたが、ベンチになっていた男の一人から、こんな蛮行をした者の名をようやく聞き出した。

「イグズデュキズ……だそうです」

副団長が周囲を窺いながら恐る恐る告げた名前に、その場にいた者たちは誰もが表情を硬くし、震えあがった。

「おお、神よ」

「なんてことだ……」

「神よ、我らをお守りください」

「なんでそんな大物がこんなところに……」

天を仰いで神に祈る者や、教会の聖印を太陽に掲げる者が続出。

そんな中たった一人だけ、腕を組んで難しい顔をしたシャイニングセイバーに皆の視線が集まる。「なんて心強い人なんだ」と、羨望《せんぼう》されているなどと思わない当人は、部下を見渡して口を開いた。

「なあ……」

「なんですか、団長？」

「イグズなんとかって……何？」

その場にいた全員がつんのめった。

「し、知らないんですか？」

「いや全く。有名なのか、そいつは？」

部下たちが信じられねーという顔をして頭を抱える。シャイニングセイバーはとてつもなく肩身が狭くなるのを感じた。

見かねた副団長が、簡単なところを掻い摘んで説明してくれる。

曰く、世界を二分する陽の神（光神）と夢の神（夜神）がおり。夢の神に従属する小神に当たる者だという。

御伽噺《おとぎばなし》でも語られる逸話は数知れず。

そのほとんどが、人間を材料にして奇怪なオブジェを作り上げる芸術家を名乗っている場面だとか。

旅の老人の姿で現れるが、快く泊めてくれた村人たちには絵を残していくという。

それは一目見れば涙が止まらず、心が洗われるような感動を覚えるものらしい。その反面、絵に取り憑かれて心を喪い、同等の絵を求めて彷徨う魔になる者もいるとか。

旅の老人を襲うような盗賊や悪党は悉《ことごと》く、グロテスクなオブジェになり果てるそうだ。

「そりゃ神じゃなくて悪魔っつーんじゃないのか?」

「それで分けられるんであれば話は簡単なんですがねぇ。詳しい話は教会にでも行って聞いてください」

副団長に勧められシャイニングセイバーは眉間《みけん》にシワを寄せた。

宗教的な話というのはやたらと面倒くさいと相場が決まっている。しかもそれを教授してくれるのは、視界が非常にやかましいあのスカルゴだろう。

耳に入る説明より、視覚に入る暴力に耐えかねて、途中退場する自信がシャイニングセイバーにはある。

気持ち悪さもあるが、いつまでもこの辺り一帯を封鎖できるわけもなく。

耳聡《みみざと》い奴らの噂になる前に輸送用の檻に詰め込んで、街壁の外にある演習用の広場にでも移動する方針で話は纏《まと》まった。

そのあと、研究用に隔離するか処分するかは、騎士団長の領分ではない。……とシャイニングセイバーは思う。

「そもそもこいつらが、その悪魔だか神だかに目を付けられた理由があるはずだろう。こんなところに旅の老人が立ち寄るとは思えんが。他には話を聞けてないのか？」

「はあ、あるにはあるんですが。実に不可解でして……」

調書を取っていた兵士は、手元の用紙をペラペラ捲ってその項目を探し出す。

「どうも子供を攫《さら》おうとしていたらしいんですが……」

「子供って、貴族の子息か令嬢か？」

「相手がメイドを連れた冒険者の子供らしいんですよ」

「なんだそりゃ？」

話を聞いていた何人かが首を捻る中、一人の騎士が手を上げた。

「あ、メイドらしいのを連れてて、子供二人と一緒に歩いてた冒険者なら昨日中洲で見ました。

王立学院に入って行きました」

「いるんだ、そんなの」とか「学……生？」とか「どういう関係？」とか騒めく中、騎士の話は終わっていなかった。

「その、冒険者というのが、……団長の婚約者のケーナ殿でして」

「「「えええええっ!?」」」

「スカルゴ様にマイマイ様にカータツ様ときて、まだ子供が二人もいるの!?」

何も知らない人が話だけ聞けば、子供が五人以上いるんじゃないかと思うだろう。そしてシャイニングセイバーが未亡人に横恋慕《よこれんぼ》している疑惑が加速する。

「だから婚約者じゃねーっつーの！　って、なんでアイツの子なんか狙うんだ？」

「そこまでは知らないみたいでしたが」

「狙われてたってことは、アイツこっちに来ているのか。本人に聞いてみるしかねーな」

「はいはい、まずはこっちを終わらせましょうね、団長」

さり気なく歩き出そうとしたシャイニングセイバーの襟首を掴み、副団長は現場に引き戻した。


「うわー、行きたくなーい」

朝から憂鬱なケーナは、ついつい子供たちの前で弱音を零していた。

朝食の席でロクシーヌから、異変解決のためにケーナが暫《しばら》く別行動することになる、ということを説明され、ルカたちは残念がっていた。

しかし水面に浮かぶ影をどうにかしなければ、いつまで経っても祭りが始められず。それかこのまま本祭が始まる前に、中止になってしまう可能性さえあった。

子供たちに本祭の賑わいも見せてやりたいし、中洲を回るという小舟レースも見ておきたい。

結局嫌な予感がビンビンするものの、子供たちへと天秤が傾いたため、冒険者としての仕事を優先することにした。

でも愚痴ぐらいは口に出してもいいだろう。

それとケーナは、ルカたちが着替えている最中に呼び出しておいた召喚獣を二人に渡しておく。ルカたちでも持てるサイズの召喚獣を選ぶのに苦労した。

「にゃーん」

「わ、あ……」

「わ、ネコだ。おねーちゃん、どうしたの、この子」

それは真っ白い子猫であった。まだまだあどけなさが抜けないくらいの子猫である。

すっぽりとルカの腕の中に納まり、目を細くして「にゃー」と鳴いただけで、子供たちに笑顔が咲く。

「私の代わり、ってわけじゃないけどお供にどうかなって。そこそこ強いから何かあった時には頼って」

「つよ、いの？」

腕の中の子猫を見て、ルカが首を傾げる。

リットも子猫の頭を撫でて、「にー」と鳴いた反応に不思議そうな顔をする。

「ケーナ様。なんですかこの猫は……。私より強くないですか？」

【サーチ】をかけたらしいロクシーヌだけが、その子猫の脅威を悟って頭を抱えていた。

「相手にもよるかもしれないけれど。その姿なら、連れ歩いても問題ないでしょう。キャスパリーグ、後は頼むわね」

「にゃーん」

ケーナにキャスパリーグと呼ばれた子猫は、可愛らしく鳴く。意識的な繋がりを持つケーナには「任せとけ！」というやんちゃじみた声が聞こえていた。

「天界エリア産だからそれなりに強いよ。特に鎧を纏っている騎士なんかには、天敵もいいところね」

「騎士を敵に回すようにしか聞こえないのですが……」

楽しそうなケーナにロクシーヌは溜息を吐《つ》いた。

要は防御力を無視する攻撃ができると言いたかったのだが、騎士を例えに出したのは鎧を纏った者として真っ先に思いついただけである。他意はない。

「今日はどこへ行くつもりなの？」

「ルカ様たち次第ですね。たぶんまた住宅方面の露店を回ることになるでしょう」

「表通りには行ってないんだ？」

「ケーナ様もご存じの通り、ゴミが酷いですから。あそこにルカ様たちを連れて行くのは危険です」

人混みではなく、群衆をすっかりゴミ扱いするロクシーヌに、仕方がないかと頷く。暴れられるより数倍ましな反応なので、その辺りは好きにさせることにした。

「暇だったら市場の方に足を運んで、買い出しも頼むわね。二人とも市場を見回るのも楽しいわよ。色々な果物もあるから食べてみるのもお勧めするわ」

リットの腕の中に移動していたキャスパリーグを撫でていた二人は、ケーナの話に興味津々で目を輝かせた。

村だと果物などは、森に自生している野苺か野葡萄などが偶《たま》に手に入る程度だ。

最近はロクシーヌが採取してきたものを、少しずつジャムにして保存している。ある程度数が溜まれば村の中に回すと言っていたので、リットがそれを味わえるのはまだ先の話だ。

だったら売っている物を買ってきた方が早い。

ケーナも全部を見たわけではないが多種多様なものが並んでいるので、子供たちの目を楽しませることもできるはずだ。

「んじゃ、私は冒険者ギルドへ行ってくるわねー」

「いって、ら、しゃい……」

「おねーちゃん、いってらっしゃーい」

ルカとリットと、ついでにキャスパリーグもひと撫でしたケーナは、面倒だと感じる心に蓋《ふた》をして貸し家を後にした。

嫌なことは早く済ませるに限ると、超特急で冒険者ギルドに向かったケーナは、カウンターにいたアルマナのところへ突撃した。

「というわけでアルマナさん昨日のことなんですが詳しい話を聞かせてくださいさあ早く！」

「ひいっ⁉」

威厳を倍にしたみたいないきおいで、瞬時に目の前に出現したケーナに、アルマナは飛びあがって驚いた。

ちょっとゆらゆらした感じの黄金の光が【薔薇は美しく散る《オスカル》】の効果により、インパクト増し増しで加味されたのが、原因かもしれない。

「ええと、とりあえずこちらへ」と案内されたのは、昨日も押し込まれた小さな部屋だ。

昨日も説明された経緯を前提に、アルマナは依頼書を幾つか広げる。

そこには「祭りが開催されるよう原因を取り除け」だの「漁に出られないから何とかしてくれ」といった、曖昧《あいまい》な依頼内容が並んでいた。

「ふーん？」

「気付きましたか？」

「うん。これは別に現れたっていう影を、倒さなくてもいいということね。倒せるとも思えないけど」

ゲームの時でもそんな巨体を倒すようなクエストはなかった。

ケーナ自身もやってみないと分からないことではある。自分の最大攻撃が、この世界でどれだけの破壊をもたらすのか。調べようと思っても、ところ構わずぶっ放すわけにはいかない。

それにもうひとつ気がかりなこともある。

「最初に現れたって何かの影は、今のよりずっと小さいってことだよね。そっちはどうするの？」

「そちらも今のところ目撃証言はありませんから。おそらく巨大な影を恐れて、どこかへ去って行ったんではないかと……」

「水の中だから、そっちも確証が得られていない、と」

「はい……」

アルマナが意気消沈してしまったので、ケーナは「気にしないで」と伝えておく。

「とりあえず川に出てみるよ。その反応次第かなあ」

「すみません。ギルドでも情報は集めているのですが、水の中というのは前例がほとんどなく」

「まあ、ライガヤンマのヤゴにでも見付かったら、人間なんか捕食されて終わっちゃうもんね。仕方がないよ」

残念ながらギルドにも、「コレだ」という情報はなかった。

ケーナは諦めて、場当たり的な感じで挑もうと冒険者ギルドを後にする。

「さぁーて。あそこに行かないといけないんだけど」

家屋の屋根の上をひょいひょいと跳んで、ケーナは川岸まで近付いた。

そのまま、川岸にほど近い家の屋根からエッジド大河の様子を窺う。

流れは穏やかで、船は一隻もなし。街中の喧騒《けんそう》とは無縁のような静けさが漂っている。

桟橋に繋がれた小舟の上では、恨めしそうな視線を川面に向けた漁師が、黙々と投網の繕いをやっている。釣り糸を垂れる者もいれば、小舟の上に座り込んで、じーっと川面を見つめているだけの人もいた。

要は人目が多いのだ。

のこのこ水面を歩いていたら、非常識の誹りを受けないかだけが心配である。

「あーやだやだ」

観念して腰を上げようとした時、突然妖精ちゃんが騒ぎ出した。

本人は声が出せないので、騒ぐというのとは少し違う。

ケーナの興味を引くように、体全体を使って大きく手を振る。身振り手振りで何かをケーナに伝えようとしていた。

最初はポケットを引っ張って、そこから何かを引っ張り出すような動き。次は指に何かを抜き差しして、手を上げて円を描く動きである。

「ポッケの中？　手指し？　……えーと、指輪？　あ、それで当たりなの。……ってアイテムボックスから指輪を出せってこと⁉」

ようやく気付いたケーナに大きく頷く妖精ちゃんであった。

慌ててケーナがアイテムボックスを開くと、所持しているうちの一つが明滅を繰り返している。

「え？　ちょっ、こんな時に試練の挑戦者⁉」

それはこのフェルスケイロの一角に存在する守護者の塔、闘技場の守護者からの緊急呼び出しであった。

なんでアイテムボックス内にあった指輪の反応を、「妖精ちゃん」が知ることができたのかは分からない。それもおそらくは、システムと関係があるのだろう。

急いで人目につかないところ、この場合はあちこちお祭り騒ぎだったので、飛翔して空高くまで上昇する。

人々が豆粒くらいになった高さで、指輪を掲げてキーワードを唱えた。

「【乱世を守護する者よ！　堕落《だらく》した世界を混沌《こんとん》より救済せしめ給え！】」

ケーナの足元から十字に光り輝く星が無数に噴出し、彼女を取り囲んで覆い隠す。それが霧《む》散《さん》した後には彼女の姿は空の上から消え去っていた。

次に彼女の姿が現れた場所は、直径五〇メートルの半円ドーム状の空間である。

天井付近には月と太陽の天動説ミニチュアセット。外と同じようにぬいぐるみの太陽だけが天井の真ん中辺りを、ふよふよと移動していた。

床は大理石のタイルが敷き詰められ、部屋の中央には緻密な彫刻が刻まれた白い植木鉢。そこに植えられてある椛《もみじ》の木が、この空間の本体である。

その椛から白い煙が噴き出すと、空中で凝り固まりながら次第に形を変えていった。

やがて白い煙の人の姿となった守護者が、床に降り立ってケーナに頭を下げる。

何回かMP《マジックポイント》補給に来た際に、跪かれるのも柄じゃないので止めてもらったのだ。頭を下げるのは、守護者にとっても最低限の礼儀らしい。

『これはケーナ様。ようこソいらっしゃいマした。突然のお呼ビ出し、申しわけナく思います』

「それは気にしてないけど。試練の挑戦者が来たんでしょ。こっちもちょっと時間が押しているから、とっとと終わらせ……」

『申しわけありマせん。お呼び立てシタのは、試練とハ関係ないことナのです』

「はい？」

どうやら全然関係のない、別のことで呼ばれたようだ。

それを考えると、守護者も自由になったものだなあと感心してしまう。ただでさえ守護者はこの場から動けないのだから。

少しはスキルマスターとして、居心地を良くするなどして環境を整えた方がいいのかと思う。逆に動くことのできないNo.3の壁画守護者とかは、環境とか関係がないのだけれど。

『ケーナ様？』

「ああ、うん。ごめんね。続けて続けて」

『今回ケーナ様に、ご足労頂いタのは、この近辺にアる、もう一ツの守護者の塔のコトを、お願いしたいノです』

「ああ、うん、守護者の塔ね。守護しゃのぉ……もうひとつううううっ!?」

何気なく煙の守護者が言ったことに頷こうとして、ケーナは驚いて叫んでしまった。

前回この近辺に来た時には、守護者からそのような報告はなかった。

それなのにこのタイミングでそんなことを報告されるとなると、その守護者の塔はどこから移動してきたことになる。つまりそれは……。

「その守護者の塔って移動式の奴？」

「はイ、その通りデす」

守護者の塔と銘打ってはいるが、まともに塔の形を順守しているのなんて、ケーナのところくらいだろう。

大半は設備さえ揃えれば住めるような、住居を模したものが多い。つまりは固定されていて動かすことはできないのだ。

その中で、移動式の守護者の塔は、特定の場所を持たない放浪する塔だ。一三塔中でも三つくらいしかなかったはずである。

ケーナが足を運んだことがあるのは、空中庭園と呼ばれている所だけだ。それも古き良き日本家屋みたいな、のどかな空間の。あと二つはケーナも知らない。

「もしかして今、エッジド大河の中にいるのって……」

『はい。その守護者の塔ハ水中におりマス。私の通信範囲に入ってキたので、対話を試ミたのですが。あちラは起動MP《マジックポイント》が枯渇状態ラしいのです。お願いできマせんか?』

ケーナはドッと疲労感に襲われて、しゃがみ込む。

ついさっき、銀環まで使って障害を排除することもやむなし、なんて考えたのが馬鹿馬鹿しく思えてしまう。

運営の肝煎り。オーパーツみたいな扱いをされる守護者の塔に傷をつけるなど、ケーナの全力をもってしても不可能な話だ。

それをやった瞬間に、守護者の塔は無傷でフェルスケイロが半壊する未来しか思い浮かばない。なんにせよ、そこに及ぶ前でよかったと思う。

やれやれと安心するが、それとは別にいやーなことにも思い当たってしまう。

守護者の塔にＭＰ《マジックポイント》を供給し、フェルスケイロから遠い場所に移動させたとしよう。

それをどうやって冒険者ギルドに伝え、住民たちを安心させるのかだ。

素直に伝えたら上を下への大騒ぎになることは間違いない。そしてケーナの自由度はかなり制限されてしまうだろう。

「こんな時のための民衆受けのいいスカルゴ……っていないんだった……」

話術とエフェクトを駆使して、適当な言い訳を考えてくれそうな存在は、フェルスケイロを留守にしている。

戻ってくるまで待っていられるような時間はない。

「原因が分かりませんでした」と言って、知らんぷりを決め込むのも一つの手だが、それをやるといつまで経っても船が出せず、フェルスケイロそのものが食糧不足に陥《おちい》る可能性もある。

制限をかけている王に不満が募り、クーデターが起きるかもしれない。

何かしらの落としどころを用意して、ケーナが表に出ないようにして王都の人々を安心させる。ケーナには絶対そんなことはできないと、自分で断言できる。

「……とりあえずその守護者の塔が、どういったものかを確認してから対応を考えよう……」

悩んでも答えは出ないので、守護者の塔の形状を見てからにしようと、対応を先に回した。

場合によっては、目立つように泳ぎ去ってもらえればいいわけだし。

そして中に乗り込む方法だが、この場からというわけにはいかなかった。

「やっぱり近くまで行って、指輪を使わないとダメかあ」

『はい。この近辺でとナりますと、こちらカ№3の方に飛ばサれるかと思いマす』

ケーナの持つ指輪は、自分の物の他には№6と№9と№13である。それぞれの指輪は、それぞれの守護者の塔に対応している。

新たな守護者の塔に行くには、その塔を担当するスキルマスターに同行して指輪を使ってもらうか、その守護者の塔の至近距離で指輪を使うしかない。

水中の守護者の塔は、普段は保護機能で水上から知覚できなくなっているらしい。それが川面に現れたという大きな影なのだろう。

今は川底に沈んでいて、ケーナが近付けば姿を現してくるという。

煙の守護者が連絡してくれて、出現時に大波を立ててもらい、それに隠れるようにキーワードを起動させるということになった。あちらの守護者の塔は、もうその行動だけでも限界ギリギリらしい。

急いで外に送ってもらうが、この塔の出現場所は闘技場の中の客席外縁であった。

警備の兵などが見当たらなくてよかったと安堵するが、新たな守護者の塔が沈んでいるのはフェルスケイロの南側の川底である。

ケーナは怪しまれないように、フェルスケイロの北側となる王城や貴族の邸宅のある川岸まで移動してから、渡る手段を探す。

しかしこちら側のトンボ便は貴族専用で、ライガヤンマ二匹でゴンドラをぶら下げて、人を運ぶような仕様であった。

どうせフェルスケイロには頻繁に来る気もないので、多少目立っても我慢するしかないと割り切る。

【水上歩行】を使ったケーナは、川面に飛び下りて走り出す。背後でどよめく人たちを振り返ることもせず、対岸まで向かう。

中洲に上陸して突っ切る際に、教会関係者や見覚えのある王族とすれ違った気もするが、呼び止められなかったのでそのまま走り抜けた。

そして再び川面を踏めば、今度は住宅街側からのどよめきが聞こえてくる。

「ああもう！　いちいち騒がないでほしいなあ！」

『見世物ニナルノハ、承知ノ上デショウニ』

「分かっちゃいるけど、愚痴りたくもなるの！」

キーにぐちぐちと不平不満を零しながら走る。

守護者の塔の接近を探るため、指輪の発光を注意深く確かめながらだ。

だいたい中洲と住宅街側の中間地点に差し掛かったところで、指輪が仄《ほの》かに光ったので急ブレーキをかけた。

ケーナはスライディングのように水面を数メートル滑ったのちに停止。

顔を上げて「行き過ぎたかな？」と呟いた次の瞬間、ケーナの前方の水面がぐわっと盛り上がった。

水面を突き破って現れたのは真っ白い巨体だ。

巨体故に、発生した波でケーナは上下に揺さぶられた。気を付けるのはその際に、浮いている木切れなどを踏まないようにすることだ。

水面から瞬時に伸びあがった最長部までは、約五〇メートルはあるだろうか。いつぞやの怪獣の倍以上はある。

やや横に広がった体軀に、滑らかな背中。潮を吹きだす鼻孔がぽつんと目立つ。いわゆるシロナガスクジラと呼ばれるものだが、この世界の人たちにはほぼ馴染みがない。

中洲側や住宅街側から、わーわー騒ぐ声がケーナの所にも届いていた。

つぶらな黒い瞳がケーナを見下ろして、シロナガスクジラの前方部分が直立していたのはほんの僅《わず》か。ひっくり返るように背中から倒れ込み、その巨体から繰り出された高波は周囲のモノを悉く飲み込んだ。

もちろん傍に突っ立っていた人影もだ。

中洲側や住宅街側で、人々が驚愕に打ちのめされた後のこと。

巨体が水中に沈み、めちゃくちゃにかき回された川面が元の静けさを取り戻しても、傍に立っていたと思われる人物の姿を、人々が確認することはできなかった。

高波に襲われる前にキーワードを唱えたまではよかったが、「給え」の部分で水を盛大に被ってしまったのだ。

「うぬう……。キーワードがちょっと遅かった」

ケーナの髪からポタポタと雫が滴り落ちる。

中には入れたものの、上から下までびっしょりである。

まあ、魔法ですぐ乾くから、さしあたっての問題はない。

周辺を見渡すと、生物的な食道の中とか胃の中というような内装ではなかった。

洞窟や洞穴といった感じの、岩肌を模した固い壁の通路が奥の方まで続いている。

肉眼では不自由な暗さだが、【暗視】を使うほどではない。守護者の塔である以上、スキルマスターに危険はないはずなので、ケーナは意気揚々と歩きだした。

だが、通路自体は三〇メートルも進まないうちに、小さな部屋へ辿り着く。

扉も何もなかったので、小部屋の中の物は手前からよく見えた。

そこにあったものは、ボロボロに朽ちた小さなテーブルと椅子。

椅子に腰かけた木の人形と、天井につっかえそうな大きな時計である。

木の人形に至っては、着せられている服もみすぼらしい。

左腕はなく。袖口の中辺りで千切れているのだろうと思われる。左足も膝から下はなくなっていた。薄汚れた三角帽子を被っていて、両目はバツ印になっている。特徴的なのはやたらと長い鼻だろう。

その奥に鎮座しているのは、下半分に振り子のある大きな時計である。文字盤の上に小さな扉があるのが、名作とは違うところか。

「童話とか、そういうテーマかなあ？」

両方を見比べてみるが、どっちが守護者の塔のコアで、どっちが守護者なのか判別がつかない。ケーナのところみたいに、壁画が両方を兼ねていれば簡単なのだが。

仕方がないので、両方に手を当ててMP《マジックポイント》を送り込んでみる。

変化はすぐに現れた。木の人形の方がパアッと光り輝いたのである。

だが、テーブルと椅子のボロさと、木の人形のみすぼらしさは変わらずであった。精々手足が生えてきたくらいのこと。

「……時計が守護者ぁ？」

カッチコッチと時を刻み始めた大きな時計は、振り子を左右に稼働させて息を吹き返した。

これが時計のまま喋るのかと身構えていたケーナの前で、文字盤の上の扉が開く。

「よく来た！」パタン「こちらはス」パタン「キルマスター」パタン「№1の塔！」パタン「マ

スターは」パタン「マーベルリア」パタン「である！」パタン。

「…………なんじゃこら……」

文字盤の上の扉が開き、蛇腹で繋がった小さな黄色い小鳥が顔を出す。

そして、一言喋るごとに戻っていくのである。ケーナがあっけにとられるのも無理はない。

「つーか、マーベルリアさんが作ったのか、これ」

「うむ」パタン「である」パタン。

そこに反応はしなくていい、と思うほどにうっとうしい仕様である。

スキルマスター№1のマーベルリア。キャラクターは猫人族《ワーキャット》の女性だ。

「この世の全てはデータにあり」を体現するような人であり、何かというと統計を取る人であった。簡単に言うのならば検証ができれば満足な人。

ＮＰＣとの会話のパターンを探っているうちに、スキルマスターになったというのが本人の証言だ。

ケーナも彼女に「ハイエルフの特性を余すところなく白日の下に」と言われて、一時期ストーカーの如く……。いやいや、検証に付き合わされた経験がある。

とりあえず各種族の目立ったプレイヤーは、マーベルリアの執念の検証取りという名の、ストーカー行為に苦い思いをしたというのが正しい。

「飾りも何にもないところがマーベルリアさんらしい。クジラの胃の中に木の人形はまだ分かるけど、大きな時計はおじいさんの代わりか何か？」

「そのとおり」パタン「だ！」パタン「マスターは」パタン「一番古い記」パタン「憶がどーとか」パタン「言っておら」パタン「れたがその」パタン「時に我らを」パタン「見る時は実」パタン「に悲しそう」パタン「だった！」

　こちらの守護者もそれなりに自我があるようだ。

　会話の方法に難がある気しかない。ケーナは大きな時計に近付いて、会話をするために飛び出した黄色い小鳥の蛇腹を摑んでみた。

　途端に黄色い小鳥が「ぐえええええ～！」と苦しそうにわめきだす。

　ケーナが手を離せば扉の中へ引っ込み、目を三角にして飛び出してきた。

「なにをなさ」パタン「いますか！」パタン「この時計そ」パタン「のものが私」パタン「のボディい」パタン「きなり摑ま」パタン「れるなどと」パタン「は無礼千万」パタン「ですよー！」パタン。

「ごめんね。ちょっと好奇心が勝ったもので」

「ぷんぷん！」パタン。

　ぷんぷんと怒ってることを表していたが、飛び出してきた勢いで口に咥えていた指輪が、ケーナの下へポーンと飛んでくる。

　色こそ違えど確かにスキルマスターの指輪だった。手を出したのは怒られてしまったが、どうやら守護者には認められたようだ。

「私はスキルマスター№3のケーナ。今後ともよろしくね」

「了解した！」パタン「新たなるマ」パタン「スターよ！」パタン「早速だが今」パタン「後の指示を」パタン「頂きたい」パタン。

「今後の指示ぃ？」

意味が分からなかったので、出たり入ったりする黄色い小鳥の守護者から、時間をかけて詳しい話を聞いていく。守護者の塔としての達成条件や、普段の潜伏場所など。

それとマーベルリアからの伝言などもあれば、それもと。

スキルマスター№1専用、移動式守護者の塔はシロナガスクジラ型である。

スキルを伝授するためのクリア条件は、この守護者の塔を釣ることであった。ただし、何に食いつくかは、一週間毎にマーベルリアが事細かに変更していたらしい。

それのお陰で、今までに釣られた前例は僅か五回ほどであるという。ケーナの塔の達成条件を通過したプレイヤーは、キーのログにある三〇〇名ほどだ。それに比べればとても少ない。

そして普段の潜伏場所は、川や海の水面だそうだ。

なんでも水面に巨大化した影を映し、本体はその陰の中に沈んでいるようだ。原理はよく分からないが、そういうものらしい。守護者が分からなければ、ケーナに理解できるはずもない。

おそらく、川に現れた大きな影というのが、その潜伏方法なのだろう。

そして影があるからと棒で突いたとしても本体に当たることはなく、正体が露見することもない。

そしてマーベルリアからの伝言などもないようだ。

彼女は最後にここを訪れた際、「楽しかったよ君たち。じゃあね」と言って去って行ったという。そしてここの倉庫はテーブルが蓋となって、存在していた。中に入っていたのは走り書きのメモばかりである。

「さすがマーベルリアさん。徹底してる～」

そしてフェルスケイロに現れた理由が、どうやらケーナとも無関係ではないらしい。

ここに来る以前に、守護者の塔は大陸沿岸の海底に沈んでいたという。ケーナが人魚の里を捜索するために放ったブルードラゴンがその場所近辺を通過したことで、プレイヤーの存在を感知したようだ。

しかも沿岸に近いところから、スキルマスターの持つ指輪の反応を見つけ出した。それを追うように大陸沿岸を南下し、エッジド大河の河口から川を遡ってきたようだ。

そしてフェルスケイロを通過しようとしたところで、他に生きている守護者の塔からのコンタクトを経て、ここに留まることにしたらしい。

「ちょっと№9！　何ですぐに知らせないのよ！」

『それはマスターが、こちラに接近しているヨうだったからです。№1のタンクにはまだ余裕ガありましたので、近くにくルまではと』

　洞窟の壁面に円形に区切られた画面が開いている。画面の向こうでは、煙の人型守護者が頭を下げていた。

　これが守護者同士の交信機能である。各塔に繋がるテレビ電話のような機能を使って、時々守護者たちで井戸端会議のような意見交換をしているという。

　それに№1の守護者の塔がフェルスケイロに来たのは、ケーナがまだ旅の途中だったころだ。呼ばれた場合には、そこから一旦離脱しなければならない。

　ケーナもルカたちから離れることなどできなかったので、守護者たちの判断に文句を言う気はない。

「それでマス」パタン「ター我らは」パタン「どこに行け」パタン「ばよいのか」パタン。

「ちょっと待って。話はそう簡単なものじゃないのよ」

　話を急かしてくる黄色い小鳥の守護者を押し止め、ケーナは考え込む。

「今この近辺に街ができていることは聞いた？」

「既に№9」パタン「より聞き及」パタン「んでいる」パタン。

『周辺の状況についテは説明を通してアります』

　煙の人型守護者が事前にある程度の地理を説明していたという。それもあって巨体を川底に沈めるようにと、指示を出してくれていた。

「貴方が巨大な影を出したことで、住民たちがとても恐れているのよね。未知の巨大な魔物が潜んでいるって」

「ＮＰＣたち」パタン「に考慮する」パタン「必要がある」パタン「とも思えぬ」パタン。

ケーナはすんでのところで、喉まで出かかった「アンタもＮＰＣでしょーが！」という怒鳴り声を飲み込んだ。

それを代弁してくれたのは、煙の人型守護者である。

『マスターを、不快にさせる言動は慎メNo.1。ソレはドワーフにモグラというヨうな侮辱ダ』

「お、おう…」パタン「失礼したマ」パタン「スター許し」パタン「てくれ」パタン。

深呼吸を一つして、胸のムカムカした感情を追い出すと、ケーナは「許す」とだけ呟いた。

やけに冷たくて硬質な言葉が出てしまったが、頭を振って気を取り直す。

「このまま去ったとして、人々は不安を抱えたまま。これ見よがしに泳ぎ去ったとしても、また戻ってくる可能性がある……」

「何故だマス」パタン「ターが禁じ」パタン「れば我らは」パタン「戻ることな」パタン「どせぬぞ」パタン。

「『シロナガスクジラは生物じゃないよー』なーんて説明できるかーっ!!」

洞窟に「かー、かー、かー」と反響が響いていった。もどかしい思いをついつい叫んでしまい、ケーナは「こんなことが言いたいんじゃない」と自己嫌悪に陥る。

自分のところの壁画みたいに、軽口を叩きあえる守護者が珍しいのだ。

空気を読まないところ、ここの守護者はマーベルリアそっくりだと思う。

煙の人型守護者は、ケーナの余りの剣幕に沈黙してしまった。

「分かったマ」パタン「スターつま」パタン「りは人に理」パタン「解を得られ」パタン「る方法でこ」パタン「こから去れ」パタン「ばいいのだ」パタン「ろう」パタン。

黄色い小鳥の守護者は、ケーナの激昂など大して気にした様子もなく、たんたんと語りだす。

「でも、どこかに行くくらいなら、いっそのことここにいれば……」

去って問題になるのなら、この場に留まることを認めさせれば、という方向でケーナは提案する。

『それはそうかモしれませんが。誰が認めれバ、人々は頷いテくれるのですか？』

「それは人ら」パタン「を纏めるリ」パタン「ーダーがい」パタン「るのではな」パタン「いか？」パタン「ギルドマス」パタン「ターみたい」パタン「な」パタン。

「ギルドマスター、かあ……」

ケーナが知る中で一番発言権があるのが、自分の息子であるスカルゴだ。

エフェクトで残念になっていようが、この国で大司祭の地位についている責任ある立場なのだし。

ケーナにしてみれば、あの残念さが「責任ある立場」というイメージをぶち壊しにしているような気がしてならない。

「国王……？　王族……、マイちゃん……、デン助……。うーん。マイちゃんに話を通してみるかなあ？　シャイニングセイバーも一応プレイヤーだし、協力してくれそう」

うんうん唸《うな》って思い当たったのは、マイリーネ第一王女様だ。

この国は第一子が王位を継ぐらしく、次代は第一王子のデン助ではなく長女のマイリーネが女王様になると聞いた覚えがある。

『マイリーネ王女ノ治世ヲ盤石《バンジヤク》ニスルタメノ、実績トスルワケデスネ』

「おー、なるほど！」

キーの言葉にそういう考え方もあるのかと、ケーナは感心する。

キーの言葉が聞こえない二人の守護者は揃ってハテナ顔（？）だ。

「それで我ら」パタン「はどうすれ」パタン「ばよいのだ」パタン「マスター？」パタン。

黄色い小鳥の守護者を一旦押し止め、煙の人型守護者に「ご苦労様、呼び出して悪かったわね」と労っておく。

画面の向こうでは『いイえ。何かアればいつでも』と、煙の人型守護者が頭を下げていた。

ケーナは「一度外で協力者に話を通してみるわ」と言って、外に出してもらうことにする。

その際には外の様子を映し出してもらい、中洲の学院の校庭の片隅を指定する。その辺の街中で、出現したところを目撃されると弁解に困るからだ。

「じゃ、ちょっと川底でおとなしくしてなさいよ～」

「了解したよ」パタン「ろしくお願」パタン「いするマス」パタン「ター」パタン。

「とりあえず泥船くらいな期待で待っててよ」

誰が聞いても不安になるような捨て台詞で、送還時の浮遊感に身を任せる。

学院の隅っこに送ってもらったケーナは、周囲を見渡して人目がないことを確認すると、大きな溜息を吐いた。

「うん、これもルカたちにお祭りを見せるため。頑張るのよケーナ！」

ガッツポーズで自分に気合いを入れ、まずはマイマイの所へと歩き出した。


「お母様!?」

ノックをして学院長室へ入ると、マイマイが音を立てて椅子から立ち上がり、驚いた表情で迎えてくれた。

「どうしたのよ、そんな声を上げて？」

怪《け》訝《げん》な顔で声をかけると、すすすっと近付いてきたマイマイに抱きしめられる。しかもなんだか娘の体は強張っていた。

状況がさっぱり分からなくて、ケーナの頭上にはクエスチョンマークがたくさん浮いていた。

「ああよかった。マイさんからお母様が怪魚の高波に呑まれたって聞いて、心配したんですよー」

やはり中洲を通り過ぎた時に見たのは、マイリーネとロンティで間違いなかったようだ。

おそらく急いでいたケーナの姿に只事じゃないと思って後を追い、シロナガスクジラの直立する場面を見たのだろう。

「それはまた随分と心外ね、マイマイ。私があんな高波如きでどうにかなると、本気で思っているの？」

「え？　ええと」

視線をあらぬ方向へ泳がせ、マイマイが焦る。

「それは、お母様はスキルマスターだけど、でも、ええと……」

段々尻すぼみになっていくマイマイに苦笑して、手を伸ばしたケーナは娘の頭を撫でた。

「はいはい、心配してくれてありがとうね」

「……お母様」

瞳をうるうるさせたマイマイは再び抱き着いてくる。

心地よいぬくもりに身を任せたケーナは、マイマイが体を離したタイミングでマイリーネの行方を尋ねた。

「マイさんですか？　確か……、すごい慌てた様子で……。ああっ、そういえば！」

記憶を探って思い出そうとしていたマイマイだったが、ポンッと手を叩くと同時に叫んだ。

「確か騎士団を総動員してお母様を捜すんだ！　って行っちゃったわね」

「え？」

慌てすぎだとは思うが、王女の号令では騎士団は動かせないんじゃないかとも思う。

それに騎士団長にはシャイニングセイバーが就いているのだ。状況を語ったとしても、奴はケーナがそれくらいで死んだりすることはないと確信しているはず。

ノコノコ騎士団が捜索にやって来ることはないだろう。

しかし、そこはかとなく不安はある。

騎士団内ではまだ、「ケーナがシャイニングセイバーの婚約者説」が払拭されていない。その辺りで反発が起きて、ノコノコと騎士団がやって来るような事態にならないとも限らない……。

だんだん不安になってきたケーナは、「王城に行ってくるわ」と言って部屋を出ようとしたが不安そうな顔になったマイマイに止められる。

「王城って……。お母様、そういうところ嫌いじゃなかったかしら？」

「時と場合による、んだけれども、ちょっと急ぎなのよね。マイちゃんに相談したいこともあるし」

しばし母親の顔を見つめていたマイマイは、いきなり机の上を片付けだしてから、ケーナの腕を取った。

「私も行きます」

「え？」

「それにお母様一人じゃ城に入れないでしょ。私が付いていけば大丈夫よ」

「早く早く」と腕を引っ張る娘に、ケーナは笑いながら「ありがとうね」と呟いた。

　中洲北側からゴンドラのトンボ便に乗って、貴族街側へ移動する。マイマイの復路だというので、ケーナの分の料金は発生しなかった。

　そのままメインストリートを通って王城に向かう。

　馬車が五台くらい並べそうな大通りには、人が少なすぎた。

　偶に馬車が通るくらいの他は、何かの規格の制服を着た人が荷物を抱えて、足早に移動する姿くらいしか見かけない。

　マイマイから、あれは貴族の執事や使用人だということを聞く。

「そういえば、マイマイは馬車とか使わないの？」

「ああ、ハーヴェイ家はトンボ便の発着場の近くにあるのよ。歩いていける距離ね」

「そうなの？　じゃあそこから馬車に乗らないと王城に行けないとか？」

「あはは、お母様も変なところ気にするのね。魔法師団にいた時も急ぐ時以外は徒歩で通ってたわ」

　物語に出てくるような貴族は、常に馬車に乗っているようなイメージがあった。やはりゲームが元になっている分、この世界はまた違うのだろうかとケーナは思う。

王城はメインストリートの突き当たりにあり、街壁とはまた別のデザインの高い壁に囲まれていた。

正面の巨大な扉は閉じられていた。大きさ的には先日呼び出した九九〇レベルのホワイトドラゴンが、余裕を持って通れるくらいか。

その横に小さな扉があって、左右を騎士が固めている。小さいといっても、馬車ならそのまま通れるような幅と高さがある。

マイマイがケーナの左腕を組んだまま「ハーイ」と声をかけると、片方の騎士が顔をしかめる。両方とも人族の騎士だ。

「またですか、ハーヴェイ夫人。登城する際は馬車に乗ってきてくださいと、あれほど申し上げたでしょう」

どうやらマイマイの常識は、この世界では一般的ではないらしい。

ケーナがマイマイの表情を窺うと、悪戯がバレたような顔をしていた。

「ちょっと王女様に言伝があるの。入ってもいいでしょ？」

「構いませんが、そちらの一般人の方もですか？」

鋭い視線を向けた二人の騎士は、ケーナの上から下まで疑いの目を向ける。

冒険者としての格好なので、場にそぐわないと判断されたのだろう。

「なにか文句がありますか？」

「本当にその者を城の中に入れていいものか疑っていましてね。なんらかの組織の、手の者だとも考えられますので」

マイマイがくっついている分、門前払いをされないだけマシなのだろう。騎士たちの警戒する気持ちはケーナにもよーく分かる。

世界最強の戦力としてのケーナは、それだけで危険物扱いされても間違いはないのだから。

「この方の身分は私が保証すｒ……」

「「ああああ――――っ!!」」

ぶしつけな視線にムッとしたマイマイが、ケーナの通行をお願いしようとした時であった、門の内側からけたたましい声が上がったのは。

門番が振り向いた先にいたのは三人の女性騎士だ。彼女たちは喜んだ様子で、門のさらに横にあった個人用に作られている通用門を通って、外に雪崩を打って出てくる。

「ケーナ様！　お久しぶりです！」

「先日はありがとうございました！　みんながお世話になっちゃって」

「今日はどうしたんですか？　団長に会いに来たんですか！」

「あー、うん。どうも」

あまりのけたたましい勢いに、ケーナどころかマイマイもあっけにとられている。

　彼女たちは遠征に同行した時に知り合った女性騎士たちだ。

　野営する時に寝床を貸してくれたり、行軍時のエチケットを教えてくれたりと世話になっている。

　あっけにとられていたのは門番たちも同様だ。なんとか会話の隙間にねじ込むように、女性騎士たちに問いかけた。

「この人物はあなた方の知り合いですか？」

「え？　ああ……。って何してるんですか！」

　三人は顔を見合わせてから周囲の状況を窺い、門前で待ちぼうけのようになっているケーナたちを見て、門番たちを怒鳴りつけた。

「「はっ、はいいいっ⁉」」

　どうやら門番より彼女たちの方が立場が上らしい。門番二人は姿勢を正して直立し、脂汗をだらだらと垂らしていた。

「この方は大司祭スカルゴ様と、マイマイ様のお母上ですよ。怪しい人物と疑ってかかるなんて恥を知りなさい！」

「「は、はいっ！　も、申し訳ありませんでしたー！」」

　土下座をするような勢いで頭を下げた門番の騎士たちの様子に、改めて自分の子供たちの凄さを実感する。片方は残念なのだけれども。

「こんなことカータツ様に知られたら何て言われるか……。あなたたち覚悟はできているんでしょうね？」

何故かカータツの名前が出たら、門番たちが震えあがっている。

カータツは騎士と関係ないはずなのに、一体どこが恐れられているというのだろう。

首を傾げていたら、マイマイが小声で教えてくれた。

「新人騎士はね、カータツの洗礼を必ず受けるんですよ」

どうやら身分の甘えや性根を叩きなおすために、新人はカータツの工房で荷物運びなどをやらされるらしい。散々怒鳴られて怒鳴られて怒鳴られて、時々拳骨《げんこつ》を貰い、性格を矯正されるんだとか。

「なんのブートキャンプよ……」

「？」

そんなわけで戦々恐々とした門番たちに見送られ、女性騎士の先導で城の中に入ることができた。そのままマイリーネかシャイニングセイバーがいるところまで案内してもらうことになった。

彼女たちは普段、城の中で女性の王族の護衛を担当しているそうだ。

「それにしても丁度良かったです」

「今は、殿下が団長のところに来てまして」

「ケーナさんに救援が必要だとかで、ずっと団長を説得しているんです」

「そういえば、ケーナさんはここにいますね？」

「殿下はケーナさん以外のどなたを救出するつもりなのでしょう？」

それを聞いたケーナは、申し訳ない気持ちでいっぱいだった。

うかつに急いでいた姿を見られたばっかりに、余計な心配をかけてしまっている。

顔を覆ってしまったケーナを、マイマイが腕を引いて目的地へ向かう。

そこは王城の外壁に沿って、西回りに四分の一周くらい進んだところにある、騎士の詰め所だった。

建物の前で巨体の竜人族《ドラゴイド》と小柄な女性が言葉の応酬をしており、離れていても会話が聞こえてくる。

「だからさっきから言っているじゃないですか！　人が波に呑まれたんですよって！」

「一人を騎士団で救出する必要性は感じませんし、それがケーナであればなおさらです！　あいつに助けなどは必要ありません！」

「ケーナさんが心配じゃないんですか！　騎士団長の友人だと聞いていますよ」

「だから、それは職務とは結び付かないって言っています！　我らは個人的な都合で動く組織ではありません。それは王命のみによって成されることです！」

つい娘の陰に隠れてしまったケーナに、マイマイは苦笑する。口論を聞いていて状況が理解できたからだ。マイマイは怪魚が現れた現場を見ていないので、すべては人伝でしかなかった。
たしかに眼前で知り合いが波に呑まれれば、焦りもするだろう。
だからマイマイは率先してマイリーネに声をかけた。

「殿下！」

「え!? あ、はい！」

反射的に直立不動の姿勢になるマイリーネ。学院での規律を重んじる教師としての顔を前面に出した、マイマイの叱咤による条件反射であった。

こちらに向いたマイマイがマイリーネに対して、背中に隠れた母親をグイッと突き出す。

「お母様は無事ですよ」

「って、ちょっとマイマイ！」

「ケーナさん!!」

いきなり二人の前に突き出されて戸惑っていたら、どーんとマイリーネが飛び込んできた。ケーナは慌てて受け止める。

「ケ、ケーナさん無事でっ。無事でよかったです！ わ、わたしあんな場面見ちゃって……、ケーナさんが、ケーナさんがっ」

感極まったのかぐすぐすと泣き始めるマイリーネを、ケーナは抱きしめた。
その向こうでは、やや閉口した感じのシャイニングセイバーが「ほらみろ」とぼやいている。

「は！　もしかしてこれって不敬では⁉」

「いまさら何言ってやがる」

ふと我に返ったケーナがマイリーネを宥《なだ》めながら呟くと、呆れた答えがシャイニングセイバーから返ってきた。途端に周囲にいた騎士たちが噴き出したりして、ドッと笑いに包まれる。ケーナはマイリーネが落ち着くのを待つ間、彼女の背をポンポンと優しく叩いていた。

「そうやってると母親みたいだな」

「え？　ここにでっかい娘がいるでしょ？」

「お母様……。でっかいと言うなんて酷い」

シャイニングセイバーとの軽口に、いきなり引き合いに出されたマイマイは、「よよよよ」と泣き崩れる真似をする。

まさか乗ってくると思わなかったらしく、シャイニングセイバーはマイマイの反応に目を丸くしていた。

「なんですか？」

「い、いやー、そういう反応もするんだなーって。悪気はないんだ、気に障ったらすまん」

「お母様の前ですもの。素でいた方がいいに決まっていますわ」

「そんなもんなのか？」

「そんなもんですわ」

どうやらシャイニングセイバーは、マイマイの厳格な教師という顔しか知らなかったらしい。ケーナの前で素直に白状するマイマイの態度を、物珍しそうに眺めていた。

その向こうではようやく泣き止んだマイリーネに、ケーナが「はい、ちーんして」とか母子みたいなやり取りをしている。

「いやー、王妃様とかいるでしょーに。私がこんなことやっちゃっていいのかなあ」

「……お母様……」

ケーナの今更な確認に、マイマイは呆れてしまう。

「マ、マイマイ先生！　絶対にお母様には言わないでください！」

「えー、マイマイは王妃様と面識があるの？」

「ええ、まあ」

マイリーネが必死に懇願しているので、ケーナが疑問に思った。マイマイは王妃様から偶にお茶に呼ばれたりするのだという。

「どういう関係で、そうなった？」

「今の王妃様も、昔は私の生徒でしたので」

「ああ、そう」

そんな娘よりさらに年上だと思われているケーナは、他の人にどんな認識をされているのだろうと、少しは気になってしまう。

「それよかお前、辺境の村に住み始めたんだろ。なんで今日はいきなり城の中になんかやってきた？」

「ああ、そうそう！　そういやーそうだった」

　ついつい井戸端会議状態に突入しかけたところで、シャイニングセイバーが質問を投げかけてくる。ケーナはここに来た目的を忘れるところだったと、手を叩いた。

「ちょとマイちゃんとシャイニングセイバーに内密で頼みたいことがあって」

「私ですか？」

「俺も？」

　言われて顔を見合わせる、第一王女様と騎士団長。

「理由は？」とシャイニングセイバーに問われたケーナは辺りを見回す。

　騎士の詰め所前なので周囲は騎士だらけだ。ほとんどは訓練していたりするが、好奇心からこちらに耳を傾けている者もいるようだ。

　ケーナが苦い顔で「ここじゃー、ちょっと」と言葉を濁す。

　それに何かを感じ取ったマイリーネは、「ではこちらへ」と案内するように歩き出した。

　裏口と思われるところを通り、厨房を抜ける。城の料理人たちが、へんてこな組み合わせの列に驚いていた。廊下を進み、階段を上り、そしてまた廊下を進んでから部屋に入る。

「えーと、ここは？」

「偶にダンスの練習で使いますが、今は空き部屋です」

ニッコリ笑ったマイリーネに「ここならどうですか？」と言われ、ケーナはぐるりと部屋の中を見渡した。

学院の教室くらいには広い部屋だった。絨毯《じゅうたん》が敷いてある他は棚くらいしかない。

窓がないので、耳さえなければ密談に持ってこいだ。

ケーナはさらにそこへ【遮断結界】を張り巡らせる。これでここでの会話が外に漏れることはない。

「で？」

「せっかちだなぁ」

「あのな、俺は騎士団長なんだよ。事務仕事もあるんだよ。手短にな、手短に」

「はいはい」と答えたケーナは「どこから話したものかなぁ」と思案する。

「あのさ、川に出た大きな影っていうのが、マイちゃんがさっき見たと思う白い怪魚なんだけどさ」

「えっ、あれがそうだったんですか!?」

ケーナのぶっちゃけにマイリーネは驚くが、シャイニングセイバーは意味が分からなくて眉《まゆ》をしかめた。

「あの大きさでは聞いた話と違いませんか？」

「あの影は大きく見せるためのものであって、本体は一〇〇メートルくらいしかないのよね」

「待て待て待て待て！　殿下とお前で通じ合うな、詳しく話せ！」

シャイニングセイバーは体ごと割り込むようにして、ケーナの視界と会話を遮った。

「手短にって言ったじゃん」

「俺にも分かるように、手短に言えっていったんだ。二人にしか分からねえ会話をすんな」

「それだとマイちゃんが置いて行かれちゃうしなあ」

腕を組んで唸り始めたケーナに、シャイニングセイバーはふかーい溜息を吐いた。

「分かった分かった。長くてもいいから最初から話せ。そしたらモノ次第では協力してやる」

「お、やった。シャイニングセイバーの協力があれば、ほぼ盤石かも」

「私も手伝いますからね、お母様」

今まで静かに聞いていたマイマイも参加を表明する。まだ詳しく聞いてもいないのに、マイリーネも対抗するように「私もします！」と頷いた。

「まあ、状況を詳しく話すから、どうしたらいいか考えてちょうだい」と前置きし、ケーナは自分の情報も含めて話し始めた。

「ええとね。先日エッジド大河に現れたっていう大きな影なんだけど、守護者の塔なのよね、あれ」

「ぶっ⁉」

「ええっ、そうだったんですか」

「しゅごしゃ……？」

世界の根幹に繋がるような情報を暴露したら、三者三様に反応が分かれた。

シャイニングセイバーは噴き出し、マイマイは感心したように頷き、マイリーネは聞き覚えのない単語に首を傾げる。

「おいいいいいっ！　王女にそんなこと言っちゃっていいのかよぉぉぉぉっ！」

シャイニングセイバーがケーナの肩を掴み、一瞬で部屋の隅に移動する。

目を白黒させながらキスができるくらいに顔を近づけ、声を潜めて非難するという器用な真似付きで。

「別に私が不利益を被るわけじゃないし、マイちゃんなら口外はしないでしょ？」

「公《おおやけ》の場で口外しなくても、国王とかに話が流れたりすんだろーが！」

「それこそ今更だと思うけどね。スカルゴもマイマイもカータツも、私がスキルマスター云々だって知っているのよ。そこからもう話を聞いているかもしれないじゃない」

「……それはそーかもしれねーけどよー」

途端に勢いがなくなるシャイニングセイバーの手を外し、ケーナは心配そうな顔をしたマイマイとマイリーネのところに戻る。

「ケーナさん、聞いてもいいことなんですか？」

「ああ、守護者の塔？　マイちゃんは私やマイマイが【古代の御技《スキル》】を使えるのを知っているわよね」

「ええ、まあ。はい」

「守護者の塔は試練を与える場なの。その課せられた試練を突破すれば、【古代の御技《スキル》】を一つ授けられるんだけど。私はそれを管理する立場なのよねえ」

「え？　え、えええええええええええええええっ⁉」

肺の中の空気を全部絞り出すような声を出して驚くマイリーネ。余りの驚きに途中で息継ぎも忘れて咳き込んでしまう。

マイマイはそんな彼女の背をさすり、息も絶え絶えになったマイリーネを落ち着かせていた。

マイリーネが落ち着いたところを見計らって、今度はシャイニングセイバーが質問を飛ばす。

「お前この前、停止している塔を目覚めさせるとか言っていただろ。話を聞いた限りじゃあ、その塔は停止してないんじゃないのか？」

「停止する寸前だったからねえ。今は元気に泳ぎだせるよ。保証する」

「そんなの保証すんな！」

突っ込まれたのを笑いながら受け流し、ケーナは話を続けた。

「話はまあ、その守護者の塔のことなんだけどね。フェルスケイロの近辺に置いておきたいのよ。どうしたらいいものかと思って」

「頼みたいことってのはそれか……」

シャイニングセイバーは口元に手をやって思案する。マイリーネも同様の仕草で口をつぐんだ。

「お母様、つまり誰にも迷惑をかけずに隠しておくってことですか？」

「いいや、たとえ見世物になっても構わないから、川に浮かべておきたいんだよね」

クエストの達成条件が「釣ること」なので、見世物を釣るなんて考える者はいないだろうと考えてのことだ。

「場合によっては、新しい観光名所になるかもだし」

廃材で作った城のように、人を呼び込むことができるのではないかと考えている。なんといっても景観都市と言われているくらいだし。ここらで一つ二つ名所が増えても変わらないだろう。

「ちぃーっとばかし難しい部分があるな」

「そうですね。騎士団長殿の言う通り、最初のイメージが悪すぎましたから」

シャイニングセイバーの懸念をマイマイが補足する。

やはりネックになっているのは、一番最初に騒がれた「大きな影」の部分だという。

漁業関係の人たちに悪いイメージが浸透してしまっているため、今更大丈夫だと通達しても「はいそうですか」と納得するとは思えないようだ。

「そこを強引に突破する、いいアイデアってない？」

「ムチャクチャなこと言うなよ。一介の騎士団長にそんなデカブツをどうしろというんだ？」

「別に持ち上げろとか言わないよ。それに報酬はスキル二つでどう？」

「……む」

指を二本立てたケーナが挑発的な視線を向けると、シャイニングセイバーが黙り込む。頭の中でメリットとデメリットを秤にかけているのだろう。

これはいけるんじゃないかと思ったケーナは、にんまりと微笑《ほほえ》んで指を三本に増やし、「スキル三つ。それに状況次第では手伝ってくれるんでしょう」と畳みかけた。

「分かった、分かった。手伝うよ。これでいいだろ」

「しゃっ、やったー！」

拳《こぶし》を高々と上げて喜ぶケーナに、マイマイが「お母様、はしたないですよ」と声をかける。

「それでその怪魚さんは話が通じるんですか？」

「内部に入れば、会話は可能だけど。それだと外見の威厳も何もないのよねえ」

「なんだそりゃ？」

マイリーネの問いに答えていく。

いちいち扉の開閉する音を聞きながらの会話には、呆れを通り越した衝撃を受けるに違いない。

「とっ捕まえて攻撃の意思なしって吐かせちまえば、人々は分かってくれそうだがなあ」

「喋れないのが、どうやって返事するのよ？」

「そこはホレ。お前が管理してるんだから、代弁者でもやりゃーいーじゃねえか」

「ああ、そういう感じでもいいのね。それならこうペカーッて光る玉みたいな幻影でも纏えば、多少の威厳は出そうよね」

「神の使いでもやる気か……」

「それです！」

段々と雑談じみてきたプレイヤー二人の会話に、マイリーネが割り込んだ。

笑顔も加わった晴れ晴れした表情で、シャイニングセイバーを見上げている。

「それって、どれ？」

「騎士団長が今言ったことです。ケーナさん、神の使いをやりましょう！」

「へ？」

いきなり役割を振られ、ケーナは口を開けてぽかーんとしたままだ。

「そうですね。お母様が神の使いのフリをして『安住の地を求めている』とでも言えば、マイさんも『この地を提供できます』とでも返せるでしょう」

「先生！　その案も採用です。その流れで行きましょう！」

マイマイとマイリーネとの間で話がサクサクと纏まっていく。

あーでもない、こーでもないと二人で弾む会話に、ケーナとシャイニングセイバーは置いてけぼりになっていくのを感じていた。

「うーん」

「どーした？」

「こりゃー、マイちゃんにも何かお礼があった方がいいかなあ」

「そうしとけそうしとけ。スキル二つでも三つでも」

「住民だと覚えられないみたいなんだよね。アイテムボックスがないから」

「ん？　ああ、そうか。だったら手っ取り早く物だな」

「物かあ。防毒、防麻痺のネックレスとかでいいのかな」

「今の世だと国宝級だぞ。まあ、次代の王だしそんなものでいいんじゃねえか」

「ちょっとお母様！　騎士団長殿！　二人でこそこそ話していないで、こちらにもキチンと関わってください！」

報酬について相談していたら、マイマイに怒られてしまった。

「『へーい』」

「返事は『はい』です！」

「『はーい』」

それから幾つか案を統合していって、最終的に守護者の塔を釣ることになったのである。計画はそこからだった。

「それじゃあ騎士団で守護者の塔を釣る、と。釣《つ》り竿《ざお》はどうするんだ？」

「カータツに頼みましょう。今なら工房は開店休業状態ですから、快く受けてくれるでしょう」

シャイニングセイバーの疑問にマイマイが答えていく。

マイマイは計画全体の進行役となった。細かいところは、全部受け持つそうだ。

「殿下は特設台の上で待機してもらいまして、守護者の塔が釣れたら誰何《すいか》してもらいます」

「何用でこの地に参ったのか？　何故民の生活を乱すのか？　……こんな言い方でいいんですかね？　ちょっと偉そうじゃありませんか？」

「マイちゃん、次期女王様じゃないの？　偉そうじゃなくて、偉いんでしょ」

「そこでお母様の登場です。守護者の塔の上で光の玉として現れてください」

「光の玉ねえ。ピカーッてこんな感じ？」

「ってここで輝くんかいっ⁉」

「ケーナさん。それだとちょっと眩しくて、直視できないです」

「実際はもっと離れてますから、街の人々の度肝を抜くくらいでいいんじゃないですか？」

「必殺、七色の後光」

「客引きのネオンかよ！　パチンコ店の看板じゃねーんだぞ」

色々と危険な言葉が飛び出しているが、マイマイが次々と指示出しをして確認していくために、誰もそこに突っ込む者はいなかった。

「そこでお母様が『騒がせたのは謝罪する。安住の地を探しているのだ』と」

「えーと……『騒がせたのは謝罪する』ってこんな感じ？」

ケーナはキーに命じて幾つかのサンプリングの中から、ホラー映画などで使われるような、おどろおどろしいものに変換させた。もちろん【変声】スキルではあるが、本来は対象を必要とするものだ。その場の全員がびっくりして振り返る。

「何だよ今の声。どっから出てきた？」

「お母様、それだと悪役みたいですわ」

「少し寒気を感じました。街の人たちは大丈夫でしょうか？」

「お母様、もうちょっと天から降って来るような感じになりませんか」

「どんなんよ!?」

いくらスキルマスターといっても完全無欠に万能とはいかないので、あまり無茶な注文は叶えられない。

人によって声質の受け取り方が違うというので、そこは空中に文字を書くことになった。

「ひらがなより現地語の方がいいのかな？」

「一度、漢字を交えて書いてから、現地語に切り替えればいいんじゃないか」

「そうするかあ」

ゲームだった影響が残っているらしく、現在この地で使われている筆記にはひらがな、カタカナが使われている。ケーナたちが現地語と言っているのは、変形アルファベットによる独自の文章だ。

たっぷりのインクを含ませたペンでＡＢＣと書き、それを横にしてインクが流れたような代物である。プレイヤーが難なくそれを読めるのは、キャラクタークリエイト時にもらう【言語理解】スキルのお陰だろう。

「それで殿下がこの地を提供すると言ってくださればいいのです」

「『この地を提供するというのはどうだろう。どうか子々孫々までこの地を見守っていてくれないか』といった感じでしょうか？」

「そんなんで納得する奴がいるのか？　疑ってかかる奴も出そうだが……」

「それは計画を画策している側ですからね。手を抜けば、そこに付け込む者はいると思います。とにかく騎士団長殿は真剣にやってください」

「『よかろう。しばらく世話になることにしよう』というところで、中洲の上流側に陣取ればいいのかな？」

「はい。お母様もそこは真剣に取り組んでくださいね」

「やること多いなあ。とりあえずマイちゃんに【風精霊】預けて、声の拡大してもらって。私は【付加白色光】のレベル九を纏って、空中に文字を書いて……。こっちは【光精霊】も呼んで補助してもらおう」

指折り数えながら段取りを確認していく。守護者の塔には直接声が届けられないので、流れを説明して中から外の映像を確認してもらう。そこから動いてもらうほかあるまい。

念のため№9にも協力を打診して、守護者二人で交信しながら外と連携してもらおうと考えている。

といっても守護者の塔、シロナガスクジラは釣られて、佇んで、移動する、くらいの行程しかないのだが。

「釣り餌は花束と聞きましたが、それで大丈夫ですか？」

「その方が投げ込みやすいでしょ。守護者には話を通しておくから。牛一頭とかもったいないわよ」

「それで、そのぅ……。計画に当たり、お父様には話を通しますが構いませんか？」

「騎士団動かすとか、殿下の権限じゃ無理だからなあ。俺も同行して頼んでくるから心配すんな」

最後の懸念材料はそれだ。

いくら綿密に計画を立てても、国王に却下されてしまえば成り立たなくなる。

「マッチポンプみたいなものだからねえ。王様も首を縦に振ってくれるかどうか、ってところでしょ」

「大丈夫です。この前の会議でスカルゴ様が、ケーナさんのことを色々説明してましたから。お父様に理解はあると思います！」

「……ナンデカイギニワタシノワダイガデルノ……？」

至極当然な質問だったが、それについてマイリーネは話せないというスタンスだった。

国の会議の内情を、王女がぺらぺら喋ってしまうわけにもいかないだろう。

国王の理解が得られれば、シャイニングセイバーがケーナにフレンド通信で伝える手はずになっている。

マイリーネについていこうとしたシャイニングセイバーが「おっといけね」と言って、ケーナのところへ戻って来た。

「どうしたの？」

「ちょっと聞きたいことがあったんだ。〝渇きの蠍〟って知ってるか」

「なにそれ、どこかのギルド名？」

「知らないのか。マフィアみたいな組織だよ。どうやらお前の連れているという子供を狙っていたらしくてな」

一瞬ケーナの瞳が剣呑な光を帯びるが、何かに気付いたようにポンと手を叩いた。

「ああ、シィがぶちのめしたとか言ってたわね。たぶんそれじゃないかしら」

「しぃ？」

「召喚メイドのことよ。家と子供の管理を任せているわ」

「ああ、あの金銭従者のことか」

金銭従者とは、召喚執事たちの蔑称である。廃人の持つものとして、ゲームでは妬みの対象になっていた。

「お前はそれに関わってないんだな。絶対だな？」

「いやにしつこいわねえ。何かあったの？」

シャイニングセイバーが指を突き付けてまで確認してくるのだ。何かプレイヤーにしか分からないようなことがあったと考えるべきだろう。

「イグズデュキズという神だか悪魔だか分からんもんが出て、そいつらをグッチャグチャにしやがったんだよ。今思い出しても寒気がしてくるぜ……」

「イグズデュキズ？　魔界エリアの中ボスじゃないの。そんなのが野良でいるのかしらね」

気持ちの悪い姿の部下を動員して、奸計にかけてくるような悪魔の名前だ。ボス自体としては弱い分類に入るが、罠を多用してくるので面倒な敵キャラである。

それも海賊船長《テラースケルトン》のように野良でうろついているかと思うと、うんざりしてくる。

「知ってんのか！　呼び出したりできるのか!?」

「呼び出せるわけがないでしょう。悪魔を呼び出すには魔人族じゃないと……」

言いかけたところで、すとんと心に落ち着くものがあった。

色々ある制限の一つだ。【召喚魔法《サモンマジック》】で悪魔を呼び出せるのは魔人族のみ。

ならそれが【召喚魔法《サモンマジック》】であるのなら、高レベルの魔人族のプレイヤーがどこかに存在していることの証明になる。

「おい、なんか気味の悪い笑みを浮かべているが大丈夫か？」

「いや、いい情報を貰ったなあって思って。感謝するわ」

「お、おう」

確認はそれで終わりらしく、シャイニングセイバーはマイリーネとこれから謁見《えっけん》に向けて準備するようだ。

マイマイは計画の概要を素早く書き上げて、マイリーネに手渡していた。

「マイマイも一緒に行って説明した方がいいんじゃないの？」

「それだと城の外まで、お母様を送れる人がいなくなってしまいますから。でもこれで顔が知られましたから、お母様も顔パスで城門くらいは通れると思いますよ」

「それはあんまり喜びたくない情報だなあ」

城の中を忙しそうに歩き回っている侍女や執事の人から不思議そうな視線を受けつつ、来た道を戻って城の外に出る。そこには副団長を含む騎士数人が待っていた。

「あら、どうしましたか？」

マイマイが聞くと、シャイニングセイバーから先に話が通っていたらしく、トンボ便の発着場まで彼らが送ってくれるそうだ。

「今朝のこともありますからね。ケーナ殿の警護の一環です」

「ただの冒険者にそんなのはいらないと思うんだけど」

「いえいえ、団長の婚約者ですから。備えは必要ですよ」

いらん一言を聞いた途端に、ケーナの左腕にくっついているマイマイから世界にピシリとヒビの入る音が聞こえた。

「お母様？　婚約者とは一体何のお話かしら？」

ひゅ～どろどろ～、という音が聞こえそうなほど暗い雰囲気に包まれたマイマイの様子に、周囲を囲んでいた騎士たちが一歩下がる。その顔は皆青く引きつっていた。

ケーナはマイマイの背中を叩いて落ち着かせると、「ただの誤解だから、気にしなくていいのよ」と伝えて歩き出す。

「ちょっとお母様！　あれは聞き捨てなりませんわ！」とキャンキャン叫ぶマイマイを引きずりながらこの場を去ることにした。

「どーも、お騒がせしましたー」

「聞いてよ、お母様！」

怖さやらなにやらで唖然と見送っていた副団長だったが、ハッと我に返ると「二～三人警護に付け」と騎士たちに指示を飛ばす。すぐに後を追っていったのは女性騎士たちだった。

「「待ってくださ～い！」」

「あれ、どうしたの、貴方たち？」

「私たちで」「発着場まで」「お送り致しますわ」

別にいいんだけどなと表情で語っていたケーナを制して、マイマイは「じゃあ、お願いしますね」とにこやかに返した。

彼女たちも「「は～い」」と返事をして、前に二人、後ろに一人と分かれてケーナたちを囲む。

マイマイにぐいっと腕を引かれ、「お母様この場は受けておくものですよ」と諭されたケーナはこくこくと頷いた。

彼女たちはそんな二人を見て楽しそうな二人と、目が死んでいる一人に反応が分かれていた。

「えーっと、どうしたの。彼女は大丈夫？」

「あー。その子は今、実家と折り合いが悪いんですよ～」

ケーナが心配して声をかけると、前方の右側にいた女性騎士が教えてくれる。前の二人は平民出身で、後ろの一人は子爵家のご令嬢らしい。

「ご心配をおかけしまして……。〝元〟令嬢なんで気にしないでいただければ」

なんでも両親から結婚を強要されていて、毎日のように催促の手紙が届くらしい。それを語っていた彼女は、怒りがぶり返してきたようだ。

顔の前に上げた拳がブルブルと震え、怒りの形相になった口からはギリギリと歯ぎしりが漏れている。確かにこんな姿を見れば、ご令嬢だと言われてもピンとこないだろう。

「結婚は……してみたらいかが？」

そんな中、やけに晴れ晴れした笑顔でマイマイがそうのたまった。

「へ？」

「「え？」」

ケーナはぽかんとしているし、女性騎士たちも目が点になっている。

「お試しでも何でも経験することは悪いことでもないですよ」

「マイマイ、そんなに簡単に勧めちゃっていいの？　一生を左右するんでしょう？」

「そうですね。結婚してから気が合えば、長く一緒にいられます。合わなければ途中で離婚せざるを得ないでしょう」

そこら辺は納得できているのか、三人娘は同意するように頷いている。

ケーナにしてみれば一度事故に遭って全てを諦めた過去があるからか、いまいち自分の結婚願望自体が行方不明である。

なのでそんなものなのか、という他人事のような観点で聞いていた。

「離婚した場合と結婚してない状態とでさほど違いはないでしょう」

「え？」

「ええと、そうですね。まあ、確かに」

ケーナの頭上にクエスチョンマークが浮かぶ。もちろん例のスキルだ。

子爵家のご令嬢は、納得したように呟いた。

「社交界では離婚してしまったら、醜聞になることもあります。逆に未婚であれば、貴族として行き遅れとなってしまい、恥ずかしい思いをするでしょう」

「だからお試しでもいいのですよ。結婚、または婚約者を決めておけば心の持ちようも変わるでしょうし」

静かに聞いていた平民出身の二人も「おおお～」と感心しているし、ご令嬢の方も腑《ふ》に落ちたといった表情で頷いていた。

「学院長のお話には大変興味深いところがありました。一度家に帰って両親と話をしてみたいと思います」

「ご両親とよくよく話し合うのも一つの手ですよ。親は子供の幸せを願うものですからね」

と言いながら、マイマイの視線はケーナに向く。

娘の言わんとすることに気付いたケーナが微妙に視線を逸らすと、マイマイが忍び笑いをこぼした。

「あー、ごめんね、マイマイ……」

「いいえ、お母様。気にしてませんから」

実際問題子供たちを里子に出して、自分は姿をくらましたのだから酷い親だとは思う。

当時はゲームの世界が現実になるなんて思いも寄らなかったのだから、仕方がない。

（いや、仕方がないなんてただの言い訳だし。これからはその分の埋め合わせをするべきなんだろうね……）

腕の緊張を解いたケーナが柔らかい笑みを浮かべたのを察したマイマイは、ホッとした表情になるのであった。

ケーナはマイマイと共に、トンボ便の発着場まで女性騎士たちに警護されていった。

その際に、貴族街でも平民が普通に入れる隠れた名店、などの情報を聞くことができて満足するのである。

ケーナとマイマイは中洲に移動してから、カータツの工房を訪ねた。

中はカータツの部下たちが何かの加工をしている他は、静かで平和なものだ。

カータツはそんな工房の出入り口で椅子に座り、手に持った木切れを工具で熱心に削っている最中だった。

「やほー。カータツ暇そうね」

「お袋！　姉貴と来るなんて珍しいな。何かあったのか？」

手を上げてカータツを呼ぶと、立ち上がって出迎えてくれる。

「まあ、これから何かあるんだけどね」

「何する気だよ……」

「まあ、色々あるのよ。お母様も含めてのことだから、説明はするのだけれども」

「お袋もか。いったい何に手を出したんだか、嫌な予感しかしねえな」

頬が緩んでいたからか、ケーナの言葉をカータツは不穏なものとして受け取ったようだ。

マイマイが前に出て工房に発注する物を伝える。

「カータツ。大至急釣り竿を作りなさいな。一〇人くらいで使うような太い奴を」

「姉貴も唐突に無理を言うな。暇な分、材料には事欠かねえが、何する気だよ？」

今回の計画で唯一金銭が必要なのはこれだけだ。

そしてそれは話を持っていったスキルマスターとして、ケーナが払うことになっている。

騎士団を動かす経費なども発生するが、そちらはマイリーネがどうにかするらしい。

「とりあえず納期は明日で」

「明日ァッ⁉」

計画の中で多分一番の無茶ぶりがこれだろう。

カータツの上げた素《す》っ頓狂《とんきょう》な叫び声が、静かな川面に響き渡った。

第四章 準備と、慰労会と、お祭りと、馬鹿と

その夜、シャイニングセイバーから届いたフレンド通信には、国王からすんなり許可が出たという文面があった。

ただ、完全にこちらの要求を飲んだわけではないようだ。

釣りに参加する騎士は、シャイニングセイバーを含んだ一〇人までで、残りは治安維持に努めること。

計画は、マイリーネ第一王女の主導で行われたと周囲に喧伝すること。

ケーナは民衆の前に、それと分かる姿を絶対現さないこと。

「って三つか」

「先程言っておられたことですか？」

「うん。計画は明後日だって。明日になるかと思って、守護者たちに説明しちゃったよ。また行ってこなきゃならんわね」

傍に立って給仕するロクシーヌに答える。

カータツのところに寄って、守護者の塔を二つ回ってからケーナは貸し家に帰ってこられた。

ギリギリ夕食には間に合い、今は食後のお茶を頂いているところだ。

リットとルカは同じテーブルの隅で、今日買ってきたものを包みから出してつけたり外したりしていた。

買ってきたものは色とりどりのリボンである。

一本銅貨二枚で、一人三本ずつ買ってきたようだ。六本が全部違う色なので、髪にこれが合うか合わないかと言いながら、とっかえひっかえ試していた。

どちらかというと、リットがルカを構い倒しているというのが正しい。

そしてそのリボンを合わせている中には、テーブルの上で丸まっているキャスパリーグも含まれていた。

首元や尻尾に巻いたり解かれたりするのに、嫌な様子も見せずに付き合っている。

「とりあえずシィはあの子たちの髪形を色々変えてあげて。その内に気に入るものがあるでしょう」

「はい」

ロクシーヌに指示を出すと、さっそく櫛《くし》を取り出してルカの髪を梳《す》くところから始める。そして瞬《またた》く間にポニーテールにしていた。そこへ幾つかのリボンを合わせ、リットが「それ！」と決めたら交代する。

「しかし、この条件だとマイマイの仕事が霞んで見えるわね」

『裏方トシテ、名ハ残ラヌカト思イマスガ』

「まあ、民衆に納得してもらうのが目的の、ヤラセに近いからなあ。当日にアクシデントがなければいいんだけど」

半分は「祭りを行うために、こういう案がありますよ」と提案してみた。というくらいの企画だ。王女と騎士団長を巻き込むことにはなってしまったが、ケーナが主導で行っても民衆が納得するとは思えない。

それをやったら、一人何役かという忙しい状況になるのは間違いないだろう。

「ケーナ、おかー、さん。……まだ、おし、ごと?」

「んー、ごめんねルカ。リットちゃんも。明日準備すれば、明後日にでも祭りは始められるかもしれないしね」

「え、ほんとう!」

未だ希望的観測でしかないが、そう伝えるとリットの目が輝いた。

「嬉しそうね、リットちゃん」

「だって、今だってあちこちすっごいのに、お祭りがはじまったらもっとすごいって言ってたんだよ」

「そ、そうなんだ……」

勢いに負けたケーナは、ロクシーヌに「誰が?」という疑問を飛ばす。

ロクシーヌは軽く頭を下げてから「このリボンを売っていた方です」と告げる。

売っていたのはマレールのような、恰幅のいいおばちゃんだったらしい。

「それなら仕方がないな」といってケーナは追及をあきらめた。

彼女は肝っ玉母さんのようなマレールには頭が上がらないのである。同じような性質のおばちゃんも同様に。この世界唯一の、ケーナの弱点といっても過言ではない。

一度こっちに興味を向けた子供たちだったが、途中からリボンそっちのけでロクシーヌによる髪結い講座になってしまったようだ。

髪が短くてもできる結い方を熱心に学んでいる。

ケーナも自分の髪を摘んでみて、事故の直後はどうだったかと思いを馳せる。

動けない自分ではどうしようもならなかったので、看護師や従姉妹に結ってもらったのを思い出したくらいだ。

鏡にはやせ細った自分が映るから、毎回悲しそうな顔になって皆を心配させていたように思う。

今なら両手も使えるし、自分で自由な髪形にも変えられるだろう。

でもそれだったら、ルカの練習台になった方がいいのかな、という考えが浮かんでくる。

『ソコガ母親デハナイカト』

キーの呆れた声に、ケーナは母親業がちょっと楽しくなった気がした。

リボンを巻かれなくなったキャスパリーグがいつの間にか足元に避難していて、「にー」と一声鳴いていた。

ケーナには「やれやれだぜ」と聞こえるのだが。頭を撫でて苦労を労っておく。

そして翌日。

朝食を取ったら、№1の守護者の塔へ指輪で飛ぶ。

この指輪でキーワードを唱えたら、頭上の魔法陣から光のリングが幾つも出て、自分に積み重なってから守護者のところへ飛ぶのだ。

何だか輪投げの受け棒になった気分である。

そこで相変わらずパタンパタンとやかましい守護者に、計画が翌日に変更になったと告げる。

そして昨日言った行動予定を覚えているか繰り返させて、№9の守護者とも打ち合わせをよく確認してから、学院へ送ってもらう。

計画に当たり、この数日間は学院を休校にして準備を行う場となった。といっても準備と後片付けを含めれば三日間だけである。

すでに校庭には長い釣《つ》り竿《ざお》が転がっていた。

長さ五〇メートルで、竿の太いところは直径一五〇センチメートル。カータツとその部下たちの徹夜の成果である。

これに革のベルトを取り付けたりして、八人で支えるというのだから騎士も大変だ。ちょっと大きすぎる応援団旗みたいなものだろう。

釣り上げる対象は自発的に動くのだから、それほど大きな力はいらないはずである。

カータツたちは徹夜明けから、次の作業に黙々と取り組んでいた。

今やっているのは学院前の川岸から伸びる、お立ち台のような桟橋である。

守護者の塔のシロナガスクジラが水面から背を出した高さと、同等くらいか。神の使い（偽）を下に見るのもいけないが、王族を下に見るのもいけないらしい。

そしてケーナは学院の中で、行動に不具合がないかと確認中である。当日に行き当たりばったりでは何が起こるか分からないので、今のうちに多角的に見ておくのだった。

「最大レベルで光らせると自分も見えないし、外も見えないわねえ」

【付加白色光】を自分を中心に球体で輝かせてみてから、色々とまずいことに気が付く。

ゲーム中だった場合、光は武器に付加して戦闘に赴《おもむ》いていた。その場合はパーティ仲間も同じようなことをしていたので、光源には事欠かなかった。

けれどもいざ自分にかけた場合では、胸元も真っ白になっている上に周囲の視認もおぼつかないのである。

マイリーネの声だけで進行を確認するには心もとない。

一人で二つも三つも術を行使するのもいいが、どうせならと外部の視界を確保するために【光精霊】を一体召喚することにした。

今のところは六〇〇レベルのキャスパリーグを召喚しているので、残りのリソースは五〇〇だ。強度一で召喚できる精霊は一一〇レベルになってしまうので、最大四体までが限度。

マイリーネに一体預けることは決定事項なので、あとは何かあった時のために残しておいた方がいいだろう。

【光精霊】には内側の光だけを弱めて、外の景色をウィンドウ形式で見られるようにしてもらう。最悪、正面だけが見えていればいいのだから。

近くで確認してもらったマイマイが言うには、昼間なのに直視できないくらい眩しいのだという。内側に人がいるなどと勘付かれたくないので、ここは我慢してもらうしかない。

文字の方はすんなり出すことができた。

その代わりにマイマイには色々注文を付け足された。

体の前に表示させると白色光の影響で見えなくなってしまうので、対岸からも見えるように頭上に大きく並べることになった。

注文を聞き続けているうちに、一文字がだいたい縦横五メートルくらいになってしまったが。

次に取り掛かったのは、マイリーネに預ける【風精霊】である。

この世界の常識では精霊は視認することができない。

だが【召喚魔法《サモンマジック》】で呼び出した精霊は可視化するのである。

これには個人の魔力が強いとか弱いとかは関係なく、ほぼ全ての人々が精霊を認識することが可能だ。

しかも【風精霊】は一定した所には留まらない。

マイリーネがお立ち台の上に立ったその瞬間から、あっちへふらふらこっちへふらふらとするだろう。

今も試しに召喚してみれば、妖精ちゃんと一緒になって教室全体の空間を使い、飛び回って踊っている。

姿は向こうが透けて見える裸の幼子だ。天女のようなケープを纏《まと》っているが、透けているので意味はない。その手の趣味を持つ紳士が見れば、目をらんらんと輝かせてストーカーに立候補するのは間違いないだろう。

その自由奔放な姿を見ながら、どうしようかと考える。

当日、中洲は立ち入り禁止などはされないため、見物人もいると思われる。

目撃されるのは非常にまずいのだ。

マイリーネの声をフェルスケイロ中に届けるのは【風精霊】にやってもらうため、閉じ込めることはできない。

あーでもない、こーでもないとケーナが考えていたら、マイマイが助け船を出してきた。

「お母様、あれはどうです？　精霊の杖」

「あ、そうか！　その手があったわ」

精霊の杖は属性魔法を使えない人（プレイヤー）のための代用品だ。

この場合は風系統の魔法が、一通り使えるようになる杖である。

条件があって、その精霊に応じた宝石が必要になる。【風精霊】の場合はエメラルドやマラカイトになるか。

それと一時的に【風精霊】を封じ込めるが、強制ではなく手を貸してもらうためのものだ。

使用期限は、日の出から日の入りまでの半日くらいが限度である。

これを破ると精霊が宝石を破壊して逃亡し、しばらく召喚できなくなってしまうオマケ付き。

懸念はあるが、早朝から始めて夕方までかからないだろうと思われたので、使用することにした。

精霊の杖自体は、宝石と金属と棒があればケーナの【技術技能《クラフトスキル》】で製作が可能だ。宝石は大きければ大きいほど精霊の力も増幅できるはずだ。

では早速と、ケーナがアイテムボックスから取り出したエメラルドに、マイマイの目が点になる。

それは薪《まき》一本くらいの大きさがあった。換金すれば金貨数千枚になろうかという代物である。

「お、お母様……、そ、それ……」

マイマイが震える手で指差すも、ケーナは【技術技能《クラフトスキル》】を行使してしまう。手元がぴかっと光れば、先端に花の台座が拵えられ、巨大なエメラルドが直立した一本の杖が出来上がっていた。

「うんうん。良好良好」

杖をぶんぶん振って具合を確かめるケーナに、マイマイは顔を覆って溜息を吐《つ》いた。

声を届けるだけならば小さな杖だけで十分だというのに。国宝級のような宝石を使って人の背丈より長い杖を作る必要はない。

要はケーナはやりすぎなのだ。放っておいたら、マイリーネの報酬はこの杖にしようなどと言い出しそうで、娘的にはとても怖い。

「そだ！　マイちゃんへの報酬はこの杖でも……」

「お母様っ‼」

結局マイマイの雷が落ちることとなった。

こんこんと物の価値について説教され、ホイホイと昔の物品を外へ流さないことを約束させられたところへ、マイリーネが到着した。

「すみません、遅くなりまして……」

「あー、謝らなくていいから。午前中は習い事とかだったんでしょ」

「はい」

「それはそれで仕方がありません。殿下の義務でしょうから。万年暇だらけのお母様と比べることが間違っています」

王族にしてはマイリーネは腰が低すぎやしないかな、と少々心配になるケーナだった。

それはそれとして、さりげなく娘にディスられてムッとする。

じろりと睨みつけると、マイマイはそっぽを向いて知らんぷりを決め込んでいた。

ケーナは持っていた杖をマイリーネに押し付ける。

「ええと、ケーナさん、これは……？」

「明日はこれで、【風精霊】に声を拡大してもらうから。最初から持っていてね」

「はい、分かりました。……こちらの、宝石は、ずいぶん、大きく、ありませんか？」

こちらも巨大な宝石を見てから動きがぎこちなくなる。「普通でしょ」と返せば、表情が硬くなって「そ、そうなんですか、ふ、普通……」と言葉に詰まっていた。

「全く。だから言ったじゃありませんか、お母様。お母様の普通は常識に当てはまらないんですよって」

「それは、どうも申し訳ありません。……ねっ！」

「ひゃあああんっ!?」

殊勝に謝るフリをしながらの【高速移動】と【縮地】を重ねた相手の背後取り。大抵の前衛を専門にしているプレイヤーは、【直観】を持つからほぼ成功しないが、マイマイはそれを持っていないため楽に背後を取れた。

抱きしめるように背中から胸を鷲掴みにすれば、あまり聞いたことのないような悲鳴がマイマイから飛び出す。

直後に「どうされましたっ！」と廊下で警護についていた騎士が、ドバアアァンと扉を開けて飛び込んでくる。

杖を持ったまま唖然としているマイリーネと、胸を背後からケーナに掴まれたマイマイを見た騎士の目が点になる。「シツレーシマシター！」と逃げ出した騎士により、扉は再び閉じられるのだった。

顔を真っ赤にさせたマイマイが、今し方の光景に奮起して、背中に張り付いていた母親を振りほどいて逃げ出す。「もう！　いきなり何するんですか、お母様！」と文句を飛ばせば、当人は胸を掴んでいた手を見て、哀愁を漂わせていた。

「え？」

ケーナはマイマイのキャラクタークリエイト時に、「自分が（事故の後遺症で痩せ細って）洗濯板なんだから、子供にも影響するよね」みたいなことを考えて、プロポーションを設定したことを思い出していた。

むにっとした弾力がないのは当たり前だ。原因がそれであれば納得もできる。ただ凄く悲しくなってしまう。その成果を自分で触ってみたショックがこれほど、とは思わなかったのである。

だから「ごめんなさい」と謝るのも当然のことだろう。何かを誤解したマイマイが怒りだすこともなく、腕に張り付いてしきりに機嫌を窺《うかが》ってくることは、予想しなかったが。

「お二人は仲がいいですね」

「これで？」

「はい」

なんとなく寂しそうな雰囲気を漂わせながら、マイリーネはケーナたちを見て笑みを浮かべていた。

「んー？」と考えたケーナは、マイリーネに「じゃあ、はい」と右腕を差し出す。左腕はマイマイが摑んでいるからである。

「え？」

「摑んでみたいんでしょ。じゃあどうぞ」

もう一度「え？」と呟いたマイリーネは、左側にくっ付いているマイマイを見る。彼女は手を振っておいでおいでをしていた。

「じゃ、じゃあ、失礼致しまして……」

わざわざカーテシーをしてから、ケーナの右腕にくっ付くマイリーネ。少し恥ずかしそうな様子に、年相応な少女の片鱗が見え隠れしている。

「で、どう？」

「ちょっとだけ恥ずかしいですね」

はにかみながら感想を口にする姿は凄く可愛らしい。ケーナはうんうんと頷きながら左腕のマイマイに目をやった。こちらはさっきの悲鳴は何だったのかというほど上機嫌である。

「貴女は楽しそうね」

「ええ、これぞお母様の醍醐味ですから」

何だかよく分からない返答に、ケーナが渋い顔になる。そんな母子の姿を見たマイリーネは吹き出してしまう。

それから外の準備が整うまで、三人はくっ付いたままの状態で進行の確認や、疑問に思ったことを質問しあうのだった。

ちなみに呼びに来たシャイニングセイバーは、廊下の護衛がやたらと赤い顔をしているのに首を捻りつつ、教室の扉を開けたところで固まった。

「女子校か？」

「違うわっ！」

余計な一言を口にして、ケーナから火矢の返答という手痛いしっぺ返しを食らうのだった。

というわけで、準備の諸々がだいたい終了し。

カータツとその部下の頑張りによって、お立ち台の設置も完了。

翌日の計画の実行日のことである。

早朝といっても、街の人たちは日の出から働き始めるので、七時くらいはもうだいたいの家庭で朝食が終わって仕事をし始めるくらいの時間だ。

中洲の学院前に設置されたお立ち台の横では、騎士が八人がかりで支える大釣り竿がセッティングを終了させていた。

釣り竿の先から伸びる、糸とは言えないロープに括りつけられた花束が川面に放り投げられる。

ケーナは№1の守護者の塔の中で、外の風景を確認しながら飛び出すタイミングを窺っていた。

まあ、それはまだいいのだが。

「……なんであんなに見物人がいるのかねえ？」

『分カリカネマス』

お立ち台にはマイリーネがいるので、騎士を恐れて近寄らないのはいいとしよう。

だが、中洲の川岸はものすごい人数の見物人で埋まっていた。

外の風景が見られる画面を対岸へと移動させれば、こちらもすごい混雑だ。

中には身を乗り出しすぎて、川に落ちている人もいる。

「シャイニングセイバーは特に通達はしていない、って言ってたし」

「準備を見ら」パタン「れていたの」パタン「ではないか」パタン「と思われる」パタン。

塔の中なのだから、当然目の前には守護者がいる。

それに正論を吐かれると、なんとなく悔しい気がふつふつと湧き上がってくるのであった。

確かにお立ち台を作っていたのは、トンボ便が飛び交う真下であったので、目撃者は多かっただろう。

朝から騎士が集まっていれば、嫌でも目立つ。

ロクシーヌからも、祭りの準備は終わっていても一向に始められないので、人々が爆発しそうだという報告も受けていた。

本日、ルカとリットは貸し家の方で休んでいる。

ここ何日か、ロクシーヌとしかいられなかったので、後の楽しみはケーナと一緒に回ると言っていたからだ。なので、何が何でも今日中にこのイベントは終えねばならない。

「№9もよく見ておいてね」

『心得ておりマす』

交信画面を繋ぎっぱなしにしてある向こうへ声をかければ、煙の人型守護者が恭しく頭を下げる。

あちらの守護者の塔内部には、進行表を貼り付けておいてある。

守護者に逐一チェックしてもらいながら、№1に指示を飛ばしてもらう。

「マスターま」パタン「だ行っては」パタン「いけないの」パタン「か？」パタン。

「こういうのはもうちょっと、もったいぶった方がいいのよ」

花束がプカプカ浮かぶ水面を、固唾《かたず》を呑んで見つめる大勢の視線。

ここですぐに飛び出して行っては、釣りの醍醐味も何もあったものじゃないと、ケーナは守護者を押し止めていた。

守護者には花束に食いついたら一度沈んで、何度かロープを引っ張ってから浮上しろと言ってある。

あんまり力を入れすぎると、騎士たちごと釣り竿を水中に引き込むことになりかねないので、軽くロープを咥えて揺する程度だが。

そこまでの力加減を守護者の塔の巨体でできるのかは分からないが、水上の様子を窺いつつ実行しろと言い聞かせてある。

水上に守護者の塔、シロナガスクジラが姿を現せば、光の玉状態になったケーナが背に現れ、マイリーネが誰何《すいか》を始めれば本番スタートだ。

意外に人の目が多いことは横に追いやって、自分の務めを果たさなければと手を握る。

痺れを切らしたのかシャイニングセイバーから、『おい、まだか？』というフレンド通信が飛んできた。

「よし、スタート！」

「了解した！」パタン。

自身を光で覆い隠し、ケーナは守護者に計画実行の合図を送った。

「んじゃ、色々あったけどお疲れ会のかんぱ～い！」

「「かんぱーい！」」

料理の並ぶテーブルについた面々が、それぞれ持ったグラスを掲げて思い思いに皆の健闘を称える。

メンバーはケーナにマイマイにカータツとその部下。マイリーネにシャイニングセイバーに騎士数名。それにロクシーヌとルカとリットである。

あの後、計画は三〇分程度で無事に終了した。

現在は計画実行後から六時間くらい経った昼過ぎである。

マイマイが貸し切りで予約していた店に、関係者が集合して慰労会が行われている真っ最中だった。

最後にマイリーネが『これから祭りが行われます。貴方もたっぷり楽しんでください』と言ったことから、イベントを見守っていた人々から歓声が大爆発。

『フェルスケイロバンザーイ！　マイリーネ王女バンザーイ』という国と王女を称える大歓声が、暫《しばら》く続いていた。

そこから祭りの開催が宣言されて始まったわけだが、まだ本日の時点では前夜祭が続くそうだ。本祭は朝から開催してこそ、という意見が多く出ていたので明日が本番になるという。

シロナガスクジラこと守護者の塔は、中洲の上流側にプカプカ浮いている形で、フェルスケイロに留まることになった。

光の玉状態になったケーナと空中に出した文字のせいで、遠巻きにして拝む人たちが跡を絶たない。川の安全を司る神様になりそうな勢いである。

釣り竿とお立ち台は、そのまま残すことに決まった。

ただカータツが言うには「あんな急造品、すぐ流されちまうぞ。祭りの後にでも作り直すか、徹底的な補強を入れんとならんなあ」とのことだ。

お立ち台の方は、ことが終わればすぐ解体する予定だったらしい。

釣り竿は一度メンテナンスを入れるため、工房に運び込まれた。

守護者が少々加減を間違えたせいですんごいしなっていたし、支えていた騎士たちの証言によればミシミシと聞こえるくらいの音が鳴っていたようだ。

くいっと引っ張ったところで、騎士八人が釣り竿ごと宙を舞ったからな。やはり事前に街から離れたところで予行演習をやるべきだったと、ケーナは反省するのだった。

マイリーネは立派にフェルスケイロの代表役を演じ上げ、国王からお褒めの言葉を頂いたらしい。細かなところまで褒められたと言っていたので、国王もどこからか見ていたのだろう。

船の航行も再開され、川面には大小それぞれの船が行き来して賑わっていた。

それでも守護者の塔のシロナガスクジラに近寄ろうとする者は皆無らしい。

ただ花束を釣り餌にしたせいなのか、中洲の上流側の川岸には献花台が教会によって設置され、既に人の背丈くらいある花の山が出来上がっているという。

「はー、無事に終わってよかったあ」

「本当ですね。これもケーナさんのおかげです」

上品にグラスを傾けていたマイリーネが、笑顔で会釈《えしゃく》をしてくる。ケーナは両手を振ってマイリーネに頭を下げた。

「いやいや、私が持ち込んだ話なんだから、お世話になったのはこっちだって」

「お母様、そのままいくと頭の下げ合い合戦になってしまいますよ」

マイマイが笑いながら二人の頭を止める。

「それにしてもマイちゃん。冒頭の口上をちょっとつっかえたでしょう？」

光の玉状態となったケーナと対面したマイリーネが、暫く口を真ん丸に開けていたことを思い出す。冒頭の誰何が始まるまでに、少し間が空いてしまったのだ。

「そ、それは仕方がありません。まさかあんな大きな魚がいるなんて、今でも信じられないことなんですよ」

一度見せてから挑めば、初回のインパクトも減ったかもしれない。ただ守護者の塔の大きさから、秘密裏に見せるとしても場所がなかったことも挙げられる。

「いや、信じてもらわないと困るんだけど」

「それは、はい。もうしっかり見ましたから。次からは対面しても大丈夫です」

最初の対応をマイリーネにしてしまったので、これからはシロナガスクジラに王家が何かを通す時は彼女が窓口になるかもしれないのだ。慣れてもらわないと。

あれが守護者の塔だということは、最初に話を持って行った責任者しか知らされていない。マイリーネとシャイニングセイバー。マイマイとカータツ。あとは国王までは話が行っている。騎士たちの間ではケーナが戦って下した魔獣だ、という認識になっているそうだ。

「とりあえず同じことはもう二度とないのですから、その話はここまでにしましょう。あとは個人で大いに反省して頂くということで」

マイマイがぱんぱんと手を叩き、その話題を終わらせてしまう。

その後に「これおいしいですよ」とサラダを取り分けて二人の前に置いた。

マイリーネはドレッシングを絡めて口に運び、目を丸くして驚いている。

「……おいしいです」と呟いたことにケーナが首を傾げていた。

「お城だとおいしいものばっかりなんじゃないの？」

「いいえ、ここの味付けは、城でも食べたことがないものばかりです」

「ふーん」

ひと口、もうひと口とサラダを順当に消化していくマイリーネを見たケーナは、周囲に目を向ける。総勢二〇人くらいではあるが、店内にはなんとか入れている。

上品な食事処といった雰囲気漂う店内には、天井から吊り下げられたシャンデリアによって柔らかい光が降り注いでいた。派手にならない程度に観葉植物なども飾られており、ゆったりくつろぎながらお酒なども飲めそうだ。

「ここがマイマイたちがよく集まるっていう、黒兎《くろうさぎ》のしっぽ亭《てい》ね」

「違いますよ、お母様。黒兎の白尾亭《はくびてい》です」

「ややこしい名前だなあ」

「きちんと覚えればいいのです。全然ややこしくありませんよ」

骨付き肉をかじりながら聞いていたシャイニングセイバーは「どっちが親か分からねえ会話だな」とニヤニヤしていた。

もちろんケーナの実年齢を揶揄しての嫌味に近い。

ケーナが頬を膨らませると、「悪い悪い」と言って、果物の乗った皿を彼女の方へ寄せた。

よく熟れた果物はケーナが手に取る前にロクシーヌが取ってしまい、皮を剝かれてから彼女の前に戻ってきた。

「ありがと、シィ」

「いいえ。さあ、お嬢様方も。果物ならどうです？」

幾つか手にした果物を目にも止まらぬ早業で皮を剝き、綺麗に切り分けて皿の上に並べるロクシーヌ。最初は給仕をすると主張していたが、ケーナの一声でしぶしぶ席についたのだ。

ルカとリットに取り分けたりしつつ、自分は料理の分析にと忙しそうだった。それでもできる範囲で自分の職務を疎かにせず、ルカたちの食事の進み具合を見ていたようだ。

ルカとリットは周りが大人たちばかりな上に、王女や騎士などが交じっている宴席に緊張しっぱなしだった。

ロクシーヌが肉料理や魚料理を取り分けて勧めたが、あんまり喉を通らないらしい。

それならばと、色とりどりの果物を並べられる。

二人で目を見合わせながらまごまごしていたので、ケーナが口に持っていって「あーん」をしてようやく食べ始めたくらいだ。

「どう、二人とも？　おいしいでしょう」

「……うん」

「おいしい、です」

「今日しか食べられないけど、無理することはないからね。明日もお祭りを回っていれば、おいしいものはあるかもしれないし」

ケーナが二人を抱き寄せて頭を撫でてやって、なんとか落ち着きを取り戻せたみたいだ。

恐る恐る手を伸ばして取り分けられた料理に手を付ける。

口に運んでみれば想像をはるかに超えた美味しさに、子供たちは揃ってへにゃっとした笑顔になる。ケーナは二人の様子にニコニコと機嫌がいい。

その様子を凝視していた騎士たちは、シャイニングセイバーに頭を叩かれていた。

「「あいっだぁっ!?」」

「馬鹿者。ギラつく目で見るんじゃねえ。子供が怖がるだろーが！」

そして同様の理由でカータツの部下も頭を殴られていた。

似たような悲鳴が席の左右でこだまする。

「そうだ、シャイニングセイバー」

「なんだ？」

「報酬のスキル三つ。あれちゃんと決めておいてね」

途端にシャイニングセイバーが渋い顔になる。いざ決めるという段階になって、何を選べばいいか判断がつかないからだ。

これがゲーム中であれば、持っているスキルの派生先などがステータスウィンドウに表示されるので、取るべきスキルを決めやすい。

今はその機能が欠けているらしく、実際に何が取れるものなのかが、さっぱり分からないのである。

「どうしても決められないんだったら、区切ったらいいよ」

「区切る？」

「魔法とか、前衛専用とか、後衛専用とか、死にスキルとか。いろいろ種類があるでしょ。ゲームでの死にスキルは今は結構役に立っているんで、私的にはお勧めかな」

共同浴場を作った【鉱泉魔法】など、辺境の村を便利にする時に使ったスキルは、ほとんどが「死にスキル」と呼ばれるものばかりだ。

自身の手持ちスキルを見ながら、シャイニングセイバーはケーナの前で悩み始めていた。

子供たちの緊張が取れたところを見計らって、マイリーネがゆっくり近付く。

「こんにちは」

「こ、こんにちは……」

「こ、ん……にち、は」

「リットちゃんとルカちゃんね。私はマイリーネといいます。王女だけどこの場は無礼講なので気にしないでね」

「り、リットです」

「……ル、カ」

ほわあと見上げてくる二人が可愛く思えて、マイリーネは二人の頭を撫でる。そして気付く。

「ケーナさん」

「どーしたのマイちゃん？」

「お二人の髪の毛、ずいぶんさらさらじゃないですか。どうなっているんです？」

「はい？」

どうなっているとか聞かれてもケーナには判別がつかない。

いつもルカの頭を撫でているが、さらさらなのは普通のことだと思っていたからだ。

そしてマイリーネの様子に、只事ではないと思ったマイマイが二人の頭を撫でて、こちらにも電流が走ったのが見えた。

「どうなっているんですか、お母様」

「いや、そう聞かれてもねえ……」

街になくて辺境の村にあるもの、といえば共同浴場くらいしか思いつかない。魔法を駆使した世界に一つしかないモノなため、先日オウタロクエスから来た調査団が困惑するような代物だ。

たしかに【鉱泉魔法】を幾つも重ねて使っている分、効能だけなら他に引けを取らない。ただその中に髪質に関するものがあったかと言われれば、ケーナも首を傾げるしかない。

「シィ、なんかあったっけ？」

ルカのお世話係はロクシーヌなので、お風呂上がりに何か行っているのだろうと思って聞いてみた。

「さあ？」という答えを期待していたのだが、意外にも返答は違うものだった。

彼女はアイテムボックスの中から、金色の液体が入った小瓶を出してきたのである。

「これです」

「なにこれ？」

「お風呂上がりにこれを少量垂らして髪を梳けば、サラサラになります」

「そうなんだ……」

言われてみれば、ロクシーヌがルカの髪を整える時に使っているのを思い出す。

そしてそれを聞いたマイマイとマイリーネの視線は、その小瓶に注がれていた。

「それ、シィが自作した奴だよね？」

「はい。蜂蜜《はちみつ》と薬草を幾つか。独自の配合です」

きっと【技術技能《クラフトスキル》】込みの配合だろう。ロクシーヌはポーションなどが作れるスキルも幾つか持っているので、薬関係にも造詣がある。

二人の視線に気が付きながら対応しない辺り、出してきても他人に教える気はないのだろう。

「レシピは？」と聞けば「秘密です」と返してきたので、マイマイとマイリーネには肩を竦《すく》めて首を振っておいた。たちまちテンションがだだ下がりになっていく二人。

「ポーションかけても髪質は戻らないよねえ」

「お袋はポーションに夢見すぎだろ」

ケーナの呟きに突っ込んだのは、酒瓶をぶら下げたカータツだった。

「カータツもご苦労様。迷惑かけたわね」

「迷惑っちゃあ迷惑だったけどよ。ここんとこ暇続きだったから相殺だろう。気にしちゃいねえ」

実にキップのいい男前な言葉である。息子でなければケーナも惚れていたかもしれない。

「私の息子は格好いいなあ」

「おわっ、なんだなんだぁ！」

頭をムギュッと抱きしめれば、カータツは顔を真っ赤にしてジタバタと暴れだす。

部下たちはその様子にニヤニヤと笑い出すし、姉のマイマイも微笑《ほほえ》ましく視線を向けている。

カータツは体感温度がドカンと上がっているような気がした。

「お、お袋、酔ってるだろ。酔ってるよなあ？」

マイマイやシャイニングセイバーがケーナの使っていたグラスを覗き込み、匂いを嗅いだりして飲み物を確認する。

「果実水ですね」

「ジュースだな」

ノンアルコールだったとの報告に、カータツはがっくりと肩を落とした。

こうなってしまっては、後から部下にからかわれる覚悟でケーナに構い倒されるしかないと悟ったからだ。逃げられるわけがない。

「もー、カータツってばお酒ばっかりじゃあだめだよ。はい、あーん」

いきなり一世一代の覚悟を迫られる選択が目の前に出現した。

人前で齢《よわい》二〇〇を超えたドワーフのおっさんが、母親に手ずから食べさせてもらうなんて……。

頭の中を真っ白にする前に、取るべき抵抗があるとカータツは行動する。

「そ、そういやーお袋。ここの代金全部持ちって聞いたが大丈夫か？」

「大丈夫よ。銀貨一〇〇〇枚でも一〇〇〇〇枚でも」

「そ、そうなのか……」

「そーなんだよ。じゃ、あーんで」

強引な話題転換も母親の前では無意味だった。カータツは敗北を悟った。

「貸し切りディナー、でもない限りそこまではいかんだろ」

「そうでもありませんよ、騎士団長殿。食材を追求すれば一〇〇〇までは行くかもしれません。まだこれは軽食で済んでいますけれど」

「ここ、そんなにたっけえの!?」

今更ながらの解説にシャイニングセイバーが絶句していた。

その向こうでは気兼ねなく子供たちに過ごしてほしいと思ったロクシーヌが、二人に分裂して子供たちの耳を塞いでいる。

騎士たちがそれを目撃して、食べていた物を喉に詰まらせていた。

そんな類を見ない光景を、カータツは頭を真っ白にして見ていた。口に運ばれた食べ物も機械的な動きでむしゃむしゃやっている。味なんか感じられたものではない。

ケーナも一回で終わらせずに、二回三回と口に運ぶものだから増々カータツは真っ白になっていった。

カータツが意識を取り戻したのは、日もどっぷり暮れた夕闇の中。工房内の自室のベッドの中であった。

そしてまた翌日。本祭開始の日である。

昨日はカータツが沈んだ時点で、慰労会は自然とお開きとなった。

マイリーネやシャイニングセイバーは夕方前には城に戻らないといけないらしく、お礼と食事の感想もそこそこに足早に戻って行った。

カータツの部下たちは、上司を送ってから帰るらしい。カータツがどこに住んでいるのか聞いたら、工房に自室があるのだそうな。

関わった全員にお礼を言い、マイマイを自宅前まで送り届けてから四人で貸し家に戻ったのである。マイマイからは泊まってもいいと言われたが、子供たちのこともあるので断ってきた。

泊まるのが貴族の家などと聞けば、リットたちがゆっくりくつろげないと思ったからである。

その夜にケーナはルカと一緒に寝ることにしたが、朝になってちょっとした騒ぎが起きた。

ドーンドーンと花火が鳴っていたので、不安を感じてルカが起きてしまったのである。

目覚める頃になって、酷く怯えたルカが抱き着いてきたものだからケーナが臨戦態勢となり、それがロクシーヌに伝わって貸し家全体が殺気立った。

理由が分かってすぐさま沈静化したので、大事には至らなかったのが幸いだ。

漁村に住んでいて辺境の村に移住したのでは、花火なんてものにお目にかかることはまずないだろう。

ケーナが貸し家全体に【消音】をかけなければ、音だけで泣き出していたかもしれない。

一方リットは隊商から花火のことを聞いていたようで、ルカを落ち着かせるのに一役買っていた。

「ルカちゃん、あれはお祭りのはじまりのあいずなんだって。こわくないよ？」

「そうそう、あれはちょっと大きな音が鳴るだけだから、それだけだから大丈夫よ」

ケーナはぐずるルカを胸に抱き寄せ、背中を撫でて落ち着かせていた。

すぐ泣き止ませることができたので、そこは一安心である。直後に「クゥー」というお腹の音が連続で鳴り、誰からともなく笑い出すこととなった。

「おなか、すい、た」

「そうだね。シーさんのごはん食べよう」

リットが動き出せば、その後をちょこちょこっとルカが付いていく。

やれやれと頬に手を当てたケーナは、子育ての難しさを実感するのだった。

「じゃあ、今日はずーっと一緒にいられるから、どこから回ろうか？」

朝食を終えて出かける準備をしてから、ケーナは二人に行き先を決めてもらおうと、声をかけた。二人は早速悩み始める。

昨日は家にいて、買ってきたものを整理したり、ロクシーヌと料理を作ったりして過ごしていたらしい。

朝の大歓声はこちら側まで伝播したようだが、外からの音にちょっとびっくりしたくらいで、今朝のように取り乱したりはしていなかったと、ロクシーヌからは聞いている。

「大きなクジラが川にいるよ」と話してやれば、二人は目を輝かせて「見たい」と言っていた。

「おねーちゃん。くじら、ってなあに？」

「大きくて長い魚と思えばいいよ。時々背中から水をぴゅーって出すよ」

「水を……出す⁇」

ケーナの説明に想像が追い付かないのか二人揃って首を傾げている。

その様子が面白くて、ケーナはつい笑ってしまった。「笑うなー」と二人からぽこぽこ叩かれるので、ニヤけながらも許しを請う。

「何をやっているんですか？」

片づけをしていて遅くなったロクシーヌが見たものは、ケーナの左右の腕にぶら下がるルカとリットだった。

「あはは、ちょっとねー」

厄介ごとが全部片付いたわけではないけれど、一番の懸念は払拭されたのでケーナの気分はとても清々しい。

今ならスリでさえも、両肩を外すくらいで許してやれそうだ。というか、していた。

「人混みに突っ込む前に、真っ先にスリが突撃してくるとは思わなかったわ」

ぎゃーぎゃー喚くスリを、魔法でその辺の壁に塗り込める。ある程度の時間が経てば勝手にはがれるので、警邏に突き出さないだけマシだろう。

本音を言えば、スリ程度で兵士の手を煩わせるのが申し訳ないところだ。

その代わりに消えにくい塗料で、顔面にスリの本名と罪状を書き込んでやる。【サーチ】で見ればステータスに書いてあるので、一目瞭然だ。そして放置するという刑の執行である。

人混みの中をのろのろと移動して大通りに出てみれば、フェルスケイロに来た初日程の混雑はなかった。

子供連れでもなんとか動けるくらいではあるが、人の壁で大通りを渡れないなどということはないと思われる。

「やっぱり川が渡れないから人が詰まってたんだ」

「あ！　玉をなげてる人がいた！」

ケーナが列が進む先を眺めて呟いていると、リットが馬車から見かけたという大道芸を発見していた。

人の波に流されつつ、なんとかその場所に辿り着いてみれば、カラフルなピエロの格好をした三人が大玉の上に乗りながら、四角いブロックをジャグリングしながら投げ合う、という芸で周辺を沸かせていた。

見ているうちに外から投げ込まれた玉を足元に入れ、大玉の上に小玉で乗ったままジャグリングを続けるピエロの人たち。

玉が二つから三つに増える時には観客から「おー」とか「ひええ」という声が漏れるものの、ケーナも含めて皆が手に汗を握ってその様子に見入っていた。

最終的にジャグリングしているブロックを一人のピエロに集め、両手に積み上げながら崩さずに玉から降りたところで、「ワーッ!」と拍手喝采が鳴り響く。

銅貨というおひねりを、ピエロたちが枡のようなブロックで落とさず受け止めていけば、さらに拍手が続く。ケーナも子供たちに銅貨を渡して投げさせてみた。

リットのは綺麗な放物線を描いて飛んでいくが、ルカが投げたものは地面に叩きつけられる軌道だった。

無理かと思ったところで、ピエロの一人が足を差し込んでリフティングのように上に撥ね上げ、枡で受け止める。ルカが送った拍手に、そのピエロの人はウインクで返していた。

また時間をおいて次の芸を始めるというので、ケーナたちはそこを離れる。

リットとルカの手つきはジャグリングを模したものになっていたが、動作は無茶苦茶である。

「ケーナおねーちゃんはあれできるー?」

「あれかあ。うーん。難しいかなあ」

体のスペックがどこまでのモノかは分からないので、とりあえず無理そうなことは伝えておく。ジャグリングなんてスキルはないので、器用度と練習量次第だろう。やろうとは思わないが。

リットは「村に帰ったら練習してみる」と言っていた。

ルカも一緒になって頷いていたので、ケーナはロクシリウスに木を削って丸い球でも作ってもらおうと考えていた。

次にリットの目を引いたのは、射的であった。ただし銃ではなくて投げナイフの。

円グラフ状になった回転する的に投げたナイフを当てるもので、一回銅貨四枚。五枚払えば二回投げられるようだ。

「これは安いのか高いのかなあ？」

「賞品次第ではないですか」

回転の止まった的をよく見れば、三六分割くらいに区切られている。ハズレの間にアタリが一〇ヶ所くらいしかない。

展示されている賞品を見れば、青や緑の鉱石が付いたペンダントやネックレスだった。

ロクシーヌが【サーチ】をかけたらしく、半眼になってつまらなそうに鼻を鳴らしている。

「どうしたの？」

「ただ色を付けただけの水晶ですね」

「ありゃりゃ……」

今も良いところを見せようと、カップルが挑戦して見事に外していた。続ければ続けるだけ彼氏が見放されるパターンだな、と思いながらケーナはそれを見物していた。

「うーん」

「どうしたの、リットちゃん。やりたいの？」

射的の前にいる人たちはハズレばかりが続く結果にしり込みしたらしい。挑戦者は列が丸ごと入れ替わらないと出ていかないだろう。

ケーナは悩んでいるリットに声をかけてみる。

リットも投げナイフは扱ったことがないので、自信はないという。どうするのかと思っていたら、ルカにマントを引かれたため目線に合わせてしゃがみ込む。

「ルカもやりたいの？」

「これ、おかー、さん。リット、ちゃ、んと。はん、ぶ、んこ」

ルカが銅貨二枚をケーナに渡してくる。ルカとリットで半分ずつ出すから、ケーナにやってもらおうというのだろう。

もちろん子供たちのお願いにケーナも快く頷いた。

「おっと～、子供たちのためにお母さん？　が立った～！　皆さん、拍手～！」

ケーナがお金を渡すと、呼び込みをやっていた人が軽快な口上を述べる。見ていた人たちからもまばらに拍手が飛んできた。

ケーナは投げナイフを一本受け取って、的より五メートルくらい離れたところにある白線に立つ。

係の者が思いっきり的を回せば開始である。ケーナは全く狙うそぶりも見せずに、【直感】と【投擲】スキルに従ってナイフを投げた。

ゾン！　という普通じゃない音を立てて、ナイフが回転する的に突き刺さる。

的がやや後ろにしなるくらいの威力だったので、回転もすぐに止まってしまう。

根元までめり込んだナイフが、アタリと書かれた範囲内に突き刺さっているのを見て、お店の人が目を丸くして驚いていた。

「お、おおっと〜！　お母さんの投げたナイフが見事命中〜！　皆さん、彼女の健闘を称えて拍手拍手〜！」

開始前とは比べ物にならない拍手が飛んでくる。ケーナは手を上げてそれに応えていた。

賞品は色の付いていない透明な水晶のネックレスを選んだ。

ピューピューと口笛なんかが飛んでくるのに、ニッコリ笑って手を振って返す。飛ばした人が顔を赤くしていた。後ろの方から「俺に笑いかけてくれたんだ」「いや、俺だ」「でも人妻だろ、あの人」「「「ちぃくしょ〜」」」などという声が聞こえてくる。

ケーナが当てたことで「じゃあ俺も」という人たちが集まってきて、射的前は混み始めてい

た。

混雑から距離を取ったところで、ケーナはネックレスをルカに渡す。

「はい、これ。二人で使うの？」

ルカは首を振ってリットにネックレスを渡す。リットが欲しかったものなのかと思ったが、それは違うようだ。

リットはネックレスを持つと、ルカと並んでロクシーヌのところへ向かう。

「お嬢様？」

「えっと、シーさんに、ロクシーヌさんにはおせわになっているので、これをプレゼントします。いつもありがとうございます」

「あり、が、とう。ござ、いま、す」

リットがプレゼントを渡し、ルカが深々と頭を下げた。

最初はぽかーんと呆けていたロクシーヌだったが、ネックレスを受け取ったことで顔がみるみるうちに真っ赤になっていく。ケーナもその反応にはちょっとびっくりだ。

「こちらこそ、ありがとうございます。お嬢様方。大切に致します」

しっかりと手の中に握りしめ、赤い顔のまま微笑むロクシーヌだった。

「なるほど。純粋な好意ならばいいんだなあ」

「……ケーナ様？」

熱がこもったままの顔で睨まれても怖くないなと、ケーナは思う。

サプライズで祝ったりすれば素直に受けてくれそうだと考えるが、ロクシーヌから冷たい視線が突き刺さってくるので知らんぷりを決め込んだ。

「んじゃ、次行こう、次」

「…………」

「リットちゃんもルカも次はどこへ行こうか。なにか食べる？」

「さっき、たべ、た。ばか、り」

「うん。でものどがかわいたかも……」

飲み物、と見まわしたがそれらしき屋台は見当たらない。

大通りには注目が集まることもあって、あまり食べ物の屋台はないようだ。食べ物を持ったまま人にぶつかったら、トラブルの元にしかならないだろう。

「ちょっとお待ちください」

ロクシーヌがどこからともなく試験管のような、細長いものを取り出してきた。

手にとって分かったが、以前ケーナが作った即席ポーションと同じく、細い竹に飲み物を入れてきたようだ。蓋《ふた》のコルクを抜けば、お茶の匂いが漂ってくる。

ルカとリットの物からは、果物の微かな匂いがしていた。

「こんなの作ってたんだ。ありがと」

「市場で細い竹を売っていましたもので。お粗末様でした」

容器をロクシーヌに返して祭り見物を再開する。

目隠しをしたまま人が立っている板に向けてナイフを投げる芸とか、狼の魔獣を手なずけて輪をくぐらせたり玉に乗せたりする芸を見物してから、エッジド大河の方に向かう。

川面には色とりどりの船がたくさん航行していた。

中には船上がたくさんの花で飾り付けられている、カラフルな帆船も浮いている。

マストの上でアクロバットな芸を披露していたり、楽団を乗り込ませて音楽を奏でている船もある。

魚を釣った端から乗合船の客に売っている者もいたり、船の上で魚を調理している者もいて、食欲をそそる焼き魚の匂いが漂ってくる。

ケーナは川岸でやっていた弓の的当てゲームに挑戦した。

川面に浮いている三艘《そう》の小舟に、面の付いた棒が二本ずつ立っているので、それを射抜くというゲームだ。

射抜いた数によって釣れた魚をくれるらしい。

ケーナは貸し出された弓で六ヶ所の面を全て射抜き、七〇センチメートルもあるポンスを得ることができた。ポンスは寸胴のナマズで、煮て良し焼いて良しと一般市民の皆様の味方である。

持ち運びに不便だったので、入っていた桶の水ごと凍らせアイテムボックスに収納した。

むしろそっちの方がたいそう驚かれ、消えたことで芸の一種と誤解されておひねりが飛んできたのである。子供たちのお小遣いになったのは言うまでもない。

「なんか祭り効果の端に引っかかったような……」

「ケーナ様が魔法の一端でも見せれば、多額のお小遣いが稼げるかと思いますが」

「止めて。子供のお小遣いってレベルじゃなくなるのが、目に見えそうだよ」

ロクシーヌも同じようなことを考えたのか、周辺の人混みを見渡す。

ルカとリットは降って（文字通り）湧いたお小遣いの使い道に、頭を悩ませていた。

「たしか学院でも屋台出てるって、言ってたわね」

そちらは昨日マイマイから聞いたことだ。

昨日の守護者の塔のイベントが終わった後に、学生たちの有志が急ピッチで設営を始め、今日から営業を開始できるらしい。

「食べ物屋ばかりだったと思うから、お母様もぜひ足を運んでね」と言っていたマイマイも、責任者なので学院に詰めているという。

学院長も昨日の今日で大変だなあと、ケーナは思った。

乗り合いの船で中洲に渡り、学院へ向かう。

教会の方は普段通りの説法と観光に加え、救護室なども兼ねているらしい。

大司祭であるスカルゴがいなくても、司祭がたくさんいるので運営に支障はないようだ。

カータツの工房の方は、祭りの間は閉めているという。

「昔は開けていたりもしたけどよ。祭りの音で部下たち《あいつら》が注意散漫になって、怪我人が続出したから閉めることにしたぜ」とカータツがボヤいていた。

学院の敷地内もそれなりに人が多かった。中央のスペースで生徒の自主発表を行い、その周囲をぐるりと囲んで屋台が並んでいる。

自主発表というのは剣舞などの見世物と、魔法を撃ちだすような見世物である。

自由研究と銘打っているのならケーナにも分かるのだが、剣舞などを提示されると見世物としか感じられない。ゲームでもそういったものは受けたためしもないし、背景の添え物みたいな扱いだったので、彼女の感性には響かないと思われる。

屋台の方は色とりどりで、やはり過去にプレイヤーが持ち込んだと思われるお祭り定番の商品が並んでいた。

お好み焼きに焼きそば、リンゴ飴にチョコバナナ、串焼きに焼き鳥、大判焼きにタイ焼きなど。ただ材料の関係上、こちらの世界で独自に発展したものも多い。

材料が高いせいで単価が高額になっている物もあり、とても平民の子供には手が出せないモノもある。チョコバナナがいい例だ。一つ銀貨四枚もする。貴族用かどうかは分からないが、冒険者をやっていても中々手が出るものではないだろう。

リンゴ飴という看板ではあるが、こちらの世界には明確なリンゴがない。そのため食べやすい色々な果物が飴をかけられて置いてある。

べっこう飴の原料である砂糖も原価は高いので、表面に少し垂らしてある程度だ。

タイ焼きは何故か型がポンスだったりするので、看板に釣られて行ってみれば馴染みのない見た目に困惑するばかりである。そして世界の食糧事情は中身にも影響していた。

「中身はあんこじゃなくて、芋の甘煮だ」

「砂糖が高いですからね」

そして砂糖イコールザラメをダイレクトに使うわたあめなどは、値段が銀貨単位だった。とても買う気にはならない。

ルカとリットはケーナが懐かしさから買い与えていくものを、二人で分けて食べていた。やきそばなどは一皿を四人で分ける。

「焼きうどんだなあ、これ」

「ちょっと麺が太すぎますね」

「おいしー」

「う、ん」

食べるためについているのは、箸やフォークなどではなく長めの楊枝だ。とてつもなく食べにくい。二本使って箸代わりとし、子供たちにはそれで口に運んであげる。

「鰹節みたいなのはあるみたいね」

「ソースは市場でも売っていましたが、作っている者によっては味が随分違うようです」

食べていくうちに、ケーナとロクシーヌで食材品評会みたいなものになっていく。

子供たちは彼女たちの食欲についていけず、早々にお腹いっぱいになってしまう。

ロクシーヌが子供たちをトイレに連れて行っている時に、それは来た。

「おい、お前！」

最初は呼ばれたことに気付かず、気配が慌ただしく近付いたことでケーナもその人物に気が付いた。

執事を連れた十代後半の若者だ。目つきからして上から目線なので、ケーナの機嫌が目に見えて下降していく。

事前に気色の悪い視線に気付いてはいたのだが、害がなければ放置する予定だった。

子供たちが絡まれると教育に悪いので、ロクシーヌに連絡を繋いで付近から離れているように指示を飛ばす。

そうしてギャンギャンと五月蝿《うるさ》い人物を視界に入れた。入れなきゃよかったと後悔する。

着くずしたよれよれのシャツに金縁の施された灰色のジャケットをはおり、背中に赤地のマントを着けた十代後半の青年だ。目じりが上がっているので、悪人顔が際立っている。

「おい、お前！　父上が言っていた例の冒険者だな！」

厄介ごとだと感じたのは、キーが後ろの執事を『初日ノ者デスネ』と言ったからだ。

青年はニヤニヤ笑いを張り付けながら、尊大な態度を崩さない。

周囲からはひそひそと噂する囁き声が聞こえてくる。統合すれば「伯爵の息子」「横暴、恐喝」「親の地位を笠に着た」というものばかり。

（典型的な貴族のぼっちゃんか……）

『クエストノ定番デスネ』

こういう者はひと当てしてやれば、脱兎のごとく逃げ出すのだが。今のケーナでそんなことをやれば、即死は免れないだろう。

悪目立ちしているらしく、周囲には遠巻きにした野次馬で人の壁ができていた。

ケーナが黙っていると、貴族の看板に恐怖しているのだと勝手に解釈し、言葉を重ねていく。

「父上が望む物を俺に差し出せば、父上にお前のことをとりなしてやってもいいぞ。どうだ？」とか「そうだ。お前も俺の女になれ。父上も容姿だけなら認めてくれるだろう」とか「おい、何とか言ったらどうだ。この俺がこんなに譲歩してやっているのだぞ」とか一人でヒートアップしている。

貴族の譲歩は恐喝とルビを振るに違いない。

いったいどういう教育をしたらこんな我が儘な人格が形成されるのか、現場を見学してみたいものだ。子がこのような有り様なら、親もロクでもないのだろうという想像しかできない。

（面倒くさいなあ。どうしようかコレ）

『相手ヲシテヤッタラドウデス？』

（消し炭になりそうな気がする……）

『ソウデスネ』

うんざりしたケーナが話を聞き流していると、貴族のぼっちゃんは執事の後ろに待機させていた者に声をかけた。

「おい、お前たちの力をこの女に見せつけてやれ！」

「「はっ！」」

手に入れようとした品物と人物を、融通が利かないからと言って害する方向に持っていくとか、増々意味が分からない。

しかもそれは自分の力ではなくて、人任せなのだ。

虎の威を借る狐とか恥ずかしくないのだろうか。

虎が倒されたりでもしたら「恥をかかせおって」といって切られるのかと思うと、手下の人に憐憫を感じる。

貴族の坊ちゃんの命令を受けて前に出てきたのは、頭からすっぽりと赤茶けたローブを被った二人組であった。

二人とも背丈より長い杖を持っている。ちょっと捻れたりしているところが、森に落ちていた物を拾ってきましたと言われても違和感がない。

その二人が杖を振り、呪文を唱えると地面に魔法陣が描かれる。

ケーナの持つ魔法にも魔法陣を使うものはあるが、目の前に展開されているモノに比べればずっと複雑化したものだ。

円に六芒星だけといったような簡素すぎる魔法陣は、ケーナも見るのが初めてであった。

何の魔法陣かと興味津々に眺めていると、中央から地面が盛り上がって土砂が噴出した。

人の背丈を超えてうねうねと蠢く土砂が、何かの形を取ろうと苦しんでいるようにも見える。

野次馬からは悲鳴が上がり、そちらでは何の魔法かすでに見当がついているらしい。

声に出して教えてくれないかと耳を傾けてみるが、拾った言葉は「あれを使うなんて」「殺す気か」「酷い」といったものばかり。

それだけ使う頻度が高くて、酷い効果を及ぼすものらしい。

ケーナから見てもうねうねには全く脅威を感じないので、形が分かるまでの時間を待っているしかない。

攻撃して諸共吹き飛ばそうかとも考えたが、威力を最低に絞ったとしても挽肉みたいになるのは確定している。

傍観に徹していると、魔法陣から出現した土砂のうねうねはたっぷり五分くらいの時間をかけて、二メートル以上の人型へと変貌を遂げた。

人型というか、ブルーシートでも広げて一点を二メートルまで持ち上げれば完成するひらひらお化けである。

【サーチ】で確認すればアースゴーレムというらしい。岩ですらないのかと呆れるばかりだ。レベルは僅《わず》か六。まともに相手をすることすら億劫になる弱さである。

亀並みのスピードで、のたのたとケーナに向かってくるアースゴーレム。

これのどこが「酷い」のだろうかと疑問を感じる。

だがせっかくゴーレムを見せてもらったのだから、こちらも返礼をするべきなのだろう。

【魔法技能《マジックスキル》：load：岩人形作成《クリエイト・ロックゴーレム》Lv.1】

「「「おおおおおっ!?」」」

周囲の野次馬から、驚愕とも恐怖ともつかないどよめきが上がった。

貴族のおぼっちゃんが驚愕を顔に張り付け、魔法使いらしき二人組が恐れおののいている。

ケーナが放り投げた石を支点として、土の中から石や岩が湧き出して次々と結合して人の形を形成する。

背丈はアースゴーレムより頭一つ分くらい高く、ひらひらして防御力の薄そうなボディに比べると石で出来ている分、堅牢だ。

アースゴーレムとは比べ物にならない短時間で完成した。

石でできた人形が両腕でガッツポーズを取って産声を上げる。

「ゼッ!!」

「「「しゃべったああああっ!?」」」

その場にいた人たちがひっくり返るくらい驚いていた。実際に腰を抜かしてへたり込む者も少なくない。

唱和する声だけで中洲全体に響き渡るような大音声である。

何かあるのかと勘繰った衛兵さんが、様子を見に来てもおかしくない騒ぎだろう。未だにのたのたと蠢くアースゴーレムに対して、ロックゴーレムに攻撃の指示を出した。

はっきり言ってロックゴーレム一一〇レベルと、アースゴーレム六レベルでは戦闘にもならない。ロックゴーレムのパンチ一発でアースゴーレムが木《こ》っ端《ぱ》微塵《みじん》になる。

見物していた人たちが口を半開きにして、その結果を眺めていた。

貴族のおぼっちゃんも目が真ん丸で口が四角、驚きを通り越して真っ白になっているようだ。

魔法使いの二人組などは「「【ス、古代の御技《スキル》】、だと……」」と呟いて、杖を取り落としている。

ロックゴーレムはそれだけでは終わらず、のっしのっしと歩いて行って、呆然としていた魔法使いの二人組を捕獲した。

「殺したらだめだよ～」とケーナが声をかければ、ギュピーンと目を光らせて了承する。

魔法使いたちの肩を掴んで持ち上げ、だだっこパンチのように腕ごとぐるぐると振り回す。

無茶苦茶に振り回されれば誰だって酔う。

口からエクトプラズムでも吐きそうな、青い顔をした魔法使いの出来上がりだ。

野次馬たちはロックゴーレムの、人と変わらない軽快な動きに、声も出ないまま固まっている。

こっちのゴーレムの性能は悪すぎだろうと、ケーナは溜息しか出ない。

最終的に魔法使いたちは、振りかぶったロックゴーレムによって中洲の北側へ放り投げられた。その後にそれを呆然と眺めていた貴族のぼっちゃんも同じ道を辿る。

なんだかんだと喚いていたようだが、ロックゴーレムは命令に忠実なので対象の言葉は届かない。放物線を描いて空を舞い、遠くの方で水に落ちた音がした。

さすがに執事の方は、ロックゴーレムの魔の手から逃げ出せていた。投げられたぼっちゃんを追っていったのである。

シーンとした静寂の漂う野次馬を見ながら、「さてどうしようか」と一人ごちたケーナが途方に暮れる。

子供たちとは合流したいが、あの視線にさらすのは論外だ。

どうにかして突破口を、と考えた時だった、「これは何の騒ぎだ！」と声が響き、野次馬が慌てて動き出したのは。

散り散りに動き始めた人々を割って、数人の騎士が姿を現す。

ケーナは追加の騒ぎが増える前に、魔力の供給を切ってロックゴーレムを消した。

騎士たちの中で頭一つ抜きんでた人物の目がケーナを捕らえると、呆れたように表情が歪む。

「お前はいちいち騒ぎを起こさないと気が済まないのか。おい」

「私が騒ぎを起こしたんじゃないよ。騒動が喧嘩売ってきたんだよ」

見知った騎士たちが「どうも」と挨拶をしてくる。

それに手を上げて応えていると、周囲の人々から事情を聞き出したシャイニングセイバーが呆れた視線をさらに呆れたものに変えた。

「お前、貴族と揉《も》めてんのか？」

「脅迫《ユスり》と強奪《タカり》が二回と、子供たちを誘拐しようとしたのが一回かな。それはロクシーヌがぶっ飛ばしたけどね」

「物騒なメイドは放し飼いにするなよなあ」

「しつけされてないものが飛びかかって来るなら、野性を解放せざるを得ないと思うんだ。私は悪くない」

「なお、悪いわっ！」

シャイニングセイバーと苦情を言い合っていると、ルカとリットを連れたロクシーヌが戻って来る。

「おねーちゃん、平気？」

「こ、わい？」

　腰のあたりにひしっと抱き着く二人の頭を、安心させるように撫でておく。

　シャイニングセイバーと会うのはこれが二度目だが、見上げるような竜人族《ドラゴイド》が声を張り上げる姿は恐ろしく見えるらしく、ルカなどは目を瞑っている。

「ルカをいじめないでよ」

「いじめてねえよ。お前に言ってんだろ」

　言うだけ言って満足したのか、シャイニングセイバーが子供を怖がらせないように離れた。

「一応、こっちの方で上には言っておく。守護者の塔を有する上に、都市を一発で灰にできそうな人物を怒らせるとか得策じゃないしな」

「意味もなく灰にはしないよ～」

「意味があったらする、って言ってるようなもんだからな、それ」

「というか、貴族はバカしかいないの？」

「酷いのはごく少数だろ。あんまり問題起こすなよ。俺らの仕事が増えるから」

　言いたいことは最後の一つだけだと思われるが、シャイニングセイバーは周囲で治安維持に努めていた騎士たちを纏めて、去って行った。

　あれでも花形の部署らしく、学院生の大半は騎士に対して憧れだったり、羨望《せんぼう》だったりという視線を向けている。

「ケーナおねーちゃん。どうするの？」

周囲を見渡して危険はもうないと確認していたケーナにリットが聞く。

子供たちに疲れたような表情が見えたものだから、ケーナは「帰ろっか？」と声をかけた。

「う、ん。つか、れた、……から」

こくこくと頷くルカをひょいと抱き上げたケーナは、ロクシーヌを促して戻ることにした。

リットもチラチラとルカを見上げていたので、川を渡ったところでルカと交代で抱き上げる。

「あ、そうだ。小舟レースのこと忘れてた……」

振り返って中洲の方を眺めるも、それらしきものが行われる兆しも見えないことに首を傾げる。

「それでしたら、水神様をコース上に含むのは恐れ多いとのことで、また後日にコースを変えて行われるそうですよ」

「……すいじんさま？」

「ええ、あの白い魚の、守護者の塔のことのようですね」

確かにあんな演出を行えば、神の使いに見えたとしても仕方がないだろう。

そんな見方をされれば、誰も塔に手を出そうと思わなくて、ケーナとしては大助かりだ。

「そんな告知されてたんだ？」

「はい。あちらこちらの壁に」

全然気づかなかったとケーナは愕然《がくぜん》とする。

腕の中のリットがはてな顔で「れーす？」と呟いた。

「中洲をぐるーっと回るレースがあると聞いていたのよ」

「たのしいの？」

「どうだろ？　賭け事の対象みたいだけど。贔屓《ひいき》している舟があれば、楽しいかもしれないわね」

デン助を含む子供たちの雄姿が見られないのは仕方がない。「次の機会にしようか」と呟いて、ずり落ちそうなリットを抱え直す。

別に片手それぞれで二人を持ち上げることもできるが、目立ちそうなので止めておいた。

貸し家に帰り着くまでに、二人を代わりばんこに抱っこしていくのだった。

第五章
報復と、釣りと、帰路と、秘話と

だん、だん、と明かりの消えた室内に何かを叩く音が響く。

「クソッ……」

到底信じられないという感情をにじませた声も含まれる。

そしてまた、だん、だん、と音が続く。

音は苛立ちをどこへ向ければいいのか分からずに机を叩く音。

「馬鹿なっ……」

部屋の主である男は、つい先ほど起こった信じられない出来事によってその地位に綻《ほころ》びが生まれたことを知ったのである。

騒々しい平民の祭りが終わりに近づいた頃、男は突然宰相に呼び出された。

「急ぎ登城しろ」との伝言を受け取り、失礼に当たらない程度の準備を整えて城に向かった。

何の話かと思って顔を出してみれば、国王も同席した場において糾弾《きゅうだん》される羽目になったのである。不愉快なことに。

罪状は彼の息子が平民に危害を加えようとしたこと。

彼の手の者が、国賓《こくひん》に値する人物の関係者に危害を加えようとしたこと。

そして闇組織の者たちと手を組み、誇りある貴族の名を汚したことである。

もちろん彼は「濡れ衣だ」「これは誰かの陰謀によるものだ」という説を主張した。

しかし、彼の息子が学院で起こした脅迫騒ぎは多くの地位ある者によって目撃されている。

その中には王女からの証言も騎士団からの苦情もあったので、息子の容疑を覆すまでには至らなかった。

それに何より彼にとって誤算だったのは、嘘を見抜く魔道具である【物を言わぬ瞳《センス・ライ》】がその場にあったことと、闇組織との繋ぎに使い、証拠を残さぬよう始末したはずの伝令役の男が生きていたことにあった。

全身包帯だらけであったが、しっかりとした質疑応答を行った伝令役の言葉を【物言わぬ瞳】は肯定し、貴族である彼の弁明は否定された。

これによって彼の苦し紛れの詭弁《きべん》は王や宰相に届かず、その場で刑が下されたのである。

下された刑罰は領地の没収と、爵位の降格だ。彼の一族はひと月以内に屋敷を明け渡し、今よりも小さな住まいへ居を移さねばならなくなる。

「なんということだっ」

だんだん、という音に加えて、ガツガツと、蹴る音も増える。

苛立ちから物に当たり散らす回数も増えていった。

それは一族の信念を覆されたことに端を発する怒りからくるものか、ただ単に男のプライドを泥で汚されたことにより生じた怒りによるものか。

夜が更けるのに合わせて、彼の執務室からはガンガン、ダンダン、ゴンゴン、などの音が増えていき、使用人たちは怒りに触れぬよう、息をひそめていた。

日付が翌日に差し掛かったころになって、ようやく彼の怒りも和らいだ。

ひとしきり物に当たり続けた部屋の中は、魔物が暴れまわったのではないかと目を見張るほどに散らかっていた。

このすさんだ心を落ち着かせるために、彼が足を向けるのは自室である。

心のケアを、秘蔵のコレクションを目にして触れることに委ねたのだ。

扉を開ける前から心が満たされる。誕生日の前日に、プレゼントに心躍らせる子供のように。

しかし、室内に足を踏み入れた彼の心は瞬時に凍り付いた。先客がいたからだ。

この部屋には使用人も入れたことはないし、鍵も彼しか持っていないので明らかに先客は侵入者だ。

件の人物は窓際で彼の宝を手に取り、お手玉をするように両手で行き来させている。

宝が宙を舞うたびに、彼の心は張り裂けんばかりだ。

「乱暴に扱うな」

「ヤメロ」

「返せ」

だが彼の口から出たのはそのどれでもなかった。

「何故だ、何故貴様がここにいる！」

驚かせて宝を落とされてはたまらないと、慎重に近付いていていたその時であった、月明かりで侵入者の姿が露《あらわ》になったのは。

それはつい先程城で感動の対面を果たした人物。部下に命じて殺したはずの伝令役の男であった。部下は確かに殺した証として、特徴的な体の一部を持ち帰っていた。

それは赤い眼球であり、伝令役の男は未だに顔の半分を包帯で覆っていることから、瞳を片方失っていると思われる。

「おや、伯爵様。先程ぶりですね。どうしました、そんなに怯えて」

口の端を上げてニヤリと笑う伝令役の男に、伯爵は違和感を覚えた。

伝令役の男はもっと腰が低くなかったか？　いや、もっと卑屈《ひくつ》で人の顔色を窺《うかが》う者であったはずだ。

先程城で再会した時には、確かにこの男があの伝令役の男だと確信できたのだが。今の目の前の男が、その時の男と同一人物とは思えない。

「ククク、違和感があったかのう。あの一瞬だけ誤認させておいたのじゃ。もう切れておる」

その輪郭が不意に歪んだ。

男の姿と見知らぬ者の姿が重なって見える。

伝令役の男とは違う自信に満ちた声が場に満ち、古くなった殻を脱ぎ捨てるように人の中より他人《ひと》が現れた。

ど、だんっ、という音がした。

他人事のような、近くで聞こえていながら、それが自分から発した音だと気付くのに時間がかかった。

伯爵はソファーの背に手を掛けながら、尻もちをついていた。

目の前の現実が虚構であったような、手に掴めぬ霞であったような感覚に腰を抜かしていたのである。

目の前に伝令役の男とは頭二つ分くらい背丈の違う偉丈夫《いじょうふ》が佇んでいる。

立てた襟を口元まで伸ばし、全身を赤褐色のコートで覆い隠している。見えるのは頭と足くらいなものだろう。

人族と変わりない頭部には、やや尖った耳と特徴的な角が生えている。暗くて見えにくいが浅黒い肌を持つのは魔人族と呼ばれる種族だ。

それが、興味を失ったような感情を乗せた金の瞳で伯爵を睥睨している。

見られているだけだというのに、伯爵は体の芯から凍り付くような寒さと、止まらない震えに襲われていた。

「あ、っか、ぐ……」

心臓を鷲掴みにされたような痛みに襲われ、呼吸が途切れ途切れになる。

それが視線だけで相手にバッドステータスを与える【弱体効果《デバフ》】だということに気付く余裕すら、伯爵にはなかった。

「さて、国王の下した罰だけでオヌシを許すことなどできぬことも確か」

魔人族がすっと視線を移した先には、第二の人物が忽然《こつぜん》と姿を現していた。

その姿を目に入れた伯爵からは、けして小さくない悲鳴が上がる。

それは真っ白い樹木を人形に似せたモノだった。首から上はなく、左胸の部分に真っ黒いウロがあり、真っ白な髑髏《どくろ》がそこに収められていた。

「そやつの材料にされるか。それか……」

突然、伯爵の眼前に刃が突き付けられた。

それは刃渡りだけで伯爵の背丈を越え、磨《みが》かれた刀身には鏡のように伯爵の恐怖の感情を露にした顔が映っている。

「そやつに細切れにされたいか」

持っている人物は部屋の天井でも窮屈そうに身を屈めた、六本腕の青い竜人族《ドラゴイド》である。

六本の腕にあるそれぞれの武器が、必殺の間合いでもって伯爵に向けられていた。

「ヒイイィィッ⁉」

恐怖で喉がカラカラになり、恐慌で手足が凍り付く。

今すぐ助命を嘆願したいが、恐怖に強張った伯爵の体は言うことを聞かない。

なのに目の前の魔人族は、机の上に転がっていた金貨を拾うと、なんでもないように死刑宣告を下した。

「そうじゃ、コイントスで決めようぞ」

それが日常会話でもあるというような気安さだ。

一瞬だけ、髑髏と青い竜人族《ドラゴイド》の表情に呆れの色が浮かぶ。だがそれはすぐ気のせいだったとでもいうように消え去った。

『イヤダイヤダイヤダイヤダイヤダイヤダイヤダイヤダイヤダイヤダイヤダイヤダイヤダイヤダイヤダイヤダイヤダイヤダイヤダ』

声にならない張り裂けそうな悲鳴だけが、伯爵の心の中で木霊する。

無情にも爪で弾かれた金貨が宙を舞う。

クルクルとスローモーションのように宙を舞う金貨の、表面の意匠までよく見えるような感覚を味わった伯爵は、着地と同時に全身の力を振り絞って絶叫した。

しかし後日、屋敷の中にいた使用人たちは誰もが、何の声も聞かなかったと証言したのである。


祭りの後の翌日。

ふと目覚めたケーナは、ベッドの中にいるのが自分だけだと気が付いた。

夜寝る前に確認したルカとリットのぬくもりはとうに消え失せて、綺麗に畳まれた毛布がその名残を残すのみ。

「にゃーん」

しゅたっとベッドに跳び乗ったキャスパリーグが、『おっせーよ』と思念を飛ばしてくる。

窓から見える太陽の角度的に、随分と寝坊をしてしまったようだ。

「案外昨日のことで疲れが溜まっていたのかなあ……」

うーんと伸びをして、装備欄からの一瞬の早業で着替える。

腰を回したり肩を回したりして、異常がないかを確認。問題なしと判断してキャスパリーグを抱き上げると、部屋を後にした。

「ケーナおねーちゃん」

「おか、ーさ、ん」

「おはようございます。ケーナ様」

ぽすぽすしゃきーんという擬音が合うほどの笑顔に迎えられる。

ぽすぽすはルカとリットがケーナに抱き着いてきた音。しゃきーんは全ての準備を完璧に終えたロクシーヌが、恭しく頭を下げた後の姿勢の音だ。

「ごめん、遅くなったわ。二人とも朝食は？」

「たべ、た、よ」

「食べちゃったよー。おねーちゃんおそすぎー」

「ごめんごめん。昨日の任務でやっぱり疲れてたみたいでさー。シィ、朝食兼昼食は屋台でも探すわ。準備してた？」

「いえ、そうなるかと思いました。夕食はどうしますか？」

「そこもどうかな。最悪の場合は酒場にでもみんなで行こうかねえ」

「承知致しました」

祭りは終わっているはずだが、ケーナは守護者の塔の様子を見に出かける予定だった。もちろん、ルカとリットとキャスパリーグも連れていく。

ロクシーヌだけは貸し家の大掃除を理由に、後で合流すると言ってきた。

「手伝った方が早く終わるかな？」

「ケーナ様、私の仕事を取らないで頂けますか？」

ジロリと睨まれたので、快く仕事を任せることにした。

「このまま行けば、明日辺りにこの家は引き払うことになりそうなので、綺麗にしておきます」

「うん、じゃあごめんね。よろしく」

アイテムボックスから次々と掃除用具を取り出すロクシーヌの表情は、もう真剣そのものだ。

掃除中のロクシーヌの邪魔をすると、無意識の罵詈雑言が飛んでくるために急いで離れる。

キャスパリーグをリットの頭の上に乗せ、ケーナは大通りの方へと向かうことにした。

「うわあ……」

「うへえ」

「……」

大通りには三人が一緒に閉口してしまうほどの惨状が広がっていた。

「ごみだらけ……」

「う、ん」

「あー、そりゃあねー。あれだけの人がいてあれだけの屋台があればそうなるわね」

道の端には串や紙袋といったものが延々と落ちている。

何かしらの店の前にあるものは片付けられていたが、それ以外の場所は散らかり放題だ。

「街の闇を見た気がする……」

端にあるものはまだいいが、道の真ん中にあるゴミなどは馬車が通る度に宙を舞う。

大きな袋を抱えて、ゴミを拾う人たちがいたので尋ねてみると、街中専門の冒険者だそうだ。

祭りの後は、ギルドからゴミ拾いの依頼が出ているらしい。

それでも街中全体だと人手が足りないので、完全にゴミがなくなるまでに数日はかかるという。礼を述べてその場を離れたケーナは、目立たない裏路地で【風精霊】を三体ほど召喚した。

「姿を見せないように気を付けて、風を操って街中のゴミを集めておきなさい」

幼女の姿をした【風精霊】にゴミを街角ごとに集めるのを頼んでおく。

そうすればゴミ拾いの人たちも手間が省けるだろう。

楽しそうに舞う精霊たちは、姿を消して街の方々に散っていった。

ただ、つむじ風が発生してゴミを吸い込むように巻き上げるのはいいが、食べかけの付いた串が飛ぶという風の勢いも問題になるのではないだろうか。

今はまだ気付く者はいないようだ。

人通りが落ち着いているせいか、祭りの間は滅多に姿を見せなかった妖精ちゃんも、ケーナの周りを飛び回っている。

キャスパリーグも最初に妖精ちゃんを見た時はギョッとしていたが、今では頭の上に座られても気にしてはいないようだ。

それがブレーメンの音楽隊のように見えて、ケーナは吹き出した。

「おかー、さん？」

「おねーちゃん、どうしたの」

「はあっ、あ、ごめんね。ちょっと、面白いものがあったから、思わず吹き出しちゃったの」

子供たちには妖精ちゃんが見えていないので、頭の上がどうなっているかなんて分かるはずもない。リットの頭が振られるだけで、上に乗っている子猫と妖精ちゃんが振り回されるので、ケーナは笑いを堪えるのに必死だった。

それがリットたちの疑問をどんどん増やしていく。

子供たちが解消されない疑問を溜めていき、頬を膨らませるまでに至ったので白状することにした。もちろん妖精ちゃんの存在は避けてだ。

「リットちゃんの頭に乗っているキャスパリーグが、動くたびにゆらゆらしてるのが楽しくて。リットちゃんが悪いわけじゃないんだ。ごめんね」

「むううう」

頭の上のキャスパリーグを外したリットは、それをルカに渡した。

ルカも渡されたキャスパリーグをしばらく眺めていたが、口をへの字にするとケーナへ渡してきた。ケーナもキャスパリーグを受け取るが、その腕の内から身を捩った子猫が抜けだしてしまう。

地面に降り立ったキャスパリーグはブルブルッと身を震わせると、トコトコと川岸の方へ向かって歩き始めた。

「あ、ねこちゃんまって！」

「いっ、ちゃっ……た？」

後を追うように駆け出していくリットを見て、ルカは心配そうにケーナを見上げる。

「大丈夫、大丈夫。あの子猫は強いから心配ないよ～」

安心させるようにルカを抱き上げると、ケーナはキャスパリーグと妖精ちゃんとリットの後を追うのであった。

川岸に数ある桟橋の一つにはキャスパリーグを抱き上げたリットの姿があった。

そこへトトトッと近付いたルカが抱き着く。

「さき、い、ちゃ、ダメ」

「ごめんね、ルカちゃん」

謝るリットが顔を上げると、ルカの後ろに塩焼きにされた串魚を数本持ったケーナが待っていた。「はいこれ」とリットはそのうちの一本を渡される。

桟橋の陸地側に木箱や樽が置いてあったので、それを椅子代わりにして子供たちを座らせた。

しばらくは、むぐむぐ、もぐもぐと食べる音だけが辺りを満たす。

ケーナが中洲の方面に目を凝らすと、守護者の塔は、周囲を距離を開けた小舟に囲まれている。【鷹目《たかめ》】スキルで舟に乗る者たちを確認すれば、大半が兵士であった。

観光客を大勢乗せたガレー船などがゆっくり傍を通るのを、怖い顔で睨みつけているようだ。

ちょっと余計な仕事を増やしてしまったかなと、ケーナは申し訳なく思ってしまう。

「あ」

リットの上げた声に気付いて周囲に目を向ける。少々遠くに注意を向けすぎてしまったかと反省する。一応キーも付近を見てくれているので、何かあったら警告を飛ばしてくるはずだ。

リットの視線の先に目を向けると、魚を刺していた串を集めたキャスパリーグがそれを粉々に噛み砕いているところだった。

ケーナも食べ終わった串を差し出せば、それも噛み砕く。

粉々になった残骸を木箱の隅に集めれば、一陣の風がゴミを纏《まと》めて掻《か》っ攫《さら》っていった。

キャスパリーグは精霊とも仲がいいようで、鼻を上に向けたドヤ顔っぽい姿で『どうよ』と自慢げにしている。

「えらいえらい」と頭を撫でて褒めちぎれば、子供たちも真似して「えらいえらい～」「え、らい？」と頭や背をごしごしと撫でていた。

その時だけ微妙な様子になっていたのも、また笑える感じだ。

食後のデザートとして子供たちが果物にかぶりついている間に、ケーナは思念でロクシーヌに現在地を知らせる。

ロクシーヌの方はまだかかるというので、ケーナたちは先に中洲へ向かうことにした。

船の航行禁止は解除されているので、乗り合い舟の営業を再開している。

ただ、乗り合い舟の出ている桟橋にいた人から妙な提案をされた。

「子供たちの分はまけとくから、水の上を歩いてもらえないか？」

「えー」

自分が見世物になるとは思わなかったが、それにしてはもう随分とその姿を晒してしまっているのに気が付く。

晒しものになる羞恥《しゅうち》心《しん》と銅貨六枚を天秤にかけるが、羞恥心に関しては気の持ちようだ。

見られているのではなく、見せてやると考えればいいのだし。ただケーナがそこまでの考えを持つようになるまで、時間はかかるだろうが。

「んー、分かったわ。私は中洲まで舟の傍を歩く、でいいのね」

「ああ、そうしてもらえれば助かるな。なんなら給料を払ってもいい。この運賃を値上げしてな」

周囲で聞いていた客たちも船長の言葉に声をあげて笑う。

水の上を歩く者が同伴して乗れる舟なんて宣伝効果抜群だろう。その歩く人物が常に同行することはできない分プレミア感は増しそうだ。

「まあ、私への報酬は、同伴者のただ乗りということで」

「そんなんでいいのか？」

船長のおじさんが「もっと出せるぞ」と言って聞いてくるが、ケーナも降って湧いた話にそこまでがっつくようなことはしない。

とりあえず給料の件はきっぱりと断っておいた。

それから客にもケーナが傍を歩く場合には、運賃は銅貨三枚になるようだ。これは往復の料金なので、復路はケーナと同行できるか分からない。それでもいいという人だけが舟に乗った。

そして出発した船の傍、ルカたちの近くを一緒に歩いているのだけれど、周囲からのじろじろ見てくる視線が半端ない数だ。

歩き始めて数分で、ケーナはさっきの考えを撤回したい気分であった。

中洲側の桟橋に着いて船長と客の皆さんに礼を言われたが、挨拶もそこそこに急いで離れた。似たようなことを頼んできそうな人たちがいたからである。

「安易に何でも安請け合いするものじゃないわね」

何にせよ、このサービスはあの乗り合い舟だけにしようと決めたのである。

ルカとリットを連れて中洲の東端に向かっていく。

結構な人数がそちらへ向かっていくし、そちらから帰って来る。

やがて平時ならシロナガスクジラの頭部が見えるはずの場所には、半円形のスペースが確保されている他は、全部花束が積まれている壁に囲まれていた。

「うわー、なにこれ」

「はな、すご、い」

「お花いっぱいだねー」

辛うじてシロナガスクジラの鼻先が見える部分だけが開いていて、やってきた人は次々とそこで祈りを捧げる。

そして持ってきた花束を壁に置いてその場を後にするのだ。

見ているうちに壁だけがどんどんと厚みを増していくように見える。

祈りもしないケーナたちに胡乱《うろん》な目を向ける人もいたので、邪魔にならないように立ち去ることにした。

直後にシロナガスクジラから潮吹きが起こり、拝みに来た人たちから歓声が上がる。

何かの祝福と考えている人たちがいるようだ。潮と言っても今は真水なのだけれども。

その後は教会に寄って煌びやかなステンドグラスを眺めた後、カータツの工房へ向かった。

その頃になってようやくロクシーヌも合流する。

「どうだった？」

「ええ、キチンと磨き上げて参りました。今日出立《しゅったつ》したとしても問題ありません」

「そう。ご苦労様。じゃあ、明日くらいにでも帰りましょうか。二人ともそれでいい？」

「は、い」

「うん、いいよ～」

子供たちの同意も得られたことだし、明日にでもエーリネに礼を言ってフェルスケイロを離れようと思っていた。

あんまりリットを村から離していると、マレールも心配するだろうし。

「お袋！」

「や、カータツ」

工房は営業はしているようだが、仕事はそれほど忙しくしているようには見えなかった。

従業員が床や材木の陰などで休憩している所へケーナたちがやって来ると、奥からカータツが飛び出して来た。

「この前は材木ありがとうね。お陰様で良い家が建てられたわ」

「そりゃお袋の腕によるものであって俺のお陰じゃねぇだろうよ。よお、ルカ。元気か？」

「……は、い。こん、にち、は、カー、タツ、……おにー、さん」

「こんにちは、初めまして。リットです」

カータツの傍まで近寄ったルカが俯く程度で言葉を繋ぎ、その横でリットがペコリと頭を下げた。

ロクシーヌはケーナの背後に控えたままで一礼する。

「ああ、そっちは宿屋の嬢ちゃんだっていう娘っ子か。俺はお袋の三番目の息子のカータツだ。見ての通りここの工房で船を作ったりしてる。よろしく頼まぁ」

腕組みをして髭を撫でつけながら簡素な自己紹介をするカータツ。

ルカはリットと手を繋ぎ「み、て、まわ、て……いい？」と上目遣いにおずおずと尋ねた。

「おお、構わんが……。あちこち危ない物が転がったりしとるからなあ。材木の山には近付くなよ。何かの拍子に崩れないとも限らんからな」

「……う、ん」「はい！」

「でしたらお二方の引率は私が引き受けましょう」

すうっといつの間にか傍に立ったロクシーヌが申し出ると、カータツは部下たちから案内人を選んで、好きに見学させるように言いつけていた。

もし雪崩事故みたいなことがあっても、キャスパリーグとロクシーヌがルカとついでにリットも守るだろうから、ケーナは特に心配はしていなかった。

「悪いわね、ルカが無理言っちゃって」

「なぁに、あの程度なら問題ねぇさ。あっちの姐さんはかなりの遣い手っぽいし、材木崩れくらいなら平気だろ？」

カータツの部下に「あれは何？」「これは何？」とリットが質問（ルカはリットにぼそぼそと囁いてたり）し、ロクシーヌはその背後で油断なく目を光らせていた。

休憩している他の従業員たちは、頬を緩めてそれを眺めている。

「村に建てた家なんだけど、部屋数多目に作ったからいつでも泊まりにいらっしゃい。村に浴場も作ったしね」

「へえ、そりゃ楽しみだ」

「それとこれも、ね！」

アイテムボックスから取り出した樽が、ドスンと音を立ててカータツの前に置かれた。

ぷんと微かに漂う香ばしい匂いに、破顔したカータツが「酒か！」と飛び付く。

「村では酒屋を営むことにしたから、材木のお礼も兼ねて一樽あげるわ。独り占めするも良し、皆に振る舞うも良し。好きに飲みなさい」

「材木のお礼って、料金は貰ったはずだぜ。これだと俺が貰いすぎにならねえか？」

「いちいち律儀ねぇアナタは……。素直に『儲けた』ぐらいで受け取りなさいよ」

「お、おう。ありがたく貰っとくぜ」

「堺屋《さかいや》経由で販売するから、もっと飲みたければ次はそっちに注文してね」

「分かった。すまねぇな、お袋」

　満更でもないのかホクホク顔で樽をヒョイと持ち上げ、カータツは工房の奥へ持っていった。ついでに部下たちへ「お前等！　お袋から上等の酒を貰ったから今晩は飲むぞっ！」と声をかけている。

　部下たちからは歓声が上がり、工房を震わせていた。

　ルカたちはその歓声にびくっと驚いて、周囲を窺っていた。

「にゃーん」と鳴いたキャスパリーグが、リットの頬を舐めたりして危険がないと落ち着かせている。

　なんとなく今日中にも飲みつくされそうな予感がして、ケーナも苦笑いだ。

「こういうの、宵越《よいご》しの酒は持たないって言うのかしら？」

「……おさけ？」

　一通り見て回ったらしいルカたちが戻って来て、ケーナの呟きに不思議そうな顔をする。

　なにやらご機嫌なスキップで戻ってきたカータツに呆れるが、酒好きの気持ちはケーナには分からない。

「お酒は飲める時に飲み尽くせ、って意味よ」

「うーん。べろべろによっぱらった大人は、あんまり好きじゃない……」

「リットちゃんは正直ねー」

姉のルイネみたいに率直な意見をリットが口にすると、ケーナは吹き出した。

家が宿屋兼酒場では、大人たちのだらしなさや痴態は散々見てきているのだろう。

周りで聞いていた従業員の皆さんが、胸を押さえて呻き、視線を逸らしていたのが印象的である。

その日は再開した造船作業の様子を子供たちが見たいと主張したので、夕暮れまでは工房に留まることにした。

ロクシーヌが子供たちの面倒を見ると言うので、手持ち無沙汰になったケーナは中洲の端で釣りを始める。

釣りもスキルのひとつで、ケーナの場合は食材用に使う程度でしか扱わなかった。

プレイヤーの中にはレア魚を求めたり全種類の魚をコンプリートしたりと、極めるのに全力をかける者も多い。

スキルマスター仲間の九条《くじょう》に頼まれて、特定の魚釣りに延々とつき合わされたことも少なくない。

別の目的で訪れた砂浜で、リオテークらとともにズウォームを釣る羽目になった時などは、自分の付き合いの良さに呆れたものだ。

その時にズウォームを目的にしていたのは九条ではなく、ウミウシの着ぐるみを着ていたリオテークの方だったが。

散々大騒ぎして、尊い犠牲を出しながら討伐したズウォームが、まさか召喚獣にできないとは。リオテークが涙を流しながら悔しがっていたのを覚えている。

ついその時のことを思い出しながら準備をし、カータツに指摘されてからニヤニヤしながら作業をしていたことにも気が付いた。

釣り用の餌もスキルで作り出し、九条のお節介で釣り具も一通り揃っている。

市場で見かけた魚は種類も豊富なので、何を釣ってもここの生活が長い息子が食べられる魚を選別してくれるだろう。

一投目からエッジド大河名物のナマズ（ポンス）を釣り上げ、入れ物も必要かと実感したのであった。

時間が経つにつれ、工房に務める者たちの注目はケーナに集まっていった。

なにせ投げ込めば必ず何かしら釣り上げるのである。

カータツが気を利かせて持ってきたくれたタライ桶が、もう二つもいっぱいになってしまっている。

片方には小ぶりな魚を入れておいたが、そっちはもう入れすぎというくらいに詰まっていた。

ルカとリットは工房見学より魚の方に夢中になっている。

ロクシーヌと一緒になってタライを覗き込み、カータツに魚の種類と調理法を聞いていた。

そしてもう片方にはポンスなどの、大型の魚が数匹泳いでいる。

あまりに小さな魚はカータツの勧めもあってリリースしていた。

「もう小さいのはいいかな～」

ケーナは中サイズ用の竿をしまい込み、大型用の竿にチェンジする。

「シィ、そっちのタライの中から何匹か選んで、切っておいてくれない？」

「こちらを餌にするのですね。少々お待ちください」

マイ包丁とまな板を取り出したロクシーヌは、無雑作にタライの中から選んだ二～三匹をダンダンダンとブツ切りにしていく。

「ケーナおねーちゃん。まだ釣るの？」

「楽しくなってきたところなんでね。退屈かもしれないけど、ちょっと待っててね」

久しぶりに始めたら意外に楽しくなってしまい、「家族分を釣ればいいや」から「みんなの分を釣ろう」になり、今はもう「糸が切れるまで釣るのを止めない」状態になっている。

「あー、ヤメだヤメ！　こんなんじゃ仕事にならん！　おい誰かコンロと端材集めてこい！あと魚捌ける奴！」

爆釣しているケーナの方に興味津々で、仕事が中々進まないと判断したカータツは部下を集めてこの場で調理することにしたようだ。

従業員たちはカータツの号令に、すぐさま工房内にある薪《まき》になりそうな端材をかき集め、焚き火を熾《おこ》す。

魔道具のコンロを厨房内から運び出し、鍋やフライパンをセットし、心得のある者が魚を捌いていく。

仕事柄器用な者も多く、腹を割ってワタを抜き、串を刺して塩焼きにする者、活け作りにしてしまう者、綺麗に捌いて揚げ始める者まで出てきて、辺りには美味そうな匂いが漂う。

ロクシーヌはコンロを貸してもらうと、個別に調理を開始した。こんな時でも足並みを揃えることはしないようだ。

あまりにテキパキとした流れについていけなかったルカとリットは、キャスパリーグを抱いたまま荒くれ男たちの流れ作業を呆然と眺めていた。

「すごーい」

「うん。すご、いね」

「にゃーん」

ぷらんぷらん揺れているキャスパリーグは、物欲しそうな目が魚料理の数々に釘付けになっている。

オマケに付近を流していた漁師までもが匂いに釣られ、釣果を持って集まってくる始末だ。

たちまち工房の川岸には人が集まり、篝火《かがりび》が複数焚かれて即席の宴会場と化した。

仕掛けを切り替えた途端に掛かったピラルク型の三メートル魚を釣り上げると、集まっていた人たちから歓声が上がった。

中々釣れにくい魚で美味らしく、市場でも銀貨二枚以上する高級魚だという。

皆は釣った者の意向次第で調理するかどうかを決めるらしい。特に家に持ち帰る気もなかったケーナは「食べちゃえ」と皆を促す。

「ケーナ……おかー、さん。はい……」

「あら、ありがとうルカ」

穴を掘って香草蒸しにされた身の最初の一切れを持って来たルカが「あ～ん」と開けたケーナの口に、出来立てを放り込む。

「あつっ、はふ、あふぁ。あ、これ美味しい」

香草で臭みを消され、塩を振っただけの身は柔らかく、鯛に似た味がしていた。

持っていた皿からケーナの分がなくなると、後から別にリットが持って来た身を二人で分け、美味しさにビックリする。

その後ろからカータツがやって来て、持っていたコップを母親に差し出した。

先程渡したビール樽を開けて、皆に酒を振る舞っているようだ。

「ほら、お袋の分だ。もうこんだけ釣りゃあ充分だろうよ。いい加減釣るの止めて宴会に加わったらどうだ？」

「うーん、なんか楽しくなってきちゃってね。もうちょっと釣っておくわ」

「まだ釣んのかよ……」

「あとカータツ、私はお酒は飲まないからね」

「えっ⁉　これお袋が持ってきたんだろ」

「持ってきたし作ってるけど、お酒は飲まないよ」

ショックを受けて固まってしまったカータツに苦笑する。

いくら息子だからといっても、ドワーフ族と同じような酒豪と一緒にするのだけは止めてほしいと思う。

「おかー、さん、まだ、……たべ、る？」

「そうだねえ。じゃあ普通に塩焼き持ってきてくれる？」

「……うん」

ちなみにロクシーヌは何をやっているのかというと、スキルで塩を作り出したりしながら、【調理技能《クッキングスキル》】で押し寿司やにぎり寿司を作っていた。

もの珍しい料理なので、作った端から狙われ続けている。しかし彼女から漂う威圧感が凄いので誰も手が出せていない。

ルカやリットが手を出すのはニコニコと見守るが、それ以外の者は、手を伸ばそうとすると三角お目々にギンッと睨まれて、すごすごと引き下がっていた。

ケーナは竿を片手にルカの持ってきた塩焼きをパクついている。

リットは身に染み着いた習慣故か給仕となっていて、料理を運んだり酒を注いだりしていた。歌を歌い出す者や笛を吹き出す者も出てきて、何故か流しの吟遊詩人まで交じって、ドンチャン騒ぎが激化していく。

「だんだん賑やかになってきたわねえ。こういうことって良くあるの？」

「まずねぇな。お袋が来るとなんつーか……、騒動が多いよな」

「悪かったわねっ」

「うん、……たの、しぃ」

ケーナの立つ川岸まで移動して来たカータツは、そこで木箱に腰掛け飲み食いをしている。ルカはその辺にあった大きめの岩に腰掛けて、総勢八〇人以上にまで膨れ上がった宴会を眺めていた。その膝の上では満腹状態になったキャスパリーグが撫でられて、喉をごろごろ鳴らしていた。

給仕疲れでヘロヘロになったリットを連れて、ロクシーヌが戻ってくる。

両腕に料理の乗った皿を幾つも重ねてだ。

一旦皿ごと宙に放り投げ、アイテムボックスからテーブルを取り出す。落ちてきた皿を次々に受け止めて、テーブルの上に並べていく。

曲芸とかかくし芸のレベルだ。ルカとリットにぱちぱちぱち～と拍手を送られ、恭しく頭を下げる。

「リットちゃんご苦労様」

「うう～、気が付いたらなぜか給仕していました～」

「そりゃあもう職業病ってやつだろう、嬢ちゃん」

「すみませんケーナ様。こちらの方まで手が回らず、申し訳ありません」

「必要になったら呼ぶから、好きにしてていーのに」

傍を離れたことをしきりに謝るロクシーヌを、ルカが頭を撫でて慰《なぐさ》めていた。

土産話でロクシリウスに無様な姿を知られたくないらしい。

そこまで手落ちがあったかと首を捻るケーナの横で、水の中に沈んでいる糸の先を見ながらリットが退屈そうに呟いた。

「ケーナおねーさん、まだ釣るのー？」

「うーん、あと一匹釣ったら帰ろうかな……、っと？」

言いかけたところで竿がぐおんとしなる。

海で大型魚を釣る特殊仕掛けに、何か引っかかったようだ。篝火の届かない水面を糸が右に左にと流れていく。

両手で竿を摑んだケーナに「光！」と命令されたロクシーヌは、【付加白色光】を竿の先端に付加した。ルカの膝から抜け出したキャスパリーグが、水面をトトトトと歩いて糸の先を覗き込む。

更に召喚された【光精霊】の巨大なたんぽぽの綿毛が、水面下を照らす。

直後、ゆらりと巨大な影が水面を占めて、目撃したケーナ家一同が目を見張った。

「うわ、なにあれ？」

「でけえな……。釣り上げるとして、ここの広さで足りるか？」

近辺の川岸にさっと目をやったカータツは、そこら辺にいる者たちを下がらせる。

「おい！　大物が来るぞ。お前たち、そこから下がれ！」

「いや、まだ釣れるかどーか分からないから！」

「お袋なら絶対釣ると信じてるぜ！」

サムズアップを飛ばしてくる息子に、遠い目になる。

「過度な期待ってヤダなあ……」

息子だけでなく、宴会をしていた人たちまで騒ぎを聞いて駆けつけてくる。竿を立てて釣っている大物に苦労しているケーナに注目が集まっていた。

左右に振られる竿をしっかり掴んだケーナは、引き上げることを止めた。

糸はそのままに、引っ張り出そうという方法を取って、竿を上げたまま自分がじりじりと下がり始める。

やがて観念したのか、はたまた自棄になったのか。釣り相手がぐわしぐわしと川岸に上陸して来た。

【光精霊】に照らされた姿形を見た人たちが、悲鳴を上げて川岸から我先にと逃げ出した。

ロクシーヌもルカとリットを両脇に抱えて、その場から遠ざかる。

残ったのはビール片手のカータツと、竿を持ったままのケーナ。その足元で唸《うな》りを上げるキャスパリーグだけだ。

「なんじゃこりゃ？」

「モンスターだねぇ」

全長九メートルはあろうかと思われる、四脚歩行のワニだった。

濃い緑色のゴツゴツした皮膚を持つそれは、サメの頭にワニの胴体、背中には横に広がるエイに似たヒレが付いている。縦型に薄く長いサンショウウオのような尾を生やしたモンスターだった。

いつぞやの怪獣を彷彿とさせるキメラシルエットに、ケーナは「これどっかの略奪ポイント産じゃないのか」と疑いを持つ。

陸地に上がって来たキメラワニザメは、顎をがっちんがっちん鳴らしながら開閉して親子を威嚇する。

「あー、そう言やあ、川っぷち一帯に注意報が出てたような気がするなぁ」

ビールをぐびりと飲みながら、今思い出した、という気楽さのカータツに、背後の部下たちから「親方が聞いてきたんじゃないっすか！」と、非難の声が飛ぶ。

母親の手前、自分の間抜けさに背後へ怒鳴り返すわけにもいかず、額に青筋を浮かべるだけに留めるカータツ。

苦笑して「まあまあ」と息子を宥《なだ》めるケーナは、キメラワニザメを一瞥《いちべつ》して首を傾げた。

「つか、これ、守護者の塔より前に現れたっていう影の元じゃないのかな？」

その瞬間、「ガァァア！」と吠えたモンスターが視線を逸らしたケーナに襲いかかった。

背後の見物人が息を飲んで「危ねえっ！」と叫ぶ。

女性がバラバラに引き裂かれる惨劇が予想され、それを直視したくない人たちが目を瞑る。

悲鳴が響く夕闇の中、襲われた当人《ケーナ》は慌てず騒がず、地を蹴った。

巨体を宙に躍らせて自分たちに襲いかかろうとしたキメラワニザメの真下に滑り込んで、蹴りを放つ。

【戦闘技能《ウエポンスキル》：震脚爆破《グエンヴァンティ》】

ボグワァッ！　という音が轟《とどろ》き、キメラワニザメの胸から背中にかけて大穴が開く。

一瞬で絶命したキメラワニザメはケーナを越え、そのままドーンと砂地に落下して動かなくなった。

シーンと痛いくらいの沈黙が辺りに蔓延《まんえん》し、恐る恐る様子を窺っていた見物人たちは動かなくなったキメラワニザメを凝視する。

やがてざわめいていた群集から小さな拍手が始まると、すぐに大喝采となって大歓声が中洲一帯に轟いた。

そこに至ったところでキメラワニザメから燐光が立ち上り、ギョッとした人たちが凝視している前で、一瞬だけ光ったモンスターの姿が消失した。

砂浜に残ったのは掌《てのひら》に乗るくらいの、小さな正方形の金属である。

「やっぱり略奪ポイント産だったか……」

ケーナはそれを拾うと【サーチ】で鑑定してから、カータツに投げ渡す。

「おおっとっ、なんだよお袋。いきなり投げるんじゃねえよ」

「使わないからあげるわ」

「いや、使わねえって、なんなんだよこれ……」

自分で【サーチ】をかけてみたカータツが「ブッ!?」と吹き出した。

金属の正体はダマスカス鋼である。ファンタジー金属では硬い物質の一つだ。

とりあえずそこで宴会はお開きになり、飲み食いしていた人たちと工房の従業員で片付けが始まる。

その最中に何故か宴会に交じっていた王都巡回中の兵士によって、消えたモンスターを目撃した人たちに事情聴取が行われた。

「サボリだ」

「サボリだろう」

「い、いや、何を言っているのかね？　これも我々の職務の一環だよ、うん」

「誤魔化した」

「誤魔化しましたね」

ケーナから、白い魚の騒動が持ち上がる前の最初の通報元じゃないかと聞かされた兵士は、慌てて上司に報告に行った。一々川を渡らないとならないため、こういった報告に時間がかかるのが、フェルスケイロの悪いところだ。

それほど緊急性がないことからトンボ便も使えないそうだ。

「めんどくさいなぁ」

「お袋。お袋みたいに便利なスキルを持ってる奴ばっかりじゃねえんだよ」

溜息を吐《っ》くケーナに、カータツは呆れ顔だ。

結果が出るのには少なくとも数日を要するということで、ケーナは報酬が出るようならば受取先にカータツを指名した。

「次にお袋が来るまで取っておくからな」

「別に使っちゃってもいーんだけどね」

「何を言っているのですか、ケーナ様。お金は有限です。カータツ様、ぜひ保管をお願い致します」

「お、おう……」

無頓着なケーナに代わりロクシーヌがカータツに詰め寄った。

あまりに真剣な表情と瞳が語る熱意に、カータツは頷くくらいしかできなかったという。

「んじゃ、船がなくなる前に戻るかあ。ルカ、リットちゃん、行くよ～」

「はーい」

「は、い」

ロクシーヌがペコリとお辞儀をし、ルカがキャスパリーグを抱えてケーナの下へ走る。リットは塩焼きにされた魚を幾つか受け取ってからケーナの後を追う。

「やれやれ、お袋が来ると騒動しかねえな」

カータツはケーナを見送ると、部下たちの尻を蹴り飛ばして片づけを急がせた。


川を渡ったらもうすっかり日が暮れて真っ暗になっていた。

街はまだ祭りの後の余韻が残っているようで、グループで固まって騒いでいる者が多い。

そんな中を子供連れで進んでいくと、子供たちを心配する声が掛けられる。気のいい人たちは多いのだが、あまり出会えないのが困りものだ。

大半はこっちが女性だらけだと知って酌を強要してくる者や、女に飢えている者だ。

それらを適当にあしらって、言葉が通じない者には力の差を見せつけてやりながら街中を進んでいく。

貸し家に辿り着くころには、ケーナは精神的に疲れていた。

「最後の関門かあ。めんどくさ」

貸し家の前に数人の人影があるのを見つけたからである。

イヤリングから如意棒を取り外して一回転。扱いやすい長さに戻してその一団を睨みつけると、そこから焦ったような声が飛び出した。

「お、おいっ！　ちょっと待て！　なんでいきなり戦闘態勢に入ってんだ⁉」

「ん？」

「お、おねーちゃん、昨日の騎士のおじちゃんだよ」

リットがケーナの腕にしがみついて止める。

暗闇の中、目を凝らして見れば騎士の一団と、それに守られるようにしてマイリーネが驚いた顔で立っていた。

「なんだ～シャイニングセイバーか……。まぎらわしい」

「なんか疲れてないか？　何してんだよ、子供連れでこんな遅くまで」

「色々あったんだよ。その様子だと報告は行ってないようね。とりあえず入って。シィ、疲れているところ悪いけど、人数分のお茶入れてちょうだい」

「分かりました」

招いてみたが、家の中に入ってきたのはマイリーネとシャイニングセイバーだけだった。残りの騎士たちは家の周囲で警護をするらしい。

ロクシーヌが準備をする間に、ケーナは子供たちを二階に連れていった。

「キャスパリーグ、ちょっと頼むわ」

「にゃーん」

「二人とも先に寝てていいからね」

「はあい」

「……う、ん」

二人は寝間着に着替えると、毛布を被ってケーナを見送った。

下に降りてきたケーナは、テーブルに着いていた二人の前に座る。

「んで、何？」

「やさぐれてんなあ、何をやらかしてきたんだか……」

「酔っぱらいの相手は疲れるのよ」

中洲の騒動よりそっちの方がよほど疲れた。

あくびを噛み殺しながら伸びをするケーナを見たマイリーネは、くすくす笑っていた。

「あんな大仕事を片手間にやったと思ったら、人相手の方が疲れるとか。ケーナさんは変な方ですね」

　そこでロクシーヌがお茶を人数分並べ、一礼して出ていく。

　全員が口をつけ、ちょっとしたまったりタイムになったところで、シャイニングセイバーが妙に膨らんだ革袋を差し出した。

「なにこれ？」

「昨日の報酬だ」

「そうなんだ」

「え？　それだけですか？」

　受け取った革袋の中身を確認しないままケーナがアイテムボックスに収納する。あまりにあっさりしたやり取りに、マイリーネが目を見張った。

「くれるんなら貰うよ。こういったものを拒むと後がめんどくさいからね」

「なんかあったか？」

「ああ、さっきね。証拠がないから回答を先延ばしにされた気がするんだよねえ」

　中洲の騒動を語って聞かせたところで、マイリーネがすっくと立ち上がった。

「どうしたの、マイちゃん？」

「兵の認識を改めて参ります。ケーナさんは大恩ある方だというのに、証拠がないからと言ってそのようなことを！」

「いやいや、大丈夫だから！　そんなに深刻になることもないから！　落ち着こう、ね！」

ケーナは慌ててマイリーネを引き留めて椅子に戻した。

「ふー、余計疲れるわ……」

ぐったりと俯くケーナの様子に、シャイニングセイバーは腹を抱えて笑っていた。

「ははははっ、どうだ振り回される気分が分かっただろう」

「ていうか、王女がこんな夜遅くに出歩いてていいの？」

「よくねえから俺らが付いているんだろうが。ふざけんな」

「なんで逆切れよ？」

マイリーネの方を窺えば、申し訳なさそうな顔をして頷いていた。

どうやらシャイニングセイバーか騎士の誰かが報酬を届ければ済むはずだったところへ、王女が同行を申し出たようだ。だから騎士があんなにいたのだろう。

以前の家出でも思ったが、どうやら行動的なのはデン助だけではないらしい。

城へ帰る時には、朝に呼び出した【風精霊】が戻ってきていたので、それをつけておいた。

マイリーネたちが城へ戻ったところで、召喚解除するように設定しておく。

「じゃあね、マイちゃん。また今度ね」

バイバイと手を振るケーナに、マイリーネはカーテシーで返す。

「シャイニングセイバーもまたね」

「おう。次は騒動を持ち込むなよ」

難しい注文を付けたシャイニングセイバーは、背中越しに手をひらひらと振った。

「おやすみなさいませ、ケーナさん」

「ん、マイちゃんもおやすみね～」

付いてきた護衛の騎士たちも、それぞれが頭を下げたり手を振ったりして夜の喧騒《けんそう》の中へ去って行った。

「あー、慌ただしい息抜きだった……」

うーんと伸びをして大きなあくびをしたケーナは「寝よう」と呟いて寝室へ向かう。

そこには仲良く二人と一匹が毛布に丸まって寝ている光景があった。

「あらら」

ケーナは二人を並べて毛布をかけ、真ん中にキャスパリーグを置くと「おやすみ～」と声をかけて夢の中へ旅立った。


翌日は朝からエーリネの商会へ出向き、貸し家の鍵を返却する。

貸し家にかけていたトラップは、全部外してきた。ロクシーヌも塵《ちり》も残さず掃除したので、借りる前より綺麗になっていた。

「ありがとうございました、エーリネさん」

「ありがとうございまーす」

「あり、が、とう、で、……す」

「ははは、お楽しみになられたようでよかったです。お祭りはどうでしたか？」

「色々食べられたので満足です」

「これはこれは、色気より食い気ですか。さすがはケーナ殿」

エーリネの隣には変装をしていないアルムナの姿もあり、夫との会話が途切れると同時に店員に何事かを言いつけて、木箱を三つほど運び込ませていた。

「えーと、これは？」

「ええ、ケーナ様が食材を欲していると聞きまして、こちらで厳選したものですわ。是非ともお収めください」

「はあ、それはわざわざありがとうございます」

「いいえ、これくらい当商会では朝飯前なのですから」

ケーナが運んできた店員を見ると、微妙に表情が強張っている。目の下のクマが濃い人もいて、皆どこか疲れをにじませていた。

「ではこれで」

ケーナはアルムナに金貨三枚を渡す。アルムナは目を瞬《またた》いてから、手の中の金貨を見つめた。

「えーと、これは？」

「お代です。次はお金を払うと言ったじゃないですか」

「あらあらまあ、逆襲されてしまいましたね。分かりました。こちらはありがたく。毎度お買い上げありがとうございます」

ホッとした表情の店員さんとアルムナが下がると、エーリネが楽しそうに話しかけてきた。

「おやおや、ケーナ殿。うちの家内に気に入られましたね」

「……勘弁してください」

げっそりとした表情でケーナが呟くと、エーリネは「では、また」と言って頭を下げていた。

すでに馬車はアイテムボックスから出していて、帰る準備は整っている。

今回は騒ぎが大きくなるのを避けるため、一頭の馬を繋いで普通の馬車に見せる予定だ。

見た目がいかついゴーレムよりはマシということで、【召喚魔法《サモンマジック》】でアンヴァルという馬を呼び出している。海と陸を自在に走ることのできる神馬だ。

「んじゃ、エーリネさん。お世話になりました」

馬車の中からペコペコ頭を下げるルカと手を振るリットに手を振り返してから、エーリネはケーナに「また村で会いましょう」と告げた。

こんどは誰にも驚かれることもなく、東側の門を抜けられ安堵する。

「ケーナおねーちゃん。なんか馬車がはやくない？」

馬車の中でケーナがのんびりしていると、外の風景を眺めていたリットが振り返る。

それは仕方がない。もともと馬車はある程度の意思を持って自動で走る。アンヴァルに至っては「引っ張るフリをしてね」と言っただけで、「引っ張るな」とも言っていない。

あまり出番のない身にお声がかかったのが嬉しいのか、アンヴァルは駆ける。馬車も駆ける。相乗効果で暴走しているような速度で馬車は突き進んでいるのだ。

「双方とも人を轢くようなことはしないし、（馬車の中の）安全対策はばっちりよ」

ウインクしてみたが、馬車は普段出せないような速度で走り、周囲の風景は電車の窓から見えるように流れていく。リットの表情は暗い。

ケーナは外へ顔を出すと「アンヴァルー、ちょっと速度おとしてねー」と声をかけ、馬車の速度も落とす。

そうしてようやく馬車は、馬の並足程度の速度におさまった。

ちょっとアンヴァルが不満気なので、夜にでも馬車引きから解放してその辺に放すかなと考えている。

フェルスケイロを発って一日目の野営をしようとした時である。

進行方向から、四騎の騎馬に守られた豪華な馬車が近付いて来るのにロクシーヌが気が付いて、ケーナに報告した。

野営地に横付けされた馬車から『虹の後光』を背負ったスカルゴが飛び出してくる。

ケーナは苦笑して、息子を迎えた。

「ああ母上殿、このような場所でお会いできるとは……。このスカルゴ、神に感謝致します」

護衛の騎士たちは、一人で悶《もだ》えるスカルゴをスルーして野営の準備に取り掛かる。

息子の頭に拳骨《げんこつ》を落としたケーナは「騎士ばかりに任せず、アナタも手伝いなさい」と指差した。

母親の笑顔にうすら寒いモノを感じたスカルゴは飛び上がって反転、野営の準備を手伝いに向かう。

額に手を当てて「ハァ～」と溜息を零《こぼ》したケーナは、ルカとリットを呼んだ。

「……よん、だ？」

「なぁに？　ケーナおねーちゃん」

「あっちの騎士さんたちに、夕食をご一緒しませんか？　って、聞いてきてもらえるかな」

「はい、がん、ば、る」

「うん！　まかせて」

二人が手を繋いで仲良く歩いて行く姿を見送っていると、傍で焚き火を作っていたロクシーヌが噴き出した。

「どうかしたの？　シィ」

「スカルゴ様にはお伝えしないのですね？」

「働かざる者喰うべからず、よ」

「それはまた。……あの方は料理ができるのでしょうか？」

「大司祭になるまでの研鑽期間には、料理の経験くらいはあるでしょーよ。大丈夫じゃない？」

お茶を人数分淹れたロクシーヌは、ケーナや戻ってきた子供たちにコップを渡す。

自分たちでどうにかしようと思っていた騎士たちは、子供の縋るような眼差しに断りきれず、ケーナのお誘いを了承した。

ついでにむせび泣きながら「なんで私には言ってくれないんですか⁉」と苦情を言いに来たスカルゴに対し、ルカが「おに、ちゃん。サボ、ったから、ダメ」とジト目で述べて、石化させていた詳細は割愛する。


夕食はケーナが【料理技能《クッキングスキル》】を使った。

アルムナから渡された木箱に入っていたエッジド大河産の大ぶりな貝と野菜、コルトバードの肉を使うことで、ピリリと辛いスープが出来上がる。

鍋いっぱいに作ったにもかかわらず、騎士たちによってほとんど空になった。

「母上殿の料理だから遠慮して食べるとかどうなんです」などとブツブツ呟いていた愚息は適当に黙らせておいた。

ロクシーヌが分け隔てなく茶を配る、という光景も現実味がない。

街道沿いの沢まで下りて食器を洗い、親子とリットが戻るとささやかな団欒の時間だ。

先にケーナがスカルゴに言い聞かせたので、地位など関係なしの無礼講になっている。

ただ、文官や使用人の人たちは「同席はできない」として早々に引っ込んでいった。

騎士を率いる小隊長も話の分かる人だったようだ。

なにせ冒頭から「スカルゴ様、できれば馬車の中からすれ違う民たちに対して星や虹を飛ばすのを止めてもらえませんかね？　我々が恥ずかしいです」とか、苦情が飛び出す始末である。

「ああ、愚息が馬鹿でごめんなさいね。なんだったらフェルスケイロに戻るまで、ロープで簀《す》巻《ま》きにして行ってもいいわ。この私が許す」

「は～は～う～え～」

「何を泣いているのよ、スカルゴ。わりと本気よ」

「否定なしですかっ!?」

素《す》っ頓狂《とんきょう》なスカルゴの発言に、焚き火を囲む皆からは笑いが零れる。

爆涙しながらへなへなとうずくまるスカルゴ。

騎士からは他にもフェルスケイロまで行った目的を聞かれたが、隠すようなことでもないので素直に話した。

娘に会いに行くついでに子供たちの社会見学だと答える。

暫《しばら》くはたわいもない話題で歓談が続いていたが、酒も入って饒舌になった騎士の一人がつい漏らした一言によって、場が静まり返った。

「いや～、スカルゴ様の父上とかどんな人だったんですかねぇ？」

本来ならばどこかで話の種に出てもおかしくない質問だったが、全く想定してなかったケーナは絶句してしまう。

同時に普段は黙っていてもエフェクトで周囲を明るくするスカルゴでさえも、悲痛な顔で俯いてしまったために沈黙が降りた。

さすがに口を滑らせたと気付いた騎士が我に返り、小隊長に小突かれて「すんません」と頭を下げる。

そこで話が終わればたわいのない話題で済んでいた。しかし微妙な空気が漂う中、俯き加減でいたスカルゴが頭を上げ、ケーナを見つめた。

「母上殿。父上殿については我ら兄弟、曖昧《あいまい》にしか話を聞いていないのですが、どんな方だったのですか？」

「ぶっ！」

一難去ってまた一難。

うやむやにしようとしていた話題をド直球で聞いてきた息子に、ケーナは凍り付いた。

こればっかりは、感情的になって火炎系最大上級魔法を叩き込むわけにもいかない。

厳密に言ってしまえば、スカルゴたちの父親は「ＶＲＭＭＯリアデイル」のゲームシステムそのものである。

言ったところで理解はされないだろうが……。

内心パニックになったケーナは、最も良く知る男性像《オプス》を参考にして後先考えずに説明を始めてしまった。

曰く、自分より強かっただの、人をおちょくることに関しては悪知恵が働いただのと。

喋っているうちに自己嫌悪でドンドン暗くなっていくケーナに対し、「辛いことがあったのだろう」と誤解した皆が同情的になっていった。

「母親より強いのに何故今いないのか？」という疑問には触れられなかったのが、ケーナにとって最大の救いだろう。

すっかり落ち込んでしまったケーナの様子に、その場はお開きになった。

会話の取っかかりを作った騎士はしきりに頭を下げていたが、悪いのは自業自得な自分なので気にしないように告げておいた。

野営中の警備に【火精霊】と【雷精霊】を呼び出しておく。スカルゴの方は騎士がいるのでどうにでもなるだろう。

頭を抱えて「あ〜」とか「うう〜」と唸るケーナに、ルカがポスッと抱き着いた。

「ど、どうしたの、ルカ?」

「おかー、さん、と、ね、る」

「え、あ、そうね。じゃあ、一緒に寝ようか」

初めて会った時から、こんなにうろたえている母親は初めてだと、ルカは思った。

ようやく母親の人間味が見えたような気がして、安心するのだった。

「ずるいルカちゃん!　わたしもおねーちゃんと寝るもん!」

「いやいや、いつも川の字で仲良く寝ているでしょうに」

なにやら自分の取り合いになってしまい、ケーナが腕を枕として子供たちに提供することになってようやく話が付いた。

仲裁でロクシーヌが間に入ってからの、スムーズ解決である。

「これ絶対、明日は腕が筋肉痛じゃん……」

更にそこから二日ほど経った道程の野営地にて、今度はコーラルを含むパーティ五人組と出会う。

「よお、ケーナ」

「あれっ、護衛の仕事じゃなかったの?」

堺屋からの使者を国境まで護衛する依頼を受けていたはず、なのに終えるには早すぎる。

心配して聞いてみるが、理由は簡単だった。

「ああ、片道だけの契約だったからな。帰りは国境に暫く留まるっつーから。俺らもフェルスケイロに帰るついでだしな」

「そうなんだ。じゃあ、夕食でも一緒にどう？」

コーラルはケーナの肩越しに、こちらをじーっと見ている子供たちに気が付く。

その視線を辿って背後を振り返ったケーナは苦笑した。

「邪魔にならねえか？」

「他の人との交流を楽しみにしているみたいなのよ。ルカが社交的になってくれて何よりだわ」

今度はコーラルが自分の仲間を振り返って「だ、そうだが？」と、尋ねる。

特に異論のない仲間たちは二つ返事で了承した。

再び【料理技能《クッキングスキル》】で、今度はパエリアに似た物を作り出す。

コーラルはともかく、その仲間たちは初めて見る【古代の御技《スキル》】に目を白黒させて驚いていた。

実のところ、ルカとリットがコーラルたちをじーっと見ていたのは、【料理技能《クッキングスキル》】で作られた料理が食べられるんじゃないかという期待の表れである。

スカルゴ一行と別れた後、昨夜の夕食はロクシーヌが調理した保存食の干し肉と野菜を煮込んだスープだった。

そこに誰かが交じると「お客様もてなし用料理」が食べられるという認識が植え付けられたようだ。

もっともそれを知るのは、「どうしたらお母さんの料理が食べられる？」と聞かれたロクシーヌだけであるが。

夜も更けてコーラルの仲間が、自分たちの冒険の体験を子供たちに面白おかしく披露している。

コーラルとケーナは焚き火を囲んだそれぞれの仲間に一言断って、馬車を隔てた暗い闇の広がる森を見渡せる場所に二人だけでいた。

ケーナが内密の話があると誘ったのに、コーラルが頷いたからである。

「なんだよ、内密の話って？」

「コーラルってこっちに落ちてきてから一〇年も経っているのよね？　その経験を見込んでちょっと聞きたいんだけど……」

「なんだ、改まって？　とはいっても実力を隠して初心者みたいな状態を装い、身を小さくして生きてきたってぇだけだぜ。ゲームのプロに答えられるほどの知識は持っちゃいねぇ」

「真面目な話なんだけど……、はい」

「おー、悪いな」

予め作り出しておいたビールの入ったコップを渡すケーナ。

このスキルの欠点は、いちいち作るたびに樽の大容量でしか作成できないところにある。

前回のスカルゴとの遭遇時に作ったのが沢山余っていたので、ここでコーラルたちに出会えたのは丁度良かった。

「コーラルは、自分の力量でしか相対できない敵と出会ったことはある？　この前のイベントモンスターを除いて」

「うん？　えーっとなあ……。覚えている限りではそんなのいねえな。ケーナはあるのか？」

聞き返されたケーナは嘆息して、今までに出会った高レベルモンスターを羅列する。

新しいモノでは先日釣ったばかりのキメラワニザメと、オーガを率いていた黒エルフに、ルカを引き取る原因になった幽霊船などだ。

どれもそこにケーナが居合わせて丁度良かったというタイミングで現れている。

「居合わせたうんぬんは自意識過剰なんじゃねえ？」

「まあ、そんな感じもするけどさ。問題は略奪ポイント産以外は、ほぼイベントモンスターって点なんだよね。ＮＰＣとの対話から発生する一連の事件の中にイベントモンスターの出現が組み込まれているのに、どうしてＮＰＣも事件も起きていない状況でイベントモンスターが稼動しているのかが分からない」

ケーナは果実酒の入ったコップを見下ろして淡々と述べた。

その様子だけで延々と溜め込んでいた愚痴にも聞こえ、コーラルは頷いた。

話を聞いた限りではケーナの普段の生活上、コーラルのような同郷プレイヤーの仲間に会うことは難しい。

ただでさえ全員が全員、冒険者を生業としているのだ。本拠地としている都市に行きました、で会えるとは限らない。

執事やメイドに話しても、解決の糸口は摑めそうにない。

実際のところ愚痴相手が欲しかったのだろうと、コーラルは推測する。

それでも何かの糸口になればと、コーラルは一〇年の間に培った経験と知識等から彼女が望むものを拾い集めた。

「うーん、廃都って知ってるか？」

「ぐさっ……。嫌味か、嫌味ね、嫌味なんでしょう！」

「ああ！　茶国を廃墟にしたの、お前だっけ、忘れてた」

天気予報と呼ばれた運営側の呟きが、街を襲うモンスターの襲撃となる。

予報に従い、茶国首都に出現したモンスターの大群討伐イベントがあった。

それを駆逐《くちく》するために魔法攻撃特化のスペシャリスト、ハイエルフ種最大レベル保持者、兼スキルマスター特権装備使用のケーナが出撃した。

ただ、そのイベントの直前に、通常攻撃でも建造物が破壊されるという試験的なバージョンアップが終わっていたのが、問題の要因だ。

張りきったケーナが放った広範囲魔法【隕石落下《ギガ・ストライク》】が数百発降り注いだ結果、茶国首都は瓦礫の山になった。

以降茶国首都が通称「廃都」と呼ばれるようになったのはゲーム内での常識であり、ケーナの不名誉なあだ名【銀環の魔女】が広まった原因でもある。

「まあ、元が茶国の場所だけどな。旅の途中で聞いたんだけどよ、『廃都』っていうのはフェルスケイロとオウタロクエスの間の西側にあって、存在自体が三国間の協定によって隠されているらしいぜ」

「はあ？　国同士が協力して隠さなきゃいけない危ない場所なの？　それとも国の利益になるような場所？」

「それは知らねえけどさ。なんか公然の秘密みたいなもので、廃都の存在も信じてる奴と御伽《おとぎ》噺《ばなし》だと思っている奴とで、半々だっていう話だ」

「事情は分かったけど、それと私の話とどーいった関係があるの？」

もったいぶったコーラルはビールを一息に飲み干すと、空になった杯をケーナへ突き出し「分かってんだろ？」というようにニカッと笑う。

「はいはい」と頷いたケーナは一旦そこを離れて馬車を回り、焚き火の方へ近づく。

それだけで事情を察した猫耳メイドのロクシーヌに、なみなみとビールの注がれたコップを二つ渡された。

「ありがと」

「いいえ、お気になさらずに」

そしてまた元の場所に戻り、コーラルにコップを二つとも渡す。

一杯を一気に飲んだ彼は口の滑りが良くなったようで、脇腹を突いて続きを促すケーナに先程の続きを語った。

「俺も御伽噺としてしか知らんが、『廃都』ってのは二〇〇年くらい前、大陸に三国が建国された時、神が残った災いを封印した地なんだそうだ」

「……災い？」

「俺も災いと言われてピンと来なかったんだが、それがケーナが言うところのイベントモンスターなんじゃないか？」

「…………おお！　なるほど！」

「なー、符号としては一致するだろう？」

「確かに……」

ケーナはようやくここまで長々と話したコーラルの解説に確信が持てた。

だが、コーラルやシャイニングセイバー、エクシズやクオルケ、そして名前を聞きそびれた盗賊の頭《かしら》がここにいる理由に思い当たって動きを止めた。

「ん、どうかしたか？」

「コーラルはさ、サービス終了の日って何してたの？」

「あー、確か普通にその辺で野良パーティ組んでザコ敵倒してたなあ」

「……ってことはだ。二〇〇年前のサービス終了の日にはクエスト起動させて、イベントモンスターが出現する条件を揃えていた奴が沢山いて、それが全部『廃都』に封じられていたとしたら？　問題はなんでそれがここ最近になって、外に出ているかってことなんだけど」

「おいおい、ちょっと待て……」

ケーナの言わんとするところが分かったコーラルも、冷や汗をたらりと垂らした。

「ＶＲＭＭＯリアデイル」は七国がサーバーごとに分かれていた。

サーバーひとつの最大容量は各国ばらばらだが、戦争開催時には平均で一国数千人以上のアクセスがあったと記録されている。

サービス終了の日には、一週間前から専用のバージョンアップであちこち飾り付けられて、都市や村には花火も上がっていた。

お祭り騒ぎが好きなプレイヤーであれば、というかお祭り騒ぎが好きそうなプレイヤーばかりだった気もする。

引退した者も久しぶりに参加していたというので、下手をするとゲームが稼働した中でも類を見ない数のプレイヤーがアクセスしていた可能性もある。

そんなお祭り騒ぎの中、ゲーム終了まで普段と変わらないレベル上げに勤しむ者はコーラル以外にも沢山いたはずだ。

その中の一握りが通常の狩りではなく、最後だからと今までやったことのないクエストを起動していたら？

もしかしたら最終ボスとの戦闘中に全サーバーがシャットダウンを食らい、そのまま倒されなかったかもしれない。

そんな例が数多くあるとしたら、大陸中にイベントモンスターが残存していたはずだ。

ゲームとこの世界がどれだけ密接に繋がっているのかは不明だが、ケーナの遭遇率と御伽噺と三国の取り決めを考え合わせるに、それが一番確実な推測だと二人は思った。

「シャイニングセイバーなら国の上層部としてこの情報とか知ってるんじゃない？」

「ケーナの息子とかはどうなんだ？」

「さすがのあの子でもプライバシーと仕事は分けると思うなー。でないと国のナンバー3とか言えないでしょう」

態度はちゃらんぽらんだし人格も変なスカルゴ、と認識しているケーナ。

スカルゴ自身が母親を国自体に係わらせない処置を取っているので、自分から国の重要機密をバラしたりはしないだろうとケーナは思う。

だからと言ってオウタロクエスまで足を運び、女王サハラシェードに聞くわけにもいかない。

この辺りの情報を確認するのならば、国に一番近い位置に立つケイリックが妥当だろう。

商人であれば情報も商品として扱っていないか聞いてみようとケーナは考えた。

後はエクシズたちにも意見を聞いてみる必要があると心内《キー》メモ帳に記憶させ、次に会った時にはコーラルとも情報交換をしようと約束して、その夜はお開きとなった。

エピローグ

コーラルと別れて更に二日後、ケーナたちはやっと辺境の村に帰って来ることができた。

村の入り口のラックス工務店は、工務店兼雑貨店として開店していた。

ルカとリットは早速馬車を降りて、ラテムにお土産を渡しに行く。

ついでにスーニャと挨拶を交わしたケーナは、ラックス工務店が国境に建設する砦の補給所として一般品を扱うのだと聞かされた。当然村の人も利用可能である。

ケーナは「長い間ご苦労様」とキャスパリーグを送還する。

「にゃーん」と鳴いたキャスパリーグは、「子供の世話なら任せろ」という思念を残して消えていった。

アンヴァルは送還前にケーナの頬に顔を擦り付けてから、嘶《いなな》いて消えていった。


マレールのところへリットを送り届けると、無事に帰ってきて喜んでいた。娘からお土産を貰って更に喜んでいた。

ケーナが「長い間すみません」と謝ると、抱きしめられて背中をばしばし叩かれた。

「別にケーナの気にすることじゃないよ。また機会があったら頼むかもしれないしねえ」

自宅に戻ると玄関先でロクシリウスが土下座をしていた。

「えっ、はあっ⁉」

二度見をしてみたが土下座なのは間違いない。

エピローグ

土に汚れるのもお構いなしなのか、見事な土下座だった。

ロクシーヌなどは心底嫌そうな顔で、頭を踏むか踏まないか迷っている。

「何をしているんですか、この駄猫が。とうとう地面に頭をつけていないと、情緒不安定になる病気にでも罹《かか》ったのですか？」

ルカなどはびっくりして、ケーナのマントにしがみついていた。

「ちょっとロクス、立ちなさいってば。何かあったの？」

何度かケーナが呼び掛けても、土下座姿勢のままだ。

辛うじて聞こえるレベルの音量で「申し訳ございません申し訳ございません申し訳ございません申し訳ございません申し訳ございません」と謝罪の言葉を続けている。

「いや、ほんと何があったの？」

途中でぶちっと切れたロクシーヌが、襟首摑んでロクシリウスを持ち上げた。

「くおらあああっ！　ご主人様が困惑しているでしょーがっ……」

勢いに任せた怒声が途中で途切れる。

襟首摑んで持ち上げられたロクシリウスは、滂沱の涙を流していたからだ。

これにはさすがのロクシーヌも毒気を抜かれる。

「あ、あー……、えっと……」

「とりあえず、家に入りましょ。シィはロクスを放してあげて」

「え、ええ。……はい」

土を払って汚れを拭き、子供をあやすように背を叩きながら、ロクシリウスが落ち着くのを待つ。

身を清めるのにはロクシーヌも協力してくれた。

別の意味でショックが大きいのか、憎まれ口を叩くこともなく無言で。

ルカは一旦部屋に避難させて、再度呼び出したキャスパリーグを付けてある。

呼び出された当人、いや当猫は「当然だな」というドヤ顔だった。

食堂のテーブルにつき、ようやく落ち着いたロクシリウスが俯いているのを見ると、いったい何があったのかとケーナもすごく不安になってくる。

ロクシーヌも神妙な表情で、お盆を抱えて傍に立っていた。

無言の間が数分続いたところで、ようやくロクシリウスが口を開いた。

「そ、その……」

「うん」

「ら、来客がありまして……」

「うん、……うん？」

隣でロクシーヌがはふぅと肩を落とした。

「来客如きで何をやっているのよ、アナタは！」

「い、いや。来客が誰かは契約されたので言えないんだが……」

「ええっ!?」

発言に含まれていたとんでもない単語に、ケーナは椅子を蹴立てて立ち上がった。

「契約って【契約魔法】!?」

【契約魔法】というのはＮＰＣに対してだけ使用することのできる、プレイヤー専用の魔法だ。

その目的は約束を守らせることにあるのだが、酷いプレイヤーになると他人のＮＰＣ（里子やギルドホーム内の職員など）を、契約で縛って持っていってしまう。

別名「奴隷魔法」と言われ、ゲーム内で忌み嫌われた魔法の一つである。

施したプレイヤーが効果を消すか、アカウントを削除しない限り、隷属状態は続く。

ゲーム内では一度魔法ごと削除されたのだが、違法プログラムとして持ち込まれることが多かった。使用した者は一発でアカウント削除の上、通報される。

「でもロクシリウスはここにいるし、何かを強制されたのって来客の情報だけ？」

「……はい。留守を預かりながら申し訳ありません」

しゅんと項垂れるロクシリウスに我慢の限界が来たのか、ロクシーヌが怒り心頭の顔でドスドスと音を立てて出ていった。

「……で、その来客が何だって？」

「あ、はい。お手紙を預かっております」

とロクシリウスから渡されたのは、茶封筒である。この世界には存在しないはずの物体であった。

ケーナは憮然《ぶぜん》とした表情で、中から折りたたまれた紙を取り出して開く。

――名付けよ。

書いてあったのは、ただそれだけであった。

特別短編

王女様の体験

私はマイリーネ・ルスケイロ。

フェルスケイロ国の第一王女にして次代の王になる者。

そのための教育に不満はないし、いい暮らしをさせてもらっている分は倍にして国民に返すべきだと思っています。

お父様もお母様も優しく、時に厳しく。娘として愛してくれていると感じております。

まだまだやんちゃが抜けない弟も、時々気を遣ってくれたりして、とても感謝していますわ。

でも、だからこそ何か足りないと思ってしまっているのは、贅沢なことなのでしょうか？

だからなのか、親友のロンティにあんなことを言ってしまったのは。

つい出来心だったのです。

一度口にしてしまった言葉は覆らないと、重々理解しているのですけれど。

何故だかその時はポロリと口から出てしまったのですわ。

「……はい？　ええと、殿下、今なんておっしゃいましたか？」

幼馴染みでもあるロンティは、祖父のアガイド様の跡を継いで宰相になる有力候補だということです。今は簡単な仕事を回してもらっていますが、一緒に相談しながら民のための解決策を練る練習だと聞いています。

アガイド様が言うには「たまに気配りが行きすぎて、暴走する」そうなのです。確かに少し思い込みが激しい方だとは思いますね。

城の中と外とで対応を変えてくれるのも、すばらしいことだと思います。

「家出が、したいなあ、って……」

自分を取り巻く環境に不満はないのですけれど、たぶん私はよくある「隣の芝生が青い」病に罹《かか》ってしまったと思うのです。

お城の中では見ることのできない誰かの暮らしも、楽しいのではないかと。そう思ってしまったのです。

ロンティに怒られるのを覚悟で、言ってみました。

きっと私は彼女に、そんな荒唐無稽な考えを叱り飛ばしてほしかったのだと思います。

でもロンティは呆れかえった顔で、「仕方ないですね」なんて言って、出かける準備を整えてくれました。

城を出る時も騎士団長殿を誤魔化してくれて。

でもその言い訳が「殿下が懺悔したいことがあるそうなので、教会に行ってきます」って酷くないですか？

懺悔するほど何かを思い詰めていると思われたのでしょうか。

騎士団長殿は教会までの護衛を付けてくれました。でもロンティ、それって私たちの家出に不都合ではないのかしら？

……全く、ロンティったら護衛につけられた女性騎士の方と既に結託していたなんて。教会に着くまでもやもやしていた私の焦燥感を返してほしいですわ。

「では殿下方、私はステンドグラスに見惚れていたらお二方を見失ったということで」

「でも、そうしたら貴女の責任問題になるのではありませんか?」

「ええ、騎士団長の雷が落ちるでしょうね」

「貴女に無実の罪を着せることは心苦ｓ……」

「でも大丈夫です！　その分の補塡になる賄賂は既にロンティ様から頂いておりますから！」

「!?」

ロンティ、貴女「いえーい」なんて彼女と手を打ち合わせている場合じゃありませんよ。

一体いつの間にそんなことを仕込んでいたのですか?

はっ、もしかして本日担当の侍女たちが早々に私の傍から去っていったのも、まさか貴女の仕業なのですか。

「では行きましょう。護衛の方も捜さねばなりませんしね」

旅装の他にもすっぽりと姿が隠れる外套を羽織らされて、私たちは小さな乗り合い舟で市民街へ渡ったのです。

ロンティの顔見知りだという冒険者の方は、毎日何かしらの依頼を受けて街の中を飛び回っているそうなのです。

時々騎士団長殿から話を聞く、市街に出来たという観光地もその方が作られたとか。

一体何をやったら個人で観光地が作れるというのか。ロンティの言葉を疑うわけではないけれど、その方ではなくて、その方々ではないの？

でもその方との出会いは意外に早くやってきました。

冒険者ギルドに向かう途中で、彼女から声をかけてきてくれたのです。

私より年下に見えますが、その美貌は絶世の美人というに相応しい方でした。

少し怖いくらいに整った顔が、ロンティと気さくに会話する姿は年相応に見えると言いますか。とにかく不思議な雰囲気を漂わせている方でした。

後で知ったのですが、年下ではなくて遥かに年上の方でした。エルフの方々はこれだから……。

ケーナさんと名乗る、そのハイエルフ族の冒険者……。

ハイエルフってエルフの王族と言われている方々じゃないですか⁉　なんでこんな人の街で冒険者なんてやっているんですか！

私の疑問をよそに、ロンティとケーナさんの間で、家出中の護衛の話がトントンと纏《まと》まってしまいました。

普通、交渉するのは報酬の話からではないのですか？

報酬を貰える当てもないのに、ロンティとの会話だけで護衛を引き受ける意図も分かりません。

何より一番不可解なのは、依頼で外へ出るからというついでで、私たちの護衛を兼任する発想に至った経緯が分かりません。

ほぼ荷物なしで野営二日って大丈夫なの、ロンティ？

腰にレイピアのような剣を下げているだけで、強そうには見えないんだけど。

しかも討伐対象がホーンベアって……。

倒すのにも騎士が二人以上は必要って話よ。

「ロンティ、あの人は大丈夫なの？」

「まあ、実力に関してはうちのお爺様も太鼓判を押してくれていますし。スカルゴ大司祭様の実の母親らしいですし、問題ないかと思いますよ」

すっ、スカルゴ様のお母様っ!?

ついスカルゴ様の名前が出たせいで動揺してしまい、ロンティにも打ち明けたことのない片思いが露見してしまったのは、一番の誤算でした。

ああああ、どうしてこう突発的な事態に弱いのようっ！

全身がかあっとなってあわあわしているうちに、ケーナさんからスカルゴ様に対して想いを寄せる許可が出たのは、夢ではないのよね？

それにしても物語でしか聞いたことのないハイエルフという種族は、不思議な力を持っているのね。森の木々に話しかけたら道が開けるって、エルフの方からも聞いたことがない能力よ。

森の中の、道なき道を行くことになってからのケーナさんは、とにかく破天荒という言葉が似合う人でした。

野宿する時に食事に【古代の御技《スキル》】を使う、というだけでも驚いたのに。

夜の番をさせるというだけで、冥府の門番という三つ首の獣をこともなげに呼び出すなんて。

鋭い牙の生えた獰猛な三つの首に、馬ほどもある体格の獣。見つめられただけで勝手に体が震え出します。そんな猛獣を撫でて、友達のように会話をするなんてとても信じられません。

そして夜の森の中を引き裂く轟音でもってお風呂を作り出すなんて。

なんとなくケーナさんのことが、一日で分かった気がします。

この方の持っている力はとても膨大すぎるのではないかと。それはロンティも同じ意見でしたけど。

あと物凄く気を遣って私たちを守ってくださいました。

森の中だというのに、寒さや飢えを感じることなく過ごせたのは、ケーナさんのお陰です。

あと見た目に反してとても強い方でした
ホーンベアを蹴って倒すだなんて、誰にもできません。

でも「安全な寝床を提供するわ」と言ってドラゴンを呼び出すとか。程度ということを考えてください。確かに見たこともない寝具でしたけれど。

でもだからこそ、旅をする人たちが大変なことが分かりました。

ケーナさんがいなければ、私たちは何一つ快適にできる場面はなかったのだということを実感しました。

無力感と悔しさを感じないためには、どうすればいいかも学んだのです。

知識を得て技術を学べば、旅をすることができると。

ケーナさんほど快適にはできませんが、経験を積めば近いことはできるでしょう。

まず私たちにできることは、街道の整備でしょうか。

ロンティと話し合って、この二日間の問題点をあげるだけですごい数になりました。

それを一つずつ解決する。それだけでも膨大な時間が必要かもしれませんが、やりがいはあります。

帰り道に私たちが頭を悩ませていると、ケーナさんが「悪い予感がするから早く帰る」と言い出しました。

急いで戻った先では絶望の化身が街を襲っていました。

でも悲観する間もなく、ケーナさんがそれを倒してくれました。

なんといいますか。もうケーナさんにできないことはないのではないでしょうか。

城に戻ってお父様やアガイド様に怒られはしましたけれど、私たちがやる気を見せていたことを不思議に感じていたようです。

「さて、ロンティ。分かっていますね？」

「ええ、殿下。まずは問題点を全てあげてから、それに解決策を当てはめていくことですね」

「そうしたらお父様に提出して、実現可能なことから片付けていくわよ」

スカルゴ様のこともありますけれど、まずはこちらが急務ですわ。

何か一つでも実現できたら、ケーナ様に感想が聞きたいですね。

登場人物紹介

WORLD OF LEADALE

Character Data

4

Character Data

ロクシーヌ

Lv550。愛称はシィ。

猫人族の女性。

設定年齢は21歳くらい。


盗賊型後衛系で、主武装は短刀二刀流。

男嫌いでキツイ性格の上、毒舌である。ロクシリウスとはとことん仲が悪い。

目下の仕事は家の家事と、ルカのお世話である。料理のためなら村の外にも出て採取を行う。

二人とも名前の由来は64。

元は桂奈の誕生日の6月4日からである。

Character Data

ロクシリウス

Lv550。愛称はロクス。
猫人族の少年。
設定年齢は16歳くらい。

万能型前衛系で主武器は剣。真面目な性格だが、あんまり冗談が通じない人。
執事としての人に使えるスキルもそれなりに揃えているが、家の中の仕事はロクシーヌに取られた。村では普段見回りなどを行いつつ、子供たちに読み書き計算などを教えている。

あとがき

こんにちは、こんばんは、おはようございます。作者のＣｅｅｚ《シズ》です。

本日は『リアデイルの大地《だいち》にて』第四巻をお買い上げ頂き、誠にありがとうございます。

今回はＷｅｂ版の本文で、三五話から三八話の間の話ということになります。しかし、表紙に入れることになっている守護者の塔が、この後暫く登場しなくなるということに気付きました。その問題を解消するべく、新規エピソードで守護者の塔を投入することに。その結果が、Ｗｅｂ版から来た読者様には見慣れぬ表紙となった次第であります。

というわけで今回も時間の使い方が下手なのを前面に押し出しまして、聖夜も正月もないという作業期間でありました。色々と工夫を凝らしたので、その辺りに気付いていただけると幸いです。

Ｗｅｂ版では旅に同行するのはロクシリウスでしたが、書籍ではロクシーヌになっていたり。二人のそっけない会話が、自然に喧嘩に発展していく様とか書けて楽しかったです。

そしてシャイニングセイバーとマイリーネ王女様が大活躍でございます。この功績があったからこそ、マイちゃんの王位継承が盤石なものに、とか。未だに誤解が解かれないシャイニングセイバー婚約者説とか。

漸く出てきたアノ人が……とか。色々とイベントが目白押しです。

次回は騒動と亀。物語はＷｅｂ版だと折り返しですが、書籍はまた違ったものになるやもしれません。

てんまそ様、今回も美麗なイラストをありがとうございます。表紙がまさかセピア色。ふつくしい……。そして今回も多大な迷惑をかけてしまった担当編集者様。関係者の皆様に多大な感謝を。コミックを担当してくださる月見《つきみ》だしお様。同時刊行ということでおめでとうございます。出版するのに携わって頂いた皆様にも多大な感謝を捧げます。ありがとうございました。

Ｃｅｅｚ

てんまそです。
このあとがきの絵、
あまりにも素敵すぎる人物園の風景にしようかなと悩みました。

最期の理性でやめました。
やめておいてよかったと思います。
でも何かの機会に描いてみたいですね！

リアデイルの大《だい》地《ち》にて 4

2020年3月30日　初版発行

著　者　Ceez《シズ》
発行者　三坂泰二
発　行　株式会社KADOKAWA
〒102-8177 東京都千代田区富士見2-13-3
電話 0570-060-555（ナビダイヤル）

編集企画　ファミ通文庫編集部

担　当　和田寛正
デザイン　横山券露央、小野寺奈緒（ビーワークス）
写植・製版　株式会社オノ・エーワン
印　刷　凸版印刷株式会社

[お問い合わせ]（エンターブレインブランド）
[WEB]https://www.kadokawa.co.jp/（「お問い合わせ」へお進みください）
※内容によっては、お答えできない場合があります。
※サポートは日本国内のみとさせていただきます。
※Japanese text only

 ISBN978-4-04-736050-1 C0093　　定価はカバーに表示してあります。

航宙艦が墜落した先は――
剣と魔法の世界!?
KADOKAWA enterbrain

エステルドバロニア
著：百黒 雅 イラスト：sime
B6判単行本 KADOKAWA/エンターブレイン 刊
最強の
魔物国家を
統べるは人間の王！
非力な王の苦悩の物語が今始まる!!
STORY
VR戦略シミュレーション『アポカリスフェ』の頂点に君臨する男はある日、プレイ中に突如として激しい頭痛に襲われ、意識を失ってしまう。ふと男が目を覚ますと、そこはゲーム内で作り上げてきた魔物国家エステルドバロニアの王城であり、自らの姿は人間でありながら魔物の王である"カロン"そのものだった。このゲームに酷似した異世界で生きていくことを余儀なくされたカロン。彼は強力な魔物たちを従える立場にありながら、自身は非力なただの人間であるという事実に恐怖するが、気持ちを奮い立たせる間もなく国の緊急事態に対処することになり……!?
特別短編
『王の知らなかった彼女たち』収録！
KADOKAWA
enterbrain